A
CABANA

A
CABANA

WILLIAM P. YOUNG

com a colaboração de
Wayne Jacobsen e Brad Cummings

SEXTANTE
FICÇÃO

Título original: *The Shack*
Copyright © 2007 por William P. Young
Copyright da tradução © 2008 por Editora Sextante Ltda.
Todos os direitos reservados. Nenhuma parte deste livro pode ser utilizada ou
reproduzida sob quaisquer meios existentes sem autorização por escrito dos editores.
Publicado em acordo com Windblown Media, Inc., Newbury Park, Califórnia.

Música usada no Capítulo 1: "One Way", de Larry Norman. © 1995 Solid Rock Production,
Inc. Todos os direitos reservados. Música reproduzida com permissão.

Música usada no Capítulo 10: "New World", de David Wilcox. © 1994 Irving Music, Inc.
e Midnight Ocean Bonfire Music. Todos os direitos administrativos por
Irving Music, Inc. Usada sob permissão. Todos os direitos reservados.

tradução: Alves Calado

preparo de originais: Regina da Veiga Pereira

revisão: José Tedin Pinto, Luis Américo Costa e Sérgio Bellinello Soares

projeto gráfico e diagramação: Valéria Teixeira

capa: Marisa Ghiglieri, Dave Aldrich e Bobby Downes

adaptação da capa: Miriam Lerner

pré-impressão: ô de casa

impressão e acabamento: Lis Gráfica e Editora Ltda.

CIP-BRASIL. CATALOGAÇÃO-NA-FONTE
SINDICATO NACIONAL DOS EDITORES DE LIVROS, RJ

Y71c   Young, William P.
        A cabana / William P. Young [tradução de Alves Calado].
    – Rio de Janeiro: Sextante, 2008.

        Tradução de: The shack
        ISBN 978-85-99296-36-3

        1. Mudança de vida – Ficção. 2. Crianças desaparecidas – Ficção.
    3. Ficção americana. I. Alves-Calado, Ivanir, 1953-. II. Título.

                             CDD 813
08-2827   CDU 821.111(73)-3

Todos os direitos reservados, no Brasil, por
Editora Sextante Ltda.
Rua Voluntários da Pátria, 45 – Gr. 1.407 – Botafogo
22270-000 – Rio de Janeiro – RJ
Tel.: (21) 2286-9944 – Fax: (21) 2286-9244
E-mail: atendimento@esextante.com.br
www.sextante.com.br

ESTA HISTÓRIA FOI ESCRITA PARA MEUS FILHOS

Chad – o Profundo Gentil,

Nicholas – o Explorador Sensível,

Andrew – o Afeto Generoso,

Amy – a Alegre Conhecedora,

Alexandra (Lexi) – o Poder Luminoso,

Matthew – o Belo Prodígio,

E DEDICADA EM PRIMEIRO LUGAR A

Kim, minha amada – obrigado por salvar minha vida –,

E EM SEGUNDO A

"...todos nós, falhos, que acreditamos que o Amor governa.
Levantemo-nos e deixemos que ele brilhe".

ÍNDICE

PREFÁCIO

Quem não duvidaria ao ouvir um homem afirmar que passou um fim de semana inteiro com Deus e, ainda mais, em uma cabana? Principalmente *naquela* cabana.

Conheço Mack há pouco mais de 20 anos, desde o dia em que nós dois fomos à casa de um vizinho para ajudá-lo a embalar feno para suas poucas vacas. A partir de então a gente se encontra compartilhando um café – ou, para mim, um chá tailandês superquente, com soja. Nossas conversas nos dão um prazer profundo e são sempre salpicadas de muito riso e de vez em quando de uma ou duas lágrimas. Francamente, quanto mais velhos ficamos, mais a gente se dá bem, se é que você me entende.

O nome completo dele é Mackenzie Allen Phillips, mas a maioria das pessoas o chama de Allen. É uma tradição de família: todos os homens têm o primeiro nome igual, mas são conhecidos pelo nome do meio, provavelmente para evitar a ostentação do I, II e III ou Júnior e Sênior. Assim, ele, o avô, o pai e agora o filho mais velho têm o nome de Mackenzie, mas só Nan, a mulher dele, e os amigos íntimos o chamam de Mack.

Ele nasceu em uma fazenda do Meio-Oeste, numa família irlandesa-americana de mãos calejadas e regras rigorosas. Ainda que aparentemente religioso e exageradamente rígido, seu pai bebia muito, sobretudo quando a chuva não vinha ou quando vinha cedo demais, e quase sempre entre uma coisa e outra. Mack nunca fala muito sobre o pai, mas quando o menciona a emoção abandona seu rosto, como se fosse uma maré vazante, deixando seus olhos sombrios e sem vida. Pelo pouco que Mack me contou, sei que seu pai não era o tipo de alcoóla-tra que cai num sono rápido e feliz, e sim um bêbado perverso que batia na mulher e depois pedia perdão a Deus.

A coisa chegou a tal ponto que, aos 13 anos e com certa relutância, Mack abriu o coração para um líder da igreja durante um encontro de jovens. Dominado pelo clima do momento, Mack confessou chorando que nunca fizera nada para ajudar a mãe nas várias vezes em que teste-munhara o pai bêbado lhe dar uma surra até deixá-la inconsciente. O que Mack não pensou foi que seu confessor freqüentava a mesma igre-ja que seu pai. Quando chegou em casa, o pai o esperava na varanda e a mãe e as irmãs não estavam. Mais tarde, Mack ficou sabendo que elas tinham sido mandadas à casa da tia May para que o pai pudesse ter liberdade para dar ao filho rebelde uma lição inesquecível. Durante quase dois dias, amarrado ao grande carvalho nos fundos da casa, ele foi casti-gado com um cinto e com versículos da Bíblia todas as vezes que o pai acordava de sua bebedeira e largava a garrafa.

Duas semanas depois, quando enfim conseguiu ficar em pé, Mack simplesmente se levantou e foi embora de casa. Mas antes de partir colocou veneno de rato em cada garrafa de bebida que conseguiu encontrar na fazenda. Depois desenterrou de perto da latrina externa a pequena lata onde guardava todos os seus tesouros: uma foto da família em que o pai estava meio afastado, uma figurinha de beisebol do Luke Easter de 1950, uma garrafinha com mais ou menos 30ml de Ma Griffe (o único perfume que sua mãe havia usado), um carretel de linha e duas agulhas, um pequeno jato F-86 da Força Aérea americana em metal fundido e todas as economias de sua vida: 15 dólares e 13 cen-tavos. Esgueirou-se pela sala e enfiou um bilhete debaixo do travesseiro da mãe, enquanto o pai roncava, curtindo mais um porre. O bilhete dizia simplesmente: "Um dia espero que você possa me perdoar." Jurou que nunca mais olharia para trás e não olhou – durante um longo tempo.

Treze anos é muito pouco, porém Mack não tinha muitas opções e se adaptou rapidamente. Ele não fala muito sobre os anos seguintes. A maior parte foi passada fora do país, trabalhando pelo mundo, mandando dinheiro para os avós, que o repassavam à mãe. Acho que num desses países distantes chegou a pegar em armas e participar de algum conflito terrível; desde que o conheço, ele odeia a guerra com um fervor sinistro. Seja lá o que for que tenha acontecido, aos 20 e poucos anos foi parar num seminário na Austrália. Quando Mack se fartou de teologia e filosofia, retornou aos Estados Unidos, fez as pazes com a mãe e as irmãs e se mudou para o Oregon, onde conheceu Nannete A. Samuelson e se casou com ela.

Neste mundo de faladores, Mack é pensador e fazedor. Não diz muita coisa, a não ser que alguém pergunte, o que pouca gente faz. Quando fala, dá a impressão de ser uma espécie de alienígena que vê a paisagem das idéias e experiências humanas de modo diferente de todas as outras pessoas.

O que acontece é que as coisas que ele diz causam um certo desconforto em um mundo onde a maioria das pessoas prefere escutar o que está acostumada a ouvir, o que freqüentemente não é grande coisa. Os que o conhecem geralmente gostam muito de Mack, desde que ele mantenha guardados seus pensamentos. Porque as coisas que Mack diz nem sempre deixam as pessoas muito satisfeitas com elas mesmas.

Uma vez Mack me contou que quando era jovem costumava se abrir com mais liberdade, mas admitiu que a maior parte dessas conversas era um mecanismo de sobrevivência para encobrir suas feridas. Freqüentemente acabava derramando a dor sobre quem estivesse por perto. Disse que tinha prazer em apontar as falhas das pessoas e humilhá-las para manter seu sentimento de falso poder e controle. Nada muito elogiável.

Enquanto escrevo estas palavras, reflito sobre o Mack que sempre conheci: um sujeito bastante comum e certamente sem nada de especial, a não ser para os que o conhecem de verdade. Vai fazer 56 anos e não chama a atenção, está ligeiramente acima do peso, é meio careca, baixo e branco – uma descrição que serve para muitos homens dessas redondezas. Você provavelmente não o notaria numa multidão nem se sentiria incomodado sentado ao seu lado enquanto ele cochila no trem que o leva à cidade para a reunião semanal de vendas. Faz a maior parte de seu trabalho num pequeno escritório em sua casa na Wildcat Road. Vende alguma engenhoca de alta tecnologia que eu não pretendo entender: trecos eletrônicos que de algum modo fazem tudo andar mais depressa, como se a vida já não fosse rápida demais.

Você só percebe como Mack é inteligente quando, por acaso, escuta um diálogo dele com um especialista. Já vivi algumas situações dessas quando a língua falada mal parecia com a nossa e eu me via lutando para captar os conceitos que jorravam como um rio de jóias despencando de uma cachoeira. Ele consegue falar com inteligência sobre quase tudo e, apesar da força de suas convicções, Mack tem um modo gentil e respeitoso que deixa você manter as suas.

Seus assuntos prediletos são Deus, a Criação e por que as pessoas acreditam em determinadas coisas. Seus olhos se iluminam e seu sorriso repuxa os cantos dos lábios para cima. De repente, como se fosse um garotinho, o cansaço se dissolve e ele rejuvenesce, praticamente incapaz de se conter. Mas, ao mesmo tempo, Mack não é muito religioso. Parece ter uma relação de amor e ódio com a religião e talvez até com Deus, que ele imagina como um ser mal-humorado, distante e altivo. Pequenas gotas de sarcasmo escorrem às vezes pelas rachaduras de seu reservatório, como dardos cortantes cheios de veneno. Embora algumas vezes nós dois vamos juntos à mesma igreja, dá para ver que ele não se sente muito à vontade lá.

Mack está casado com Nan há pouco mais de 33 anos – na maior parte do tempo, eles são felizes. Diz que ela salvou sua vida e pagou um preço alto por isso. Por algum motivo que não dá para compreender, Nan parece amá-lo agora mais do que nunca, apesar de eu ter a sensação de que ele a magoou de algum modo terrível nos primeiros anos. Acho que, assim como a maior parte das nossas feridas tem origem em nossos relacionamentos, o mesmo acontece com as curas, e sei que quem olha de fora não percebe essa bênção.

De qualquer modo, Mack se casou. Nan é a argamassa que mantém juntos os ladrilhos de sua família. Enquanto Mack lutou num mundo com muitos tons de cinza, o dela é principalmente preto e branco. O bom senso é tão natural para Nan que ela nem consegue perceber o dom que isso representa. Ter uma família a impediu de realizar seu sonho de ser médica, mas ela se destacou como enfermeira e obteve um reconhecimento considerável em seu trabalho com pacientes terminais com câncer. Enquanto o relacionamento de Mack com Deus é amplo, o de Nan é profundo.

Esse casal contraditório teve cinco filhos de beleza incomum. Mack gosta de dizer que todos pegaram a beleza dele, "... porque Nan ainda conserva a dela". Dois dos três meninos já saíram de casa: Jon, casado há pouco, trabalha como vendedor de uma empresa local, e Tyler, recém-formado na faculdade, está fazendo mestrado. Josh e uma das duas garotas, Katherine (Kate), cursaram a escola comunitária local. E a que chegou por último é Melissa – ou Missy, como gostávamos de chamá-la. Ela... bem, você vai conhecer melhor alguns dos filhos de Mack ao longo deste livro.

Os últimos anos foram... como é que posso dizer... notavelmente peculiares. Mack mudou: agora está ainda mais diferente e especial. Durante todos os nossos anos de convívio ele sempre foi bastante gentil e amável, mas desde a estada no hospital há três anos ficou... bem, melhor ainda. Tornou-se uma daquelas raras pessoas que estão totalmente à vontade dentro da própria pele. E eu também me sinto mais à vontade perto dele do que de qualquer outra pessoa. Cada vez que nos separamos, tenho a sensação de ter tido a melhor conversa da minha vida, mesmo que eu tenha falado mais. E, a respeito de Deus, Mack não é mais simplesmente amplo. Ficou muito profundo. Mas o mergulho custou caro.

Os dias de hoje são muito diferentes de há sete ou oito anos, quando a *Grande Tristeza* entrou em sua vida e ele quase parou de falar. Mais ou menos nessa época, e por quase dois anos, nossos encontros foram interrompidos, como se por um acordo mútuo não verbalizado. Eu só via Mack de vez em quando na mercearia ou, mais raramente ainda, na igreja. E, embora em geral trocássemos um abraço educado, não falávamos de muita coisa importante. Para ele era até difícil me encarar. Talvez não quisesse entrar numa conversa capaz de arrancar a casca de seu coração ferido.

Porém tudo isso mudou depois de um acidente feio com... Mas lá vou eu outra vez botando o carro na frente dos bois. Vamos chegar lá no devido tempo. Basta dizer que estes últimos anos parecem ter devolvido a vida de Mack e tirado o fardo da *Grande Tristeza*. O que aconteceu há três anos mudou totalmente a melodia de sua vida e é uma canção que mal posso esperar para tocar.

Apesar de se comunicar bastante bem verbalmente, Mack não se sente seguro sobre sua capacidade de escrever – algo que ele sabe que me apaixona. Por isso, perguntou se eu escreveria esta história, a história dele "para as crianças e para a Nan". Queria uma narrativa que o ajudasse a expressar para eles a profundidade de seu amor e que os ajudasse a entender o que havia se passado em seu mundo interior. Você conhece o lugar: é onde você está sozinho – e talvez com Deus, se acredita Nele. É claro que Deus pode estar lá, mesmo que você *não* acredite. Isso seria bem o jeito de Deus. Não é à toa que ele é chamado de O Grande Intrometido.

A história que você vai ler é resultado de uma luta minha e do Mack para, durante muitos meses, colocar em palavras o que ele viveu. Tem um lado um pouco... digamos, *muito* fantástico. Não vou julgar se algumas partes são verdadeiras ou não. Prefiro dizer que, mesmo que algumas coisas não possam ser cientificamente provadas, talvez sejam verdadeiras. Mas preciso afirmar honestamente que fazer parte desta história me afetou de modo profundo, desvendando detalhes meus que eu desconhecia. Confesso que desejo desesperadamente que tudo o que Mack me contou seja verdade. Na maioria das vezes eu me sinto próximo dele, mas em outras – quando o mundo visível de concreto e computadores parece ser o *real* – perco o contato e tenho dúvidas.

Algumas observações finais. Mack gostaria que eu lhe transmitisse o seguinte recado: "Se você odiar esta história, desculpe, ela não foi escrita para você." Mas eu quero acrescentar: afinal, talvez tenha sido. O que você vai ler é o máximo que Mack consegue recordar daquilo que aconteceu. Esta é a história *dele*, não a minha. Por isso, nas poucas vezes em que apareço, vou me referir a mim mesmo na terceira pessoa – e do ponto de vista de Mack.

Às vezes a memória pode ser uma companheira enganosa, em especial com relação ao acidente, e eu não ficarei surpreso se, apesar de nosso esforço conjunto para contar a história com exatidão, alguns fatos e lembranças aparecerem distorcidos nestas páginas. Não é intencional. Garanto que as conversas e eventos foram registrados do modo mais fiel possível, de acordo com as lembranças de Mack. Portanto, por favor, tente não se aborrecer com ele. Como você verá, essas coisas não são fáceis de contar.

— WILLIE

1

UMA CONFLUÊNCIA DE CAMINHOS

Duas estradas se bifurcaram no meio da minha vida,
Ouvi um sábio dizer.
Peguei a estrada menos usada.
E isso fez toda a diferença cada noite e cada dia.

Larry Norman *(pedindo desculpas a Robert Frost)*

Março desatou uma torrente de chuvas depois de um inverno de secura anormal. Uma frente fria desceu do Canadá e foi contida por rajadas de vento que rugiam pelo desfiladeiro, vindas do Leste do Oregon. Ainda que a primavera certamente estivesse logo ali, depois da esquina, o deus do inverno não iria abandonar sem luta seu domínio conquistado com dificuldade. Havia um cobertor de neve recente nas Cascades, e agora a chuva congelava ao bater no chão do lado de fora da casa. Motivo suficiente para Mack se enroscar com um livro e uma sidra quente, aconchegando-se no calor do fogo que estalava na lareira.

Mas, em vez disso, ele passou a maior parte da manhã no computador. Sentado confortavelmente no escritório de casa, usando calças de pijama e uma camiseta, ele deu telefonemas de vendas. Parava com freqüência, ouvindo o som da chuva cristalina tilintar na janela e vendo o acúmulo vagaroso mas constante do gelo lá fora. Estava se tornando inexoravelmente prisioneiro do gelo em sua própria casa — e com muito prazer.

Há algo agradável nas tempestades que interrompem a rotina. A neve ou a chuva gélida nos liberam subitamente das expectativas, das exigências de resultados e da tirania dos compromissos e dos horários. Ao contrário da doença, esta é uma experiência mais coletiva do que individual. Quase podemos ouvir um suspiro de alívio erguer-se em uníssono na cidade próxima e no campo, onde a natureza interveio para dar uma folga aos exaustos seres humanos. Todos os afetados pela tempestade são unidos por uma desculpa mútua. De súbito e inesperadamente o coração fica um pouco mais leve. Não serão necessárias desculpas por não comparecer a algum compromisso. Todos entendem e compartilham a mesma justificativa, e a retirada súbita de qualquer pressão alegra a alma.

É claro que as tempestades também interrompem negócios, e, embora umas poucas empresas tenham um ganho extra, outras perdem dinheiro – o que significa que existem os que não sentem júbilo quando tudo fecha temporariamente. Mas é impossível culpar alguém pela perda de produção ou por não conseguir chegar ao escritório. Mesmo que a situação só dure um ou dois dias, de algum modo cada pessoa se sente dona do seu mundo simplesmente porque aquelas gotinhas de água congelam ao bater no chão.

Até as atividades comuns se tornam extraordinárias. Ações rotineiras se transformam em aventuras e freqüentemente são vivenciadas com maior clareza. No fim da tarde, Mack se encheu de agasalhos e saiu para lutar com os quase 100 metros da comprida entrada de veículos que vai até a caixa de correio. O gelo havia convertido magicamente essa tarefa simples do dia-a-dia numa batalha contra os elementos: levantou o punho em contestação à força bruta da natureza e, num ato de desafio, riu na cara dela. O fato de que ninguém notaria nem se incomodaria com seu gesto pouco importava para ele – só o pensamento o fez rir por dentro.

As pelotas de chuva gelada ardiam no rosto e nas mãos enquanto ele subia e descia com cuidado as pequenas ondulações do caminho. Mack se divertia pensando que parecia um marinheiro bêbado indo com cuidado para o próximo boteco. Quando você enfrenta a força de uma tempestade de gelo, não caminha exatamente com ousadia, demonstrando uma confiança incontida. Mack teve de se levantar duas vezes antes de finalmente conseguir abraçar a caixa de correio como se fosse um amigo desaparecido há muito.

Parou para apreciar a beleza de um mundo engolfado em cristal. Tudo refletia luz e colaborava para o brilho crescente do fim de tarde. As árvores no campo do vizinho tinham-se coberto com mantos translúcidos, e agora cada uma parecia única ao seu olhar. Era um mundo radiante e, por um momento, seu esplendor luzidio quase retirou, ainda que por apenas alguns segundos, a *Grande Tristeza* dos ombros de Mack.

Demorou quase um minuto para arrancar o gelo que havia lacrado a tampa da caixa de correio. A recompensa por seus esforços foi um único envelope onde havia apenas seu primeiro nome escrito à máquina do lado de fora; sem selo, sem carimbo e sem remetente. Curioso, ele rasgou a borda do envelope, tarefa que não foi fácil, pois os dedos começavam a se enrijecer de frio. Dando as costas para o vento que lhe tirava o fôlego, finalmente conseguiu arrancar do ninho um pequeno retângulo de papel sem dobra. A mensagem datilografada dizia simplesmente:

Mackenzie

Já faz um tempo. Senti sua falta.
Estarei na cabana no fim de semana que vem, se você quiser me encontrar.

Papai

Mack se enrijeceu enquanto uma onda de náusea percorria seu corpo e, com igual rapidez, se transmutava em ira. Esforçava-se para pensar o mínimo possível na cabana e, mesmo quando ela lhe vinha à mente, seus pensamentos não eram agradáveis nem bons. Se aquilo era uma piada de mau gosto, a pessoa realmente havia se superado. E assinar "Papai" só tornava a coisa ainda mais horrenda.

– Idiota – resmungou, pensando em Tony, o carteiro: um italiano exageradamente amigável, com grande coração mas pouco tato. Por que ele entregaria um envelope tão ridículo? Nem estava selado. Mack enfiou com raiva o envelope e o bilhete no bolso do casaco e virou-se para começar a deslizar na direção de casa. Os sopros fortes do vento, que a princípio haviam diminuído de intensidade, agora o empurravam, encurtando o tempo necessário para atravessar a minigeleira que engrossava sob seus pés.

Estava se saindo bem, obrigado, até chegar à entrada de veículos, que se inclinava um pouco para baixo e à esquerda. Sem qualquer esforço ou intenção, começou a aumentar a velocidade, deslizando com sapatos que tinham praticamente tanta firmeza quanto um pato pousando num lago gelado. Com os braços balançando loucamente na esperança de, não sabia como, manter o equilíbrio, Mack se viu adernando de encontro à única árvore de tamanho substancial que ladeava a entrada de veículos – a única cujos galhos mais baixos ele havia cortado uns poucos meses antes. Agora ela se erguia ansiosa para abraçá-lo, seminua e aparentemente desejosa de uma pequena retribuição. Numa fração de segundo, ele escolheu o caminho da covardia e tentou despencar no chão, permitindo que os pés escorregassem – o que eles de qualquer modo fariam. Melhor ter a bunda dolorida do que arrancar lascas do rosto.

Mas a descarga de adrenalina o fez compensar exageradamente, e em câmara lenta Mack viu os pés se erguerem à sua frente, como se puxados para cima por alguma armadilha da selva. Bateu com força, primeiro com a nuca, e escorregou até um monte na base da árvore brilhosa, que pareceu se erguer acima dele com uma expressão de presunção e nojo, além de uma certa decepção.

O mundo pareceu ficar escuro por um instante. Ele permaneceu ali deitado, tonto e olhando o céu, franzindo os olhos enquanto a precipitação gelada esfriava rapidamente seu rosto vermelho. Durante uma pausa ligeira, tudo pareceu estranhamente quente e pacífico, com sua cólera momentaneamente nocauteada pelo impacto.

– Agora, quem é o idiota? – murmurou consigo mesmo, esperando que ninguém estivesse olhando.

O frio se entranhava rapidamente pelo casaco e pelo suéter, e Mack soube que a chuva gelada que estava ao mesmo tempo se derretendo e se congelando embaixo dele iria logo se tornar um enorme desconforto. Gemendo e sentindo-se muito velho, rolou apoiando-se nas mãos e nos joelhos. Foi então que viu a marca de um vermelho forte traçando sua jornada desde o ponto de impacto até o destino final. Como se gerado pela súbita percepção do ferimento, um martelar surdo começou a subir pela nuca. Instintivamente ele procurou a fonte das batidas de tambor e trouxe de volta a mão ensangüentada.

Com o gelo áspero e o cascalho afiado cortando as mãos e os joelhos, Mack meio engatinhou, meio escorregou, até conseguir chegar a uma parte plana da entrada de veículos. Com um esforço considerável, finalmente pôde ficar de pé e avançar cautelosamente, centímetro a centímetro, em direção à casa, humilhado pelos poderes do gelo e da gravidade.

Assim que entrou, Mack se livrou metodicamente e do melhor modo que pôde das camadas de roupa de frio, com os dedos meio congelados reagindo com quase tanta destreza quanto se fossem porretes enormes na ponta dos braços. Decidiu largar aquela bagunça molhada e manchada de sangue ali mesmo na entrada, onde a deixara cair, e avançou dolorosamente até o banheiro para examinar os ferimentos. Não existia dúvida de que o caminho gelado havia vencido. Do talho na nuca escorria sangue ao redor de algumas pedrinhas ainda encravadas no couro cabeludo. Como havia temido, um galo significativo tinha se formado, emergindo como uma baleia-corcunda rompendo as ondas de seu cabelo ralo.

Enquanto tentava ver a nuca com um pequeno espelho de mão que refletia uma imagem invertida do espelho do banheiro, Mack achou difícil fazer um curativo. Depois de uma curta frustração, desistiu, incapaz de obrigar as mãos a irem na direção certa e sem saber qual dos dois espelhos mentia para ele. Tateando com cuidado ao redor do talho encharcado, conseguiu tirar os pedaços maiores de cascalho, até que a dor ficou forte demais para continuar. Pegou um pouco de pomada de primeiros socorros e tapou o ferimento do melhor modo que pôde. Em seguida amarrou uma toalha de rosto na nuca usando um pouco de gaze que encontrou numa gaveta do banheiro. Olhando-se no espelho, pensou que se parecia um pouco com um marinheiro rude saído do romance *Moby Dick*. Isso o fez rir, depois se encolher.

Teria de esperar até que Nan chegasse em casa para receber qualquer atendimento médico verdadeiro, uma das muitas vantagens de ser casado com uma enfermeira. De qualquer modo, sabia que quanto pior fosse a aparência, mais solidariedade iria receber. Se prestarmos bastante atenção, sempre conseguiremos descobrir alguma compensação no sofrimento. Engoliu dois analgésicos para diminuir a dor e mancou até a porta da frente.

Nem por um instante Mack se esqueceu do bilhete. Remexendo na pilha de roupas molhadas e ensangüentadas, finalmente o encontrou no bolso do casaco. Olhou, voltou para o escritório, achou o número da agência de correio e ligou. Como esperava, Annie, a matronal chefe do correio e guardiã dos segredos da população local, atendeu.

– Oi, por acaso o Tony está aí?

– Oi, Mack, é você? Reconheci sua voz. – Claro que reconheceu. – Desculpe, mas o Tony ainda não voltou. Na verdade, acabo de falar com ele pelo rádio. Está na metade da Wildcat, nem chegou à sua casa ainda. O que você quer que eu diga a ele, se conseguir voltar vivo?

– Na verdade você já respondeu à minha pergunta.

Houve uma pausa do outro lado.

– O que há de errado, Mack? Ainda está fumando muito bagulho, ou só faz isso nas manhãs de domingo para conseguir suportar o culto na igreja? – Ela começou a rir, encantada com o brilho de seu próprio senso de humor.

– Bom, Annie, você sabe que eu não fumo bagulho. Nunca fumei e nem quero. – Claro que Annie sabia disso, mas Mack não podia se arriscar. Não seria a primeira vez em que o senso de humor de Annie se transformaria numa boa história que logo se tornaria um "fato". Ele podia ver seu nome sendo acrescentado à corrente de orações da igreja. – Tudo bem, eu falo com o Tony outra hora, não é importante.

– Então está certo, e fique dentro de casa, que é mais seguro. Você sabe, um cara velho como você pode perder o senso de equilíbrio com o passar dos anos. Do jeito que as coisas andam, talvez Tony não consiga chegar à sua casa.

– Obrigado, Annie. Tentarei lembrar do seu conselho. Falo com você mais tarde. Tchau. – Sua cabeça latejava cada vez mais, pequenos martelos de forja batendo no ritmo do coração. "Estranho", pensou, "quem ousaria colocar algo assim na *nossa* caixa de correio?" Os analgésicos ainda não haviam surtido o efeito desejado, mas eram suficientes para embotar o início de preocupação que ele estava sentindo, e de repente Mack ficou muito cansado. Pousou a cabeça na mesa e pensou que havia acabado de cair no sono quando o telefone o acordou com um susto.

– Ah... alô?

– Oi, amor. Parece que você estava dormindo. – Ele sentiu na voz de Nan uma animação incomum, mesmo percebendo a tristeza encoberta que espreitava logo abaixo da superfície de cada conversa. Mack ligou a luminária da mesa e olhou o relógio, surpreso ao constatar que dormira por cerca de duas horas.

– Ah, desculpe. Acho que cochilei um pouco.

– É, você parece meio grogue. Tudo bem?

– Tudo. – Mesmo estando quase escuro lá fora, Mack podia ver que a tempestade não havia amainado. Tinha até depositado mais uns 5 centímetros de gelo. Os galhos das árvores pendiam baixos e ele sabia que alguns acabariam se partindo com o peso, principalmente se o vento aumentasse. – Tive um pequeno entrevero na entrada de veículos quando fui pegar a correspondência. Mas, fora isso, tudo bem. E você?

– Ainda estou na casa da Arlene e acho que eu e as crianças vamos passar a noite aqui. É sempre bom para a Kate estar com a família... parece que isso restaura um pouco o seu equilíbrio. – Arlene era a irmã de Nan, que morava do outro lado do rio, em Washington. – De qualquer modo, está escorregadio demais para sair. Espero que melhore de manhã. Queria ter chegado em casa antes de o tempo ficar tão ruim, mas o que se há de fazer? – Houve uma pausa. – Como está tudo por aí?

– Bem, está absolutamente, espantosamente lindo e muitíssimo mais seguro de olhar do que de andar, acredite. Eu certamente não quero que você tente chegar aqui nessa situação. Nada se mexe. Acho que nem o Tony conseguiu trazer a correspondência.

– Achei que você já tinha pegado a correspondência.

– Não, achei que o Tony tinha passado e fui pegar. E – Mack hesitou, olhando o bilhete sobre a mesa – não havia nenhuma correspondência. Liguei para Annie e ela disse que o Tony provavelmente não ia conseguir subir a ladeira. De qualquer modo – ele mudou rapidamente de assunto para evitar mais perguntas –, como está a Kate?

Houve uma pausa e depois um longo suspiro. Quando Nan falou, sua voz saiu num sussurro, e Mack percebeu que ela estava tapando o bocal do outro lado.

– Mack, eu gostaria de saber. Por mais que eu tente, não consigo. É como se eu falasse com uma pedra. Quando tem gente da família por perto, ela parece sair um pouco da casca, mas depois some de novo. Simplesmente não sei o que fazer. Rezei e rezei para que Papai nos auxiliasse a encontrar um modo de ajudá-la, mas... – Nan parou de novo – parece que ele não está ouvindo.

Era assim. Papai era o nome com que Nan se referia a Deus e expressava o deleite que lhe provocava sua amizade íntima com ele.

– Querida, tenho certeza de que Deus sabe o que está fazendo. Tudo vai dar certo. – Essas palavras não lhe trouxeram conforto, mas ele esperava que pudessem aliviar a preocupação que sentia na voz dela.

– Eu sei – Nan suspirou. – Só gostaria que ele andasse mais depressa.

– Eu também – foi tudo o que Mack conseguiu dizer. – Bom, você e as crianças fiquem aí, onde é seguro. Dê lembranças à Arlene e ao Jimmy e agradeça a eles por mim. Espero ver você amanhã.

– Eu também. Se cuide e me ligue se precisar de alguma coisa. Tchau.

Mack sentou-se e olhou o bilhete. Era confuso e doloroso tentar evitar a cacofonia de emoções perturbadoras e de imagens sombrias que nublava sua mente – um milhão de pensamentos viajando a um milhão de quilômetros por hora. Por fim desistiu, dobrou o bilhete, enfiou-o numa pequena lata que ficava sobre a mesa e apagou a luz.

Conseguiu encontrar algo para aquecer no microondas, depois pegou alguns cobertores e travesseiros e foi para a sala de estar. Ao olhar rapidamente para o relógio, viu que o programa de Bill Moyer tinha acabado de começar; era seu programa predileto, que ele tentava não perder nunca. Moyer era uma das pouquíssimas pessoas que Mack adoraria conhecer: um homem brilhante e franco, capaz de exprimir com clareza incomum uma compaixão intensa pelas pessoas e pela verdade.

Quase sem pensar e sem afastar os olhos da televisão, Mack estendeu a mão para a mesinha de canto, pegou um porta-retrato com a imagem de uma menininha e o apertou contra o peito. Com a outra mão puxou os cobertores até o queixo e se aninhou mais fundo no sofá.

Logo o som de roncos suaves encheu o ar, enquanto o aparelho exibia um estudante no Zimbábue, que fora espancado por falar contra o governo. Mas Mack já havia saído da sala para lutar com seus sonhos. Talvez essa noite não houvesse pesadelos, só visões, quem sabe, de gelo, árvores e gravidade.

2

A ESCURIDÃO SE APROXIMA

Nada nos deixa tão solitários quanto nossos segredos.

– Paul Tournier

Durante a noite um vento sudoeste soprou pelo vale de Villamette, libertando a paisagem do aperto gélido da tempestade. Em menos de 24 horas instalou-se um calor de início de verão. Mack dormiu até tarde, um daqueles sonos sem sonhos que parecem durar apenas um instante.

Quando finalmente se arrastou do sofá, surpreendeu-se ao descobrir que as loucuras do gelo haviam se dissolvido tão depressa, mas deliciou-se ao ver Nan e as crianças aparecerem menos de uma hora depois. Primeiro veio a bronca previsível por ele não ter posto as roupas sujas de sangue na lavanderia. Em seguida, uma quantidade adequada de exclamações que acompanharam o exame que ela fez no ferimento da cabeça. O cuidado agradou imensamente a Mack e logo Nan o havia limpado, remendado e alimentado. Mas não houve menção ao bilhete sempre presente em sua mente. Ele ainda não sabia o que pensar a respeito e não queria envolver Nan em algum tipo de piada cruel.

As pequenas distrações, como a tempestade de gelo, eram uma trégua bem-vinda que afastava por instantes a presença terrível de sua companheira constante: a *Grande Tristeza*, como ele a chamava. Pouco depois do verão em que Missy desaparecera, a *Grande Tristeza* havia pousado nos ombros de Mack como uma capa invisível, mas quase palpável. O peso daquela presença embotava seus olhos e curvava seus ombros. Até os esforços para afastá-la eram exaustivos, como se os braços estivessem costurados nas dobras escuras do desespero que agora, de algum modo, tinha se tornado parte dele. Comia, trabalhava, amava, sonhava e brincava sempre usando essa vestimenta, como se fosse um roupão de chumbo. Andava com dificuldade pela melancolia tenebrosa que sugava a cor de tudo.

Às vezes ele podia sentir a *Grande Tristeza* se apertando lentamente ao redor do peito e do coração, como os anéis esmagadores de uma jibóia, espremendo líquido dos seus olhos até ele achar que não existia mais nenhuma gota. Em outras ocasiões sonhava que seus pés estavam presos em lama pegajosa, enquanto tinha rápidos vislumbres de Missy correndo pelo caminho que descia pela floresta à frente dele, o vestido vermelho de algodão leve enfeitado pelas flores silvestres que piscavam entre as árvores. Ela não fazia qualquer idéia da sombra escura que a seguia. Ainda que Mack tentasse freneticamente gritar, nenhum som saía e ele sempre chegava tarde demais e impotente demais para salvá-la. Sentava-se empertigado na cama, o suor pingando do corpo torturado, enquanto ondas de náusea, culpa e arrependimento rolavam sobre ele como um maremoto surreal.

A história do desaparecimento de Missy infelizmente não é como outras que a gente costuma ouvir. Tudo aconteceu no fim de semana do Dia do Trabalho, o último brado de alegria do verão antes de outro ano de escola e rotinas de outono. Mack decidiu corajosamente levar as três crianças menores para um último acampamento no lago Walowa, no Nordeste do Oregon. Nan já estava inscrita num curso de reciclagem em Seattle, um dos dois garotos mais velhos havia retornado à faculdade e o outro estava trabalhando como monitor num acampamento de verão. Mas Mack confiava na própria capacidade de combinar corretamente conhecimentos de sobrevivência ao ar livre e habilidades maternas. Afinal, Nan era uma boa professora e ele, um aluno aplicado.

O sentimento de aventura e a euforia do acampamento tomaram conta de todos, e a casa virou um redemoinho de atividades. Num determinado ponto da confusão, Mack decidiu que precisava de uma trégua e se acomodou na cadeira do papai depois de expulsar Judas, o gato da família. Já ia ligar a TV quando Missy entrou correndo, segurando sua caixinha de plástico transparente.

– Posso levar minha coleção de insetos para acampar com a gente? – perguntou.

– Quer levar seus bichos? – grunhiu Mack, sem prestar muita atenção.

– Pai, eles não são bichos. São insetos. Olha, tenho um monte aqui.

Relutante, Mack deu atenção à filha, que, vendo-o concentrado, começou a explicar o conteúdo do seu "baú" do tesouro.

– Olha, tem dois gafanhotos. E olha aquela folha, é a minha lagarta, e em algum lugar por aí... Ali! Está vendo minha joaninha? E tenho uma mosca em algum lugar e umas formigas.

Enquanto ela fazia o inventário da coleção, Mack se esforçou ao máximo para demonstrar que estava atento, balançando a cabeça.

– Então – terminou Missy. – Você deixa eu levar?

– Claro que sim, querida. Talvez a gente possa soltá-los na floresta quando estivermos lá.

– Não pode, não! – veio uma voz da cozinha. – Missy, você tem de deixar a coleção em casa, querida. Acredite, eles estão mais seguros aqui. – Nan esticou a cabeça pela quina da parede e franziu a testa amorosamente para Mack, enquanto ele encolhia os ombros.

– Eu tentei, querida – sussurrou ele para Missy.

– Grrr – rosnou Missy. E, sabendo que a batalha estava perdida, pegou a caixa e saiu.

Na noite de quinta-feira a van estava lotada e a carreta-barraca de reboque presa, com luzes e freios testados. Na sexta de manhã, depois de um último sermão de Nan para os filhos sobre segurança, obediência, escovar os dentes de manhã, não pegar gatos com listras brancas nas costas e todo tipo de outras coisas, todos saíram: Nan para o norte e Mack e os três mosqueteiros para o leste. O plano era voltar na noite de terça-feira, véspera do primeiro dia de aula.

Mack e os filhos pararam na cachoeira Multnomah para comprar um livro de colorir e lápis de cor para Missy e duas máquinas fotográficas descartáveis e à prova d'água para Kate e Josh. Depois decidiram subir a curta distância da trilha até a ponte diante da cachoeira. Antigamente havia um caminho rodeando o poço principal e entrando numa caverna rasa atrás da queda-d'água, mas infelizmente ele tinha sido bloqueado pelas autoridades do parque por causa da erosão. Missy adorava o lugar e implorou ao pai para contar a lenda da bela jovem índia, filha de um chefe da tribo Multnomah. Foi preciso um pouco de insistência, mas por fim Mack cedeu e recontou a história enquanto olhavam para a névoa que envolvia a cachoeira.

A história falava de uma princesa, a única filha que restava ao pai idoso. O chefe adorava a filha e escolheu com cuidado um marido para ela: um jovem chefe guerreiro da tribo Clatsop que a amava. As duas tribos se juntaram para as comemorações do casamento. Mas, antes do começo da festa, uma doença terrível começou a matar muitos homens.

Os anciãos e os chefes se reuniram para discutir o que poderiam fazer contra a doença devastadora que dizimava rapidamente seus guerreiros. O curandeiro mais velho contou que seu pai, perto de morrer, já bem idoso, havia previsto uma doença terrível que mataria seus homens, uma doença que só poderia ser vencida se a filha de um chefe, pura e inocente, oferecesse de boa vontade a vida pelo seu povo. Para realizar a profecia, ela deveria subir voluntariamente num penhasco acima do Grande Rio e pular para a morte nas rochas abaixo.

Uma dúzia de jovens, todas filhas dos vários chefes, foram trazidas diante do Conselho. Depois de demorados debates, os anciãos deciram que não poderiam pedir um sacrifício tão precioso, sobretudo porque não sabiam se a lenda era verdadeira.

Mas a doença continuou se espalhando implacável entre os homens, e finalmente o jovem chefe guerreiro, o futuro esposo, caiu doente. A princesa, que o amava muito, soube no fundo do coração que algo precisava ser feito e, depois de lhe dar um leve beijo na testa, afastou-se.

Demorou toda a noite e todo o dia seguinte para chegar ao local indicado na lenda, um penhasco altíssimo acima do Grande Rio e das terras mais além. Depois de rezar e se entregar ao Grande Espírito, ela cumpriu a profecia sem hesitar, pulando para a morte nas rochas abaixo.

Nas aldeias, na manhã seguinte, os doentes se levantaram saudáveis e fortes. Houve grande júbilo e comemoração, até que o jovem guerreiro descobriu que sua adorada noiva havia sumido. À medida que a percepção do que acontecera se espalhava rapidamente entre o povo, muitos empreenderam a jornada até o lugar onde sabiam que iriam encontrá-la. Enquanto se reuniam em silêncio ao redor do corpo destroçado na base do penhasco, seu pai, tomado pelo sofrimento, gritou para o Grande Espírito, pedindo que o sacrifício dela fosse lembrado para sempre. Nesse momento, do lugar de onde ela havia pulado começou a jorrar água, transformando-se numa névoa fina que caía aos pés deles, lentamente formando um lago maravilhoso.

Normalmente, Missy adorava a história. A narrativa possuía todos os elementos de um verdadeiro conto de redenção, não muito diferente da história de Jesus que ela conhecia tão bem. Falava de um pai que amava a filha única e de um sacrifício anunciado por um profeta. Por causa do amor, a jovem escolheu dar sua vida para salvar o noivo e as tribos da morte certa.

Mas, dessa vez, Missy ficou quieta quando a história terminou. Virou-se imediatamente e dirigiu-se para a van, como se dissesse: "Tudo bem, não tenho mais nada para fazer aqui. Vamos indo."

Deram uma parada rápida para um lanche junto ao rio Hood, depois voltaram para a auto-estrada que iria levá-los pelos últimos 115 quilômetros até a cidade de Joseph. O lago e o local de acampamento ficavam poucos quilômetros depois de Joseph. Quando chegaram, arrumaram tudo – não exatamente como Nan teria preferido, mas do jeito que lhes pareceu melhor.

Naquele fim de tarde, sentado entre as três crianças que riam assistindo a um dos maiores espetáculos da natureza, o coração de Mack foi subitamente inundado por uma alegria inesperada. Um pôr-do-sol de cores e padrões brilhantes destacava as poucas nuvens que haviam esperado nas coxias para se tornarem os atores centrais nessa apresentação única. Ele era um homem rico, pensou, em todos os sentidos que mais importavam.

Quando acabaram de limpar os restos do jantar, a noite havia caído. Os cervos tinham ido para o lugar onde dormem. Seu turno foi substituído pelos encrenqueiros noturnos: guaxinins, esquilos e tâmias, que perambulavam em bandos procurando qualquer recipiente ligeiramente aberto. Os Phillips sabiam disso por experiência própria. A primeira noite que tinham passado nesses locais de acampamento lhes custara quatro dúzias de barras de cereal, uma caixa de chocolate e todos os biscoitos de creme de amendoim.

Antes que ficasse muito tarde, os quatro deram uma pequena caminhada para longe das fogueiras e das lanternas do acampamento, até um lugar escuro e quieto onde pudessem se deitar e olhar maravilhados a Via-Láctea, espantosa e intensa sem a poluição das luzes da cidade. Mack era capaz de ficar horas deitado olhando aquela vastidão. Sentia-se incrivelmente pequeno, mas em paz. De todos os lugares em que a presença de Deus se fazia sentir, era ali, rodeado pela natureza e sob as estrelas, um dos mais tocantes. Quase podia ouvir o hino de adoração que os astros faziam ao Criador, e em seu coração relutante ele participava do melhor modo possível.

Então voltaram ao acampamento e, depois de várias viagens aos banheiros, Mack enfiou os três na segurança de seus sacos de dormir. Rezou brevemente com Josh antes de ir até onde Kate e Missy estavam esperando. Quando chegou a vez de Missy rezar, ela quis conversar com o pai.

– Papai, por que ela teve de morrer?

Mack demorou um momento para descobrir do que Missy estava falando. Percebeu subitamente que a princesa índia devia estar na cabeça da menina desde cedo, quando ele contara a história.

– Querida, ela *não* teve de morrer. Ela *escolheu* morrer para salvar seu povo. Eles estavam doentes e ela queria que se curassem.

Houve um silêncio e Mack soube que outra pergunta estava se formando no escuro.

– Isso aconteceu mesmo? – A pergunta agora vinha de Kate, obviamente interessada na conversa.

Mack pensou antes de falar.

– Não sei, Kate. É uma lenda, e às vezes as lendas são histórias que ensinam uma lição.

– Então não aconteceu de verdade? – perguntou Missy.

– Pode ter acontecido, querida. Às vezes as lendas nascem de histórias verdadeiras, coisas que aconteceram de fato.

De novo silêncio, e depois:

– Então a morte de Jesus é uma lenda?

Mack podia ouvir as engrenagens girando na mente de Kate.

– Não, querida, a história de Jesus é verdadeira. E sabe de uma coisa? Acho que a história da princesa índia provavelmente também é.

Mack esperou enquanto suas filhas processavam os pensamentos. Missy foi a próxima a perguntar:

– O Grande Espírito é outro nome para Deus? Você sabe, o pai de Jesus?

Mack sorriu no escuro. Obviamente as orações noturnas de Nan estavam surtindo efeito.

– Acho que sim. É um bom nome para Deus, porque ele é um espírito e é grande.

– Então por que ele é tão *mau*?

Ah, ali estava a pergunta que viera crescendo na cabecinha da filha.

– Como assim, Missy?

– Bom, o Grande Espírito fez a princesa pular do penhasco e fez Jesus morrer numa cruz. Isso parece muito mau.

Mack ficou travado. Não sabia como responder. Com seis anos e meio, Missy estava fazendo perguntas com as quais pessoas sábias haviam lutado durante séculos.

– Querida, Jesus não achava que o pai dele era mau. Achava que o pai era cheio de amor e que o amava muito. O pai dele não o *fez* morrer. Jesus escolheu morrer porque ele e o pai amavam muito você, eu e todas as pessoas. Ele nos salvou da doença, como a princesa.

Agora veio o silêncio mais longo e Mack começou a imaginar que a menina teria caído no sono. Quando ia se inclinar para lhes dar um beijo, uma vozinha com um tremor perceptível rompeu a quietude.

– Papai?

— Sim, querida?

— Algum dia eu vou ter de pular de um penhasco?

O coração de Mack doeu quando ele entendeu a verdadeira questão. Abraçou a menininha e a apertou. Com a voz um pouco mais rouca do que o usual, respondeu gentilmente:

— Não, querida. Nunca vou pedir para você pular de um penhasco, nunca, nunca, jamais.

— Então Deus vai me pedir para pular de um penhasco?

— Não, Missy. Ele nunca pediria que você fizesse uma coisa dessas.

Ela se aninhou mais fundo em seus braços.

— Está bem! Me dá um abraço apertado. Boa noite, papai. Eu te amo. — E apagou, caindo num sono profundo embalado por sonhos bons e doces.

Depois de alguns minutos, Mack a colocou suavemente no saco de dormir.

— Você está bem, Kate? — sussurrou enquanto lhe dava um beijo.

— Estou — veio a resposta murmurada. — Pai?

— O que é, querida?

— A Missy faz perguntas boas, não é?

— Com certeza. É uma menininha especial. Você também é, só que não é mais tão pequenininha. Agora durma, temos um grande dia pela frente. Lindos sonhos, querida.

— Você também, pai. Te amo demais!

— Te amo também, de todo o coração. Boa noite.

Mack fechou o zíper do reboque ao sair, assoou o nariz e enxugou as lágrimas que desciam pelo rosto. Fez uma oração silenciosa de agradecimento a Deus e foi coar um pouco de café.

3

O MERGULHO

A alma é curada ao estar com crianças.

– Fedor Dostoievski

O Parque Estadual do Lago Wallowa, no Oregon, e a área ao redor têm sido chamados, com propriedade, de Pequena Suíça da América. Montanhas escarpadas e agrestes erguem-se até quase 3 mil metros e, no meio delas, há inúmeros vales escondidos cheios de riachos, trilhas de caminhada e altas campinas cobertas de flores silvestres. O lago Wallowa é a passagem para a Área de Recreação Nacional de Hells Canyon, onde está o maior desfiladeiro da América do Norte. Esculpido no decorrer de séculos pelo rio Snake, em alguns lugares tem mais de 3 quilômetros do topo à base, e às vezes 16 quilômetros de uma borda à outra.

Na Área de Recreação há mais de 1.400 quilômetros de trilhas de caminhada. Os vestígios da presença da tribo Nez Perce, que antes dominava a região, estão espalhados por essa vastidão, junto com os dos colonos brancos que passavam a caminho do Oeste. A cidade de Joseph, ali perto, é assim chamada por causa de um poderoso chefe tribal cujo nome indígena significava Trovão Rolando Montanha Abaixo. A área oferece abundante flora e vida selvagem, incluindo alces, ursos, cervos e cabritos monteses.

O lago Wallowa mede 8 quilômetros de comprimento e um e meio de largura e foi formado, segundo alguns, por geleiras que ali se encontravam há 9 milhões de anos. Fica a cerca de um quilômetro e meio da cidade de Joseph, a uma altitude de 1.340 metros. A temperatura da água é de tirar o fôlego durante a maior parte do ano, mas fica agradável no fim do verão para um nado rápido perto da margem.

Mack e as crianças preencheram os três dias seguintes com diversão e lazer. Missy, aparentemente satisfeita com as respostas do pai, não voltou ao assunto da princesa, mesmo quando uma caminhada diurna os levou perto de penhascos altíssimos. Passaram algumas horas andando de pedalinho junto à margem do lago, esforçaram-se ao máximo para ganhar um prêmio no minigolfe, cavalgaram nas trilhas e visitaram as lojinhas da cidade de Joseph.

Ao longo do fim de semana, duas outras famílias juntaram-se magicamente ao mundo dos Phillips. Como acontece freqüentemente, as crianças deram início à amizade. Josh gostou especialmente de conhecer os Ducette, pois a filha mais velha, Amber, era uma linda mocinha mais ou menos da sua idade. Kate adorou implicar com o irmão mais velho por causa disso, e ele reagiu indo irritado para a carreta-barraca, vociferando e resmungando. Amber tinha uma irmã, Emmy, apenas um ano mais nova do que Kate, e as duas passaram a brincar juntas. Vicky e Emil Ducette tinham viajado de sua casa no Colorado, onde Emil trabalhava como agente policial do Serviço de Pesca e Vida Selvagem e Vicky cuidava do lar e do filho caçula, J. J., que agora tinha quase um ano.

Os Ducette apresentaram Mack e os filhos a um casal canadense que haviam conhecido antes, Jesse e Sarah Madison. Pareciam tranqüilos, despretensiosos, e Mack gostou deles à primeira vista. Os dois trabalhavam como consultores independentes, Jesse na área de recursos humanos e Sarah na de administração. Missy ligou-se logo a Sarah e as duas costumavam ir ao acampamento dos Ducette para ajudar Vicky com J. J.

O domingo nasceu radioso e todo o grupo se empolgou com a idéia de pegar o teleférico do lago Wallowa até o topo do monte Howard – 2.484 metros acima do nível do mar. Jesse e Sarah convidaram todos para almoçar em um restaurante no topo da montanha. Depois passariam o resto do dia caminhando até os cinco pontos de observação e os mirantes. Armados de máquinas fotográficas, óculos escuros, garrafas d'água e protetor solar, partiram no meio da manhã. Como já imaginavam, fizeram uma verdadeira festa com hambúrgueres, batatas fritas e milk-shakes no restaurante. A altitude estimulou o apetite – até Missy conseguiu devorar um hambúrguer inteiro e a maior parte das outras guloseimas.

Depois do almoço, caminharam pelas trilhas até os mirantes próximos. Dali se divisava um panorama deslumbrante que ia até o horizonte, semeado de pequenas cidades. No fim da tarde estavam todos cansados e felizes. Missy, que Jesse havia carregado nos ombros até os dois últimos mirantes, dormia no colo do pai enquanto chacoalhavam no teleférico de descida.

"Este é um daqueles momentos raros e preciosos", pensou Mack, "que pegam a gente de surpresa e quase tiram o fôlego. Se Nan estivesse aqui, seria realmente perfeito." Ajeitou o peso de Missy numa posição mais confortável para ela e tirou o cabelo do rosto da menina para olhá-la. A sujeira e o suor do dia só faziam, estranhamente, aumentar seu ar de inocência e sua beleza. "Por que eles têm de crescer?", pensou ao dar um beijo na testa da filha.

Naquela noite, as três famílias se reuniram para um último jantar juntos. Mais tarde, os adultos sentaram-se bebericando café ao redor de uma fogueira, enquanto Emil contava suas aventuras em operações contra quadrilhas de contrabando de animais em extinção. Era um narrador hábil e sua profissão oferecia um enorme elenco de histórias hilariantes. Tudo era fascínio e Mack voltou a ser inundado por um intenso bem-estar.

Como acontece freqüentemente quando uma fogueira de acampamento arde por muito tempo, a conversa passou do humorístico para o mais pessoal. Sarah parecia ansiosa para conhecer melhor o resto da família de Mack, especialmente Nan.

– Como ela é, Mackenzie?

Mack adorava exaltar as maravilhas de sua Nan.

– Modéstia à parte, Nan é linda por dentro e por fora. – Sorriu encabulado e viu os dois olhando afetuosamente para ele. Estava realmente com saudade de sua mulher. – O nome completo dela é Nannette, mas quase todo mundo só a chama de Nan. Tem uma tremenda reputação na comunidade médica, pelo menos no Noroeste. É enfermeira e trabalha com pacientes terminais de câncer. É um trabalho duro, mas ela adora. Bom, Nan escreveu alguns textos e tem feito palestras em congressos.

– Verdade? – perguntou Sarah. – Sobre o que ela fala?

– Ela ajuda as pessoas que estão diante da morte a pensarem no relacionamento com Deus.

– Eu adoraria ouvir mais sobre isso – encorajou Jesse enquanto atiçava o fogo com um graveto, fazendo-o avivar-se com vigor renovado.

Mack hesitou. Por mais que se sentisse à vontade com aqueles dois, não os conhecia de fato e a forma como a conversa se aprofundara o deixava meio inquieto. Procurou responder de maneira sucinta.

– Nan é muito melhor nisso do que eu. Acho que ela pensa em Deus de modo diferente da maioria das pessoas. Ela até o chama de Papai, porque se sente muito íntima dele, se é que isso faz sentido para vocês.

– Claro que faz – exclamou Sarah, enquanto Jesse confirmava com a cabeça. – Toda a sua família chama Deus de Papai?

– Não – respondeu Mack rindo. – As crianças às vezes chamam, mas eu não me sinto confortável com isso. Parece um pouco familiar demais para mim. De qualquer modo, Nan tem um pai maravilhoso e, por isso, acho que é mais fácil para ela.

A coisa havia escapado e Mack estremeceu por dentro esperando que ninguém tivesse percebido; mas Jesse o olhava com interesse.

– Seu pai não era maravilhoso? – perguntou com gentileza.

– É. – Mack fez uma pausa. – Acho que se pode dizer que ele não era maravilhoso. Morreu quando eu era criança, de causas naturais. – Riu, mas o som foi oco. Olhou para os dois. – Bebeu até morrer.

– Lamentamos muito – disse Sarah afetuosamente.

– Bom – ele observou, forçando outro riso –, às vezes a vida é dura, mas eu tenho muita coisa para agradecer.

Seguiu-se um silêncio incômodo e Mack se perguntou por que estava falando sobre essas coisas com aqueles dois. Segundos depois foi resgatado por um jorro de crianças que se derramaram do trailer para o meio deles. Para alegria de Kate, ela e Emmy haviam surpreendido Josh e Amber de mãos dadas no escuro e queriam que todos soubessem. Josh estava tão fascinado que nem chegou a protestar.

Quando os Madison se despediram de Mack e de seus filhos, Sarah bateu carinhosamente no ombro do novo amigo. Depois foram andando pela escuridão até o acampamento dos Ducette. Mack ficou olhando-os até não conseguir mais escutar seus sussurros e a luz oscilante da lanterna deles desaparecer. Sorriu e virou-se para arrebanhar sua turma na direção dos sacos de dormir.

As orações foram feitas, seguidas por beijos de boa noite e risinhos de Kate conversando baixo com o irmão mais velho.

E, finalmente, silêncio.

Mack arrumou o que pôde usando a luz das lanternas e decidiu deixar o resto para o dia seguinte. De qualquer modo, só planejavam partir no início da tarde. Encheu seu último copo de café e sentou-se, bebendo-o diante da fogueira que havia se consumido até só restar uma massa faiscante de carvões incandescentes. Estava sozinho, mas não solitário. Esse não era o verso de uma música conhecida? Não tinha certeza, mas, se conseguisse lembrar, procuraria o CD quando chegasse em casa.

Hipnotizado pelo fogo e envolvido por seu calor, rezou, principalmente orações de agradecimento. Tinha consciência dos privilégios que recebera. Bênçãos provavelmente era a palavra certa. Estava contente, descansado e em paz. Mack não sabia, mas em menos de 24 horas suas orações mudariam. Drasticamente.

∾

A manhã seguinte, apesar de ensolarada e quente, não começou tão bem. Mack acordou cedo para surpreender as crianças com um café da manhã especial, mas queimou dois dedos quando tentava soltar as panquecas que haviam grudado na frigideira. Reagindo à dor lancinante, derrubou o fogão, a frigideira e a tigela de massa no chão arenoso. As crianças, acordadas pelo barulho e pelos palavrões ditos em voz baixa,

vieram ver o que estava acontecendo. Começaram a rir quando desco-
briram o que era, mas bastou um "Ei, isso não é engraçado!" de Mack
para voltarem para dentro da barraca, rindo escondidas enquanto
olhavam pelas janelas de tela.

Assim, em vez do planejado, o café da manhã se resumiu a cereal frio
com creme de leite diluído, já que o resto do leite fora usado na massa
de panqueca. Mack passou a hora seguinte tentando arrumar o acampamento com dois dedos enfiados num copo de água gelada. A notícia devia ter se espalhado, porque Sarah Madison apareceu com material de primeiros socorros para queimaduras. Minutos depois de ter
seus dedos cobertos por um líquido esbranquiçado, Mack sentiu a
ardência diminuir.

Mais ou menos nessa hora, tendo terminado suas tarefas, Josh e Kate
vieram perguntar se poderiam dar um último passeio na canoa dos
Ducette, prometendo usar coletes salva-vidas. Depois do inevitável
"não" inicial e da insistência dos filhos, Mack finalmente cedeu. Não
estava muito preocupado. O acampamento ficava pertinho do lago e
eles prometeram não se afastar da margem. Mack poderia vigiá-los
enquanto continuava a guardar as coisas.

Missy estava ocupada colorindo o livro da cachoeira Multnomah.

Ela é linda demais, pensou Mack, olhando embevecido a filha enquanto limpava a sujeira. A menina vestia a única roupa limpa que lhe
restara, um vestidinho vermelho de verão, com flores-do-campo bor-
dadas, comprado em Joseph quando foram à cidade no primeiro dia.

Cerca de 15 minutos depois, Mack levantou os olhos ao ouvir uma
voz familiar chamando do lago:

– Papai!

Era Kate. Ela e o irmão acenaram do bote. Ambos usavam os coletes
salva-vidas e Mack acenou de volta.

É estranho como um ato ou acontecimento aparentemente insignificante pode mudar vidas inteiras. Levantando o remo para acenar, Kate
perdeu o equilíbrio e emborcou a canoa. Surgiu uma expressão congela-
da de terror em seu rosto enquanto, quase em silêncio e em câmara lenta,
o barco virava. Josh se inclinou freneticamente para tentar equilibrá-lo,

mas era tarde demais e ele desapareceu na água. Mack já corria para a beira do lago, não pretendendo entrar, mas para estar perto quando eles saíssem. Kate emergiu primeiro, tossindo e gritando, porém não havia sinal de Josh. E de repente Mack viu uma erupção de água e pernas e soube naquele momento que algo estava terrivelmente errado.

Para seu espanto, todos os instintos que havia desenvolvido como salva-vidas na adolescência voltaram instantaneamente. Em questão de segundos ele caiu na água, tirando os sapatos e a camisa. Nem se deu conta do choque gelado ao disparar na direção da canoa virada, ignorando os soluços aterrorizados da filha. Ela estava em segurança. Seu foco principal era Josh.

Respirando fundo, mergulhou. Apesar de toda a agitação, a água continuava razoavelmente límpida. Encontrou Josh rapidamente e logo descobriu a razão de seu problema. Uma das tiras do colete salva-vidas se prendera na amarra da canoa. Por mais que tentasse, Mack não conseguiu soltá-la e por isso fez sinal para Josh entrar mais fundo sob a canoa, onde havia um bolsão de ar. Mas o pobre garoto estava em pânico, tentando livrar-se da tira que o prendia embaixo d'água sob a borda da canoa.

Mack veio à superfície, gritou para Kate nadar até a margem, sugou todo o ar que pôde e mergulhou pela segunda vez. No terceiro mergulho, sabendo que o tempo estava acabando, percebeu que tinha duas alternativas: tentar livrar Josh do colete ou virar a canoa. Escolheu a segunda opção. Se foram Deus e os anjos, ou Deus e a adrenalina, ele jamais teve certeza, mas na segunda tentativa conseguiu virar a canoa, libertando Josh da amarra.

O colete manteve o rosto do garoto acima da água. Mack emergiu atrás de Josh, agora frouxo e inconsciente, com sangue escorrendo de um talho na cabeça, que a canoa acertara quando Mack a virara de volta. Começou imediatamente a fazer respiração boca a boca no filho, do melhor modo que podia, enquanto outras pessoas o ajudavam a puxá-lo em direção à parte rasa.

Sem perceber os gritos ao redor, Mack se concentrou na tarefa, com o pânico borbulhando no peito. Quando os pés de Josh tocaram terreno firme, o garoto começou a tossir e a vomitar água e o café da manhã. Aplausos empolgados irromperam ao redor, porém Mack não deu a mínima. Dominado pelo alívio e pela descarga de adrenalina resultante do esforço, começou a chorar e, de repente, Kate estava soluçando com os braços em volta de seu pescoço, enquanto todos riam, choravam e se abraçavam.

Dentre os que haviam sido atraídos pelo barulho estavam Jesse Madison e Emil Ducette. Em meio à confusão de gritos de alegria e de alívio, Mack escutou a voz de Emil sussurrando:

– Desculpe... desculpe... desculpe.

A canoa era dele, poderiam ter sido seus filhos. Mack o abraçou e disse quase gritando em seu ouvido:

– Pare com isso! Não foi culpa sua e estão todos bem.

Emil começou a soluçar, com as emoções subitamente liberadas de uma represa de culpa e medo contidos.

Uma tragédia fora evitada. Pelo menos era o que Mack pensava.

4

A GRANDE TRISTEZA

A tristeza é um muro entre dois jardins.

– Khalil Gibran

Mack continuava parado junto à margem, ainda tentando recuperar o fôlego. Demorou alguns minutos antes de pensar em Missy. Lembrando-se que ela ficara colorindo o livro, subiu pela margem até onde podia ver seu acampamento, mas não havia sinal da menina. Apressou o passo, correndo até a barraca, chamando seu nome com o máximo de calma que conseguiu. Não houve resposta. Ela não estava ali. Mesmo com o coração disparado, ele racionalizou, pensando que na confusão alguém havia cuidado dela, provavelmente Sarah Madison ou Vicky Ducette.

Procurando controlar a ansiedade e o pânico, foi ao encontro dos novos amigos e perguntou se podiam ajudá-lo a procurar Missy. Os dois dirigiram-se rapidamente para seus acampamentos. Jesse retornou primeiro, anunciando que Sarah não tinha visto Missy naquela manhã. Acompanhou Mack ao acampamento dos Ducette, mas, antes de chegarem lá, Emil veio correndo em sua direção com uma expressão claramente apreensiva no rosto.

— Ninguém viu Missy hoje e também não encontramos Amber. Será que estão juntas? — Havia uma sugestão de pânico na pergunta de Emil.

— Tenho certeza de que é isso — disse Mack, tentando se tranqüilizar e acalmar Emil ao mesmo tempo. — Aonde você acha que elas podem ter ido?

– Por que não verificamos os banheiros e chuveiros? – sugeriu Jesse.

– Boa idéia – falou Mack. – Vou olhar no que fica mais próximo da nossa área, o que meus filhos usam. Por que você e Emil não verificam o que fica entre as duas áreas?

Eles concordaram e Mack foi numa corrida lenta para os chuveiros mais próximos, notando pela primeira vez que estava descalço e sem camisa.

"Que figura devo estar", pensou, e provavelmente teria achado graça se sua mente não estivesse tão concentrada em Missy.

Quando chegou aos banheiros, perguntou a uma adolescente que saía da parte feminina se tinha visto uma garotinha de vestido vermelho lá dentro, ou talvez duas garotas. Ela disse que não havia notado, mas que olharia de novo. Em menos de um minuto estava de volta balançando a cabeça.

– Obrigado mesmo assim – disse Mack, e foi para a parte de trás da construção, onde ficavam os chuveiros. Enquanto virava a esquina, começou a chamar Missy em voz alta. Mack podia ouvir a água correndo, mas ninguém respondeu. Imaginando se Missy estaria em um dos chuveiros, começou a bater na porta de cada um até obter resposta. Seis cubículos de chuveiro e nada de Missy. Verificou os do banheiro masculino, mas ela não se encontrava em lugar nenhum. Correu de volta na direção do acampamento de Emil, incapaz de rezar qualquer coisa, a não ser repetir "Ah, meu Deus, me ajude a achá-la... Ah, meu Deus, por favor, me ajude a achá-la".

Quando o viu, Vicky correu ao seu encontro. Estivera tentando conter o choro, mas não conseguiu quando se abraçaram. De repente, Mack desejou desesperadamente que Nan estivesse ali. Ela saberia o que fazer, pelo menos qual seria a coisa certa. Ele se sentia totalmente perdido.

– Sarah levou Josh e Kate para o seu acampamento, portanto não se preocupe com eles – disse Vicky em meio aos soluços.

"Ah, meu Deus", pensou Mack, percebendo que tinha esquecido completamente de seus outros dois filhos. "Que tipo de pai eu sou?"

Mesmo sentindo-se aliviado porque Sarah estava cuidando deles, desejou ainda mais intensamente que Nan estivesse ali.

Nesse momento, Emil e Jesse apareceram, Emil aparentando alívio e Jesse parecendo tenso como uma corda esticada.

– Nós a encontramos – exclamou Emil, o rosto se iluminando e depois ficando sombrio ao perceber o que estava dizendo. – Quero dizer, encontramos Amber. Ela voltou do banho que foi tomar em outro lugar, onde havia água quente. Disse que tinha falado com a mãe, mas Vicky provavelmente não escutou... – Sua voz parou no ar.

– Mas não encontramos Missy – acrescentou Jesse rapidamente, respondendo à pergunta mais importante. – Amber também não a viu hoje.

Emil, no auge da eficiência, assumiu o controle.

– Mack, temos de contatar as autoridades do camping imediatamente e botar todo mundo procurando Missy. Talvez, no meio da agitação, ela tenha se assustado e se confundido e simplesmente saiu andando e se perdeu, ou talvez estivesse tentando nos encontrar e caminhou na direção errada. Você tem uma foto dela? Talvez haja uma copiadora no escritório e poderíamos fazer algumas cópias para economizar tempo.

– É, tenho uma foto na carteira. – Mack enfiou a mão no bolso de trás e por um segundo entrou em pânico ao não encontrar nada ali. Achou que poderia estar no fundo do lago Wallowa, mas então lembrou que a deixara no carro depois da viagem de teleférico no dia anterior.

Os três voltaram ao acampamento de Mack. Jesse correu na frente para avisar Sarah que Amber estava em segurança, mas que Missy não fora encontrada. Chegando ao acampamento, Mack abraçou Josh e Kate, tentando parecer calmo. Tirando a roupa molhada, vestiu uma camiseta e jeans, meias secas e um par de tênis. Sarah prometeu que ela e Vicky ficariam com seus filhos mais velhos e sussurrou que estava rezando por ele e Missy. Mack agradeceu dando-lhe um abraço rápido e, depois de beijar os filhos, juntou-se aos outros dois homens que corriam para o escritório do camping.

A notícia do resgate na água havia chegado à pequena sede e todos se mostravam animados. O clima mudou rapidamente quando souberam do desaparecimento de Missy. No escritório havia uma copiadora e Mack, depois de tirar várias cópias do retrato da filha, as distribuiu.

O jovem subgerente, Jeremy Bellamy, ofereceu-se para ajudar na busca. Então eles dividiram o camping em quatro áreas e cada um saiu levando um mapa, a foto de Missy e um walkie-talkie.

Era um trabalho lento e metódico, lento demais para Mack, mas ele sabia que esse era o modo mais lógico de encontrá-la se... se ainda estivesse no camping. Enquanto andava entre barracas e trailers, rezava e fazia promessas. Tinha consciência de que prometer coisas a Deus era idiota e irracional, mas não conseguia evitar. Estava desesperado para ter Missy de volta e sem dúvida Deus sabia onde ela se encontrava.

Muitos campistas estavam acabando de arrumar suas bagagens para irem embora. Ninguém tinha visto Missy ou uma menina parecida com ela. A pequenos intervalos, cada grupo de busca entrava em contato com o escritório para saber se havia alguma novidade. Mas não houve qualquer notícia até quase duas da tarde.

Mack estava terminando de vasculhar sua área quando veio o chamado pelo walkie-talkie. Jeremy, que cobria a área mais perto da entrada, achou que encontrara algum indício. Foram todos ao seu encontro. Mack chegou por último e viu Emil e Jeremy ouvindo atentamente um rapaz desconhecido.

Emil disse a Mack rapidamente o que ouvira e o apresentou ao rapaz. Seu nome era Virgil Thomas e ele estava acampado na área com alguns colegas desde o início do verão. Os outros dormiam pesadamente quando Virgil viu uma velha picape verde-oliva saindo do camping e descendo na direção de Joseph.

– Mais ou menos a que horas? – perguntou Mack.

– Foi antes do meio-dia, mas não tenho certeza, porque estava de ressaca.

Mostrando a foto de Missy para o rapaz, Mack perguntou de modo áspero:

– Você acha que viu essa menina?

– Quando o outro cara me mostrou essa foto antes, ela não me pareceu familiar – respondeu Virgil, olhando de novo. – Mas então, quando ele disse que ela estava usando um vestido vermelho-vivo, lembrei que a menininha na picape verde estava com um vestido dessa cor. Vi que ela estava rindo ou berrando, não dava para saber. E então tive a impressão de que o motorista lhe deu um tapa ou a empurrou para baixo, mas acho que ele também podia estar só brincando.

Mack ficou paralisado. Apesar de assustadora, infelizmente essa informação era a única que até então fazia sentido. Explicava por que não haviam encontrado nenhum traço de Missy. Mas tudo dentro dele não queria que fosse verdade. Virou-se e começou a correr para o escritório, mas foi contido pela voz de Emil.

– Mack, pára! Nós já falamos com o escritório pelo rádio e avisamos o xerife de Joseph. Eles vão mandar alguém para cá agora mesmo e estão emitindo um boletim de busca para a picape.

Nesse momento duas radiopatrulhas entraram no camping. A primeira foi direto para o escritório e a outra para a área onde os homens se encontravam. Mack correu ao encontro do policial, um rapaz de cerca de 30 anos, que se apresentou como Dalton e começou a ouvir as pessoas.

Nas horas seguintes houve um movimento crescente de reação ao desaparecimento de Missy. Expediram uma ordem de busca, bloquearam a auto-estrada e os guardas florestais da área foram avisados para ficarem atentos.

Isolaram o acampamento dos Phillips com fitas, caracterizando-o como uma cena de crime, e todos nas imediações foram interrogados. Virgil forneceu o máximo de detalhes que pôde sobre a picape e os seus ocupantes e a descrição foi enviada a todos os órgãos policiais mais importantes.

Os oficiais de campo do FBI em Portland, Seattle e Denver foram alertados. Nan estava a caminho, trazida de carro por sua melhor amiga, Maryanne. Trouxeram cães rastreadores, mas as pistas de Missy terminavam no estacionamento próximo, aumentando a probabilidade de que a história de Virgil fosse verdadeira.

Depois que os peritos examinaram minuciosamente o acampamento, o policial Dalton pediu que Mack entrasse de novo na área e observasse tudo com cuidado, em busca de algo diferente. Mack sentia-se tão desesperado para ajudar de alguma forma que, mesmo exausto, concentrou a mente na tentativa de lembrar-se de qualquer detalhe. Com cautela, refez seus passos. O que não daria em troca para ter a chance de recomeçar o dia desde o início! Mesmo queimando os dedos e derrubando de novo a massa de panqueca!

Voltou-se novamente para a tarefa designada, mas nada parecia diferente do que recordava. Nada havia mudado. Chegou à mesa onde Missy estivera ocupada colorindo. O livro estava aberto na mesma página, com uma imagem inacabada da princesa índia da tribo Multnomah. Os lápis de cera também se encontravam lá, se bem que o vermelho, a cor predileta de Missy, estivesse faltando. Mack começou a procurar no chão, onde ele poderia ter caído.

– Se está procurando o lápis de cera vermelho, nós o encontramos ali, perto da árvore – disse Dalton, apontando para o estacionamento. – Ela provavelmente o largou enquanto estava lutando com... – Sua voz se perdeu no ar.

– Como você sabe que ela estava lutando?

O policial hesitou, mas depois falou, relutante:

– Encontramos um dos sapatos dela nos arbustos, para onde provavelmente foi chutado. Você não estava aqui na hora, por isso pedimos ao seu filho para identificá-lo.

A imagem de sua filha lutando com algum monstro pervertido foi como um soco no estômago. Quase sucumbindo ao negrume súbito que ameaçava esmagá-lo, Mack se apoiou na mesa para não desmaiar ou vomitar. Foi então que notou um broche de joaninha cravado no livro de colorir. Retornou à consciência como se alguém tivesse aberto um vidro de sais sob seu nariz.

– De quem é isso? – perguntou a Dalton, apontando para o broche.

– De quem é o quê?

– Esse broche de joaninha! Quem pôs *isso* aí?

– Nós achamos que fosse de Missy. O broche não estava aí de manhã?

– Tenho certeza – afirmou Mack, enfático. – Ela não tem nada assim. Tenho absoluta certeza de que não estava aí de manhã!

O policial se comunicou pelo rádio e em minutos os peritos retornaram e levaram o broche.

Dalton puxou Mack para um canto e explicou:

– Se o que o senhor diz é correto, temos de presumir que o agressor de Missy deixou isso aí de propósito. – Fez uma pausa e acrescentou: – Sr. Phillips, isso pode ser uma notícia boa ou má.

– Não entendo.

O policial hesitou, tentando decidir se deveria contar a Mack o que estava pensando. Procurou as palavras certas.

– A boa notícia é que podemos conseguir alguma pista a partir do broche. É a única prova que temos até agora de que havia alguém aqui.

– E a má notícia? – Mack prendeu o fôlego.

– Bom, a má notícia, e não estou dizendo que este seja o caso, é que quem deixa algo assim geralmente tem um objetivo, e isso pode significar que já fez a mesma coisa antes.

– O quê? – reagiu Mack bruscamente. – Isso significa que esse cara é uma espécie de maníaco? Esse é algum tipo de sinal que ele deixa para se identificar, como se estivesse marcando o território ou algo assim?

A raiva de Mack foi crescendo, mas, antes que explodisse, o rádio de Dalton tocou, conectando-o ao escritório de campo do FBI em Portland. Mack ficou atento e ouviu a voz de uma mulher que se identificava como agente especial. Ela pediu que Dalton descrevesse o broche em detalhes. Mack acompanhou o policial até o lugar onde a equipe de perícia havia estabelecido sua base de operações. O broche estava dentro de um saco transparente, e de pé, atrás do grupo, ele ficou entreouvindo Dalton descrevê-lo.

– É um alfinete com uma joaninha que foi cravado atravessando algumas páginas de um livro de colorir.

– Por favor, descreva as cores e o número de pontos na joaninha – orientou a voz pelo rádio.

– Vejamos – disse Dalton, com os olhos quase grudados no saco. – A joaninha tem uma cabeça preta. E o corpo é vermelho, com bordas e divisões pretas. Há dois pontos pretos no lado esquerdo do corpo. Faz sentido?

– Perfeitamente. Por favor, continue – disse a voz com paciência.

– E do lado direito da joaninha há três pontos, de modo que são cinco ao todo.

Houve uma pausa.

— Tem certeza de que são cinco pontos?

— Sim, senhora, são cinco pontos.

— Certo. Agora, policial Dalton, poderia virar o broche e dizer o que há na parte de baixo da joaninha?

Dalton virou o saco plástico e olhou com cuidado.

— Há algo gravado embaixo, agente. Deixe-me ver. Parece uma espécie de número de modelo. Humm... C... K... 1-4-6, acho que é isso. É difícil ver através do saquinho.

Houve silêncio do outro lado. Mack sussurrou para Dalton:

— Pergunte a ela o que isso significa. — O policial hesitou e depois obedeceu.

— Agente? Você está aí?

— Sim, estou. — De repente a voz pareceu cansada e oca. — Ei, Dalton, há algum lugar isolado onde você e eu possamos conversar?

Mack assentiu com ênfase e Dalton captou a mensagem.

— Espere um segundo. — Pousou o saco com o broche e saiu da área, permitindo que Mack o seguisse.

— Pronto, agora estou sozinho. Pode me dizer o que é.

— Estamos tentando pegar esse cara há quase quatro anos, perseguindo-o em mais de nove estados. Recebeu o apelido de Matador de Meninas, mas nunca repassamos o detalhe da joaninha para ninguém, portanto mantenha isso em segredo. Acreditamos que ele seja responsável pelo seqüestro e morte de pelo menos quatro crianças até agora, todas meninas, todas com menos de 10 anos. A cada vez ele acrescenta um ponto à joaninha, de modo que esta seria a de número cinco. Ele sempre deixa os broches em algum lugar da área do seqüestro, todos têm o mesmo número de modelo, mas não conseguimos descobrir de onde eles vieram originalmente nem encontrar o corpo de nenhuma das quatro meninas, mas temos bons motivos para acreditar que nenhuma delas sobreviveu. Todos os crimes aconteceram em campings ou próximo de campings, perto de um parque estadual ou uma reserva. O criminoso parece se mover com habilidade em florestas e montanhas. Não nos deixou, em todos os casos, absolutamente nada além do broche.

– E o carro? Temos uma descrição bastante boa da picape verde em que ele fugiu.

– Ah, vocês provavelmente vão encontrá-la. Se for o nosso cara, ele deve tê-la roubado há um ou dois dias, repintado, enchido de equipamento para caminhadas, e ela vai estar totalmente limpa.

Enquanto ouvia a conversa de Dalton com a agente especial, Mack sentiu o resto de esperança se esvair. Sentou-se frouxo no chão e enterrou o rosto nas mãos. Pela primeira vez desde o desaparecimento de Missy permitiu-se considerar o alcance das possibilidades mais horrendas e, assim que isso começou, não parou mais: imagens de coisas boas e coisas terríveis misturadas num desfile apavorante. Algumas eram instantâneos abomináveis de tortura e dor, de monstros e demônios da escuridão mais profunda, com dedos de arame farpado e toques de navalha, de Missy gritando pelo pai e ninguém respondendo. Misturados com esses horrores havia lampejos de outras lembranças: a menina aprendendo a andar, com o rosto lambuzado de bolo de chocolate, fazendo caretinhas engraçadas. Sobrepunha-se a todas a imagem tão recente de Missy caindo no sono, aninhada no colo do pai. Imagens implacáveis. O que ele diria a Nan? Como isso podia ter acontecido? Deus, como isso podia ter acontecido?

ᴄ৲৶

Algumas horas depois, Mack e seus dois filhos foram de carro para o hotel, em Joseph. Os proprietários haviam lhe oferecido um quarto e, enquanto ele arrumava sua bagagem, a exaustão e o desespero começaram a dominá-lo. O policial Dalton levara seus filhos a uma lanchonete. Agora, sentado na beira da cama, Mack dava vazão a todo o seu sofrimento. Soluços e gemidos de rasgar a alma saíam do âmago de seu ser, e foi assim que Nan o encontrou. Dois seres feridos que se abraçaram e choraram desconsoladamente.

Naquela noite, Mack dormiu aos sobressaltos, pois as imagens continuavam a golpeá-lo como ondas implacáveis contra um litoral rochoso. Pouco antes do nascer do sol, por fim desistiu. Vivera em um só dia anos de emoções e agora sentia-se entorpecido, à deriva num mundo subitamente sem significado.

Depois de protestos consideráveis de Nan, concordaram que seria melhor ela ir para casa com Josh e Kate. Mack ficaria para ajudar como pudesse. Simplesmente não conseguiria ir embora, pensando que Missy talvez estivesse por perto, precisando dele. A notícia se espalhara rapidamente e amigos começaram a chegar para ajudá-lo. Criou-se uma forte rede de solidariedade, todos os conhecidos rezando para que Missy fosse encontrada. Jesse e Sarah, Emil e Vicky permaneceram o tempo todo, desdobrando-se em cuidados.

Repórteres com seus fotógrafos começaram a aparecer durante a manhã. Mack não queria enfrentá-los, mas acabou respondendo às perguntas na esperança de que a divulgação pudesse ajudar na busca.

Quando ficou evidente que a necessidade de ajuda estava diminuindo, os Madison desmontaram seu acampamento e vieram despedir-se. Choraram muito, abraçaram-se longamente e colocaram-se à disposição para o que fosse necessário. Vicky Ducette também partiu, mas Emil permaneceu para dar apoio a Mack. Em meio a toda a tristeza, Kate manteve-se firme, enviando e recebendo e-mails para que se mantivessem em comunicação permanente.

Ao meio-dia todas as famílias estavam na estrada. Maryanne levou Nan e as crianças para casa, onde os parentes estariam esperando. Mack e Emil foram com o policial Dalton, que passaram a chamar de Tommy, para Joseph, onde se dirigiram à delegacia.

Agora vinha a parte mais difícil: a espera. Mack sentia que estava andando em câmara lenta dentro do olho de um furacão O grupo do FBI chegou no meio da tarde e logo ficou claro que a pessoa encarregada era a agente especial Wikowsky, uma mulher pequena e magra cheia de energia, de quem Mack gostou no mesmo instante. Ela permitiu que ele participasse de todas as providências e informes.

Depois de estabelecer o centro de comando no hotel, o FBI pediu a Mack uma entrevista formal. A agente Wikowsky levantou-se de trás da mesa onde estava trabalhando e estendeu a mão. Quando Mack ia apertá-la, a agente envolveu as mãos dele com as suas e sorriu afetuosamente.

– Senhor Phillips, peço desculpas por não lhe ter dado até agora a atenção que merece. Estamos vivendo uma turbulência, estabelecendo comunicações com todas as agências policiais envolvidas na tentativa de resgatar Missy. Lamento muito que tenhamos nos conhecido nessas circunstâncias.

Mack suspirou fundo.

– Por favor, me chame de Mack.

– Bem, então me chame de Sam, que é a forma abreviada de Samantha.

Mack relaxou um pouco na cadeira, vendo-a examinar rapidamente algumas pastas cheias de papéis.

– Mack, está disposto a responder a algumas perguntas? – ela perguntou sem levantar a cabeça.

– Farei o máximo possível – ele afirmou, aliviado pela oportunidade de fazer alguma coisa.

– Bom! Não vou obrigá-lo a repassar todos os detalhes. Estou com os relatórios sobre tudo o que você já contou, mas tenho umas coisas importantes para examinarmos juntos. – Ela o olhou nos olhos.

– Qualquer coisa que eu possa fazer para ajudar – concordou Mack. – No momento estou me sentindo bastante impotente.

– Mack, entendo como você se sente, mas sua presença é importante. E, acredite, todos aqui estão dispostos a fazer o máximo possível para resgatar Missy.

– Obrigado – foi tudo que Mack conseguiu dizer, olhando para o chão. As emoções pareciam à flor da pele e qualquer gesto de gentileza abria as comportas para as lágrimas saírem.

– Mack – ela continuou –, você notou alguma coisa estranha ao redor de sua família nestes últimos dias?

Mack ficou surpreso e se recostou na cadeira.

– Quer dizer que ele estava nos rondando?

– Não, ele parece escolher as vítimas ao acaso, mas todas eram mais ou menos da idade da sua filha, com cor de cabelo semelhante. Achamos que ele as descobre um ou dois dias antes e espera, vigiando de perto até encontrar o momento oportuno. Você viu alguém estranho próximo do lago? Talvez junto aos banheiros? – Mack se encolheu ao pensar que seus filhos estariam sendo vigiados. Esquadrinhou a mente, mas não descobriu nada.

– Desculpe, não consigo lembrar...

– Você parou em algum lugar enquanto ia para o camping ou notou alguém estranho quando estava fazendo caminhadas?

– Nós paramos na cachoeira Multnomah, vindo para cá, e estivemos em toda a região nos últimos três dias, mas não me lembro de ter visto ninguém que parecesse estranho. Quem pensaria...

– Exatamente, Mack, tenha paciência. Algo pode voltar à sua mente mais tarde. Mesmo que pareça pequeno ou irrelevante, por favor, nos conte. – Ela olhou outro papel na mesa. – Que tal uma picape verde-oliva? Você notou algo assim enquanto estava por aqui?

Mack revirou a memória.

– Realmente não me lembro de ter visto nada do tipo.

A agente especial Wikowsky continuou a interrogar Mack durante os 15 minutos seguintes, mas não conseguiu despertar a memória dele o suficiente para descobrir algo útil. Por fim, fechou o caderno e se levantou estendendo a mão.

– Mack, mais uma vez, lamento o que aconteceu com Missy. Se descobrirmos alguma coisa, eu o informarei imediatamente.

಼ಲ಼

Às cinco da tarde finalmente chegou o primeiro informe promissor e a agente Wikowsky colocou Mack imediatamente a par. Dois casais haviam passado por uma picape verde-oliva que correspondia à descrição do veículo que estavam procurando. Eles estavam em um trecho estreito da estrada e tiveram que dar marcha a ré até um lugar mais largo para permitir a passagem da picape. Notaram que na carroceria havia várias latas de gasolina, além de uma boa quantidade de material de acampamento. Estranharam que o motorista tivesse se curvado na direção do carona, como se procurasse alguma coisa no chão, e estivesse usando um casaco pesado num dia tão quente. Acharam graça daquilo e seguiram em frente.

Quando essa notícia chegou, a tensão aumentou na delegacia. Tudo que haviam descoberto até agora se encaixava no modo de agir do Matador de Meninas, e Mack foi informado.

Com a noite se aproximando rapidamente, iniciou-se uma discussão sobre a melhor alternativa: fazer uma perseguição imediata ou esperar até a manhã seguinte logo ao nascer do dia. Todos pareciam profundamente afetados com a situação.

De pé nos fundos da sala, Mack ouvia com impaciência a discussão, aflito para que se tomasse logo uma providência. Seu desejo era chamar Tommy e ir pessoalmente atrás do assassino. Era como se cada minuto contasse.

Depois de um tempo que pareceu excessivamente longo para Mack, todos concordaram em dar início à perseguição. Mack ligou rapidamente para falar com Nan e partiu com Tommy.

Agora só lhe restava rezar:

– Santo Deus, por favor, por favor, por favor, cuide da minha Missy, proteja-a, não deixe que nada de mal lhe aconteça.

Lágrimas desciam por seu rosto e molhavam a camisa.

∽∾

Por volta das 7 horas, o comboio de radiopatrulhas, utilitários do FBI, picapes com cães e alguns veículos da Guarda Florestal seguiu pela auto-estrada até entrar na Reserva.

Mack ficou satisfeito por viajar com alguém que conhecia a área. As estradas, com freqüentes curvas estreitas beirando precipícios, ficavam ainda mais traiçoeiras na escuridão da noite. A velocidade foi diminuindo até parecer que estavam se arrastando. Por fim, passaram pelo ponto onde a picape verde tinha sido vista pela última vez e um quilômetro e meio depois chegaram a uma bifurcação. Ali, como fora planejado, a caravana se dividiu em duas, com um pequeno grupo indo para o norte com a agente especial Wikowsky e os demais, inclusive Mack, Emil e Tommy, indo na direção sudeste. Alguns quilômetros difíceis mais tarde esse grupo se dividiu outra vez, e nesse ponto os esforços de busca ficaram ainda mais lentos. Agora os rastreadores estavam a pé, apoiados por luzes fortes, enquanto procuravam sinais de atividade recente nas estradas.

Quase duas horas mais tarde, Tommy recebeu um chamado de Wikowsky. A cerca de 15 quilômetros da bifurcação onde tinham se separado, uma estrada antiga e sem nome saía da principal. Era praticamente impossível de se ver no escuro e cheia de buracos. Eles a teriam ignorado se a luz de um dos rastreadores não tivesse se refletido numa calota de veículo. Debaixo do pó da estrada havia manchas de tinta verde. A calota provavelmente fora perdida quando a picape passou por um dos muitos buracos enormes do caminho.

O grupo de Tommy voltou imediatamente. O coração de Mack batia aceleradamente com um começo de esperança. Talvez, por algum milagre, Missy ainda estivesse viva. Vinte minutos depois, outra ligação de Wikowsky informava que haviam encontrado a picape debaixo de uma engenhosa armação de galhos e arbustos.

A equipe de Mack levou quase três horas para alcançar a primeira equipe e, nesse ponto, tudo estava acabado. Os cães haviam descoberto uma trilha de caça que descia por cerca de um quilômetro e meio até um pequeno vale oculto. Ali encontraram uma cabana em ruínas à beira de um lago límpido alimentado por um riacho cascateante. Cerca de um século antes aquilo fora provavelmente a casa de um colono, mas desde então provavelmente servia só como abrigo para algum caçador ocasional.

Quando Mack e seus amigos chegaram, o céu estava começando a clarear. Um acampamento-base fora montado a certa distância da pequena cabana para preservar a cena do crime. Todos se reuniram e começaram a planejar a estratégia do dia.

A agente especial Samantha Wikowsky estava sentada diante de uma mesa dobrável examinando mapas quando Mack apareceu. Seus olhos expressavam tristeza e ternura, mas suas palavras foram totalmente profissionais.

– Mack, nós encontramos uma coisa, mas não é boa.

Ele procurou as palavras certas.

– Encontraram Missy? – Ele temia terrivelmente a resposta, mas estava desesperado para ouvi-la.

– Não, não encontramos. – Sam parou e começou a se levantar. – Mas preciso que você identifique uma coisa que encontramos na cabana. Preciso saber se era... – ela se conteve, mas já falara no passado. – Quero dizer, se *é* dela.

Mack sentiu que sua represa interna estava prestes a arrebentar.

– Vamos ver isso agora – murmurou baixinho. – Quero resolver logo.

Mack sentiu Emil e Tommy segurando seus braços enquanto seguiam a agente especial pelo curto caminho até a cabana. Três homens adultos, de braços dados numa solidariedade especial, andando juntos em direção ao seu pior pesadelo.

Um membro da equipe de perícia abriu a porta da cabana para deixá-los entrar. Refletores alimentados por um gerador iluminavam cada parte da sala. Havia prateleiras nas paredes, uma mesa velha, algumas cadeiras e um sofá. Mack viu imediatamente o que viera identificar. Virando-se, desmoronou nos braços dos dois amigos e começou a chorar incontrolavelmente. No chão, perto da lareira, estava o vestido vermelho de Missy, rasgado e encharcado de sangue.

ᴄᴎ

Para Mack, os dias e semanas seguintes se tornaram um borrão de entrevistas que entorpeciam as emoções. Por fim, um funeral dedicado a Missy, com um pequeno caixão vazio e um desfile interminável de rostos tristes, ninguém sabendo o que dizer. Em algum momento, nas semanas que se seguiram, Mack iniciou o lento e doloroso reencontro com a vida cotidiana.

Aparentemente o Matador de Meninas recebera o crédito pela quinta vítima, Melissa Anne Phillips. Assim como nos outros quatro casos, as autoridades não encontraram o corpo da vítima, embora grupos de busca tivessem revirado a floresta durante dias. Como em todas as outras situações, o matador não deixara nenhuma pista que pudesse ser seguida, só o broche. Era como se estivessem lidando com um fantasma.

Em algum ponto do processo, Mack procurou emergir da dor e do sofrimento, pelo menos com sua família. Eles haviam perdido uma irmã e uma filha e seria terrível também perderem um pai e um marido. Ainda que todos tivessem sido profundamente golpeados pela tragédia, Kate parecia a mais afetada, escondendo-se numa casca como uma tartaruga para se proteger de algo potencialmente perigoso. Mack e Nan preocupavam-se cada vez mais com ela, mas não conseguiam encontrar as palavras adequadas para penetrar na fortaleza que a garota estava construindo ao redor de si. As tentativas de conversa se transformavam em monólogos, como se algo tivesse morrido dentro dela e agora a estivesse corroendo lentamente por dentro, derramando-se às vezes em palavras amargas ou num silêncio deprimido.

Josh se comunicava freqüentemente com Amber, o que o ajudava a extravasar a dor. Além disso, estava bastante ocupado preparando-se para a formatura no ensino médio.

A *Grande Tristeza* havia baixado como uma nuvem e, em graus diferentes, cobria todos os que tinham conhecido Missy. Mack e Nan enfrentavam juntos o tormento da perda, sentindo-se mais próximos do que nunca. Nan repetia seguidamente que não culpava de modo algum Mack pelo que acontecera.

Mack, porém, levou muito mais tempo para se livrar de todos os "se" que o levavam ao desespero. *Se* ele tivesse decidido não levar as crianças naquela viagem; *se* tivesse recusado quando elas pediram para usar a canoa; *se* tivesse ido embora na véspera; *se, se, se.* Não ter podido enterrar o corpo de Missy ampliava seu fracasso como pai. O fato de ela ainda estar em algum lugar, sozinha na floresta, assombrava-o todos os dias. Agora, três anos e meio depois, Missy era considerada oficialmente vítima de assassinato. A vida nunca mais seria a mesma. A ausência de Missy criava um vazio absurdo.

A tragédia também havia aumentado a fenda no relacionamento de Mack com Deus, mas ele não se dava conta dessa separação crescente. Em vez disso, tentava abraçar uma fé estóica e desprovida de sentimentos que lhe trazia algum conforto e paz, porém não eliminava os pesadelos em que se via com os pés presos na lama e sem voz para dar os gritos que salvariam sua preciosa Missy. Aos poucos os pesadelos foram se tornando menos freqüentes e os momentos de alegria começaram a despontar, fazendo Mack sentir-se culpado.

Assim, receber o bilhete assinado Papai, dizendo para encontrá-lo na cabana, causou-lhe um profundo impacto. Será que Deus escreve bilhetes? E por que *na cabana* – o ícone de sua dor mais profunda? Certamente Deus teria lugares melhores onde se encontrar com ele. Um pensamento sombrio chegou a atravessar sua mente: o assassino o estaria provocando ou atraindo para longe com a intenção de deixar sua família desprotegida. Talvez fosse somente uma brincadeira cruel. Mas por que estava assinado "Papai"?

Por mais irracional que parecesse, Mack não conseguia deixar de pensar que talvez o bilhete viesse mesmo de Deus. Quanto mais pensava, mais confuso e irritado ia ficando. Quem havia mandado a porcaria do bilhete? Fosse quem fosse, Mack tinha a sensação de que estavam brincando com ele. E, de qualquer modo, de que adiantava?

Mas, apesar da raiva e da depressão, Mack sabia que precisava de respostas. Percebeu que estava travado e que as orações e os hinos dos domingos não serviam mais, se é que já haviam servido. A espiritualidade do claustro não parecia mudar nada na vida das pessoas que ele conhecia, a não ser, talvez, na de Nan. Mas ela era especial. Mack estava farto de Deus e da religião, farto de todos os pequenos clubes sociais religiosos que não pareciam fazer nenhuma diferença expressiva nem provocar qualquer mudança real. Mack certamente desejava mais. Porém não sabia que estava a ponto de conseguir muito mais do que havia pedido.

5

Adivinhe quem vem para jantar

Rotineiramente desqualificamos testemunhos e exigimos comprovação. Isto é, estamos tão convencidos da justeza de nosso julgamento que invalidamos provas que não se ajustem a ele. Nada que mereça ser chamado de verdade pode ser alcançado por esses meios.

– Marilynne Robinson, *The Death of Adam*

Há ocasiões em que optamos por acreditar em algo que normalmente seria considerado absolutamente irracional. Isso não significa que seja *mesmo* irracional, mas certamente não é racional. Talvez exista a supra-racionalidade: a razão além das definições normais dos fatos ou da lógica baseada em dados. Algo que só faz sentido se você puder ver uma imagem maior da realidade. Talvez seja aí que a fé se encaixe.

Mack não tinha certeza de um monte de coisas, mas em algum momento em seu coração e em sua mente, nos dias que se seguiram à nevasca, ele se convenceu de que havia três explicações plausíveis para o bilhete. Podia ser de Deus, por mais absurdo que isso parecesse, podia ser uma piada cruel ou algo mais sinistro vindo do assassino de Missy. Independentemente de qualquer coisa, o bilhete dominava seus pensamentos dia e noite.

Secretamente começou a fazer planos para viajar até a cabana no fim de semana seguinte. A princípio não falou com ninguém, nem mesmo com Nan, achando que uma conversa assim só traria mais dor. "Estou mantendo segredo por causa de Nan", dizia a si mesmo. Além disso, falar do bilhete seria admitir que guardara segredos. Algumas vezes a honestidade pode ser incrivelmente complicada.

Decidido a empreender a viagem, Mack começou a pensar em modos de afastar a família de casa durante o fim de semana sem levantar suspeitas. Felizmente foi a própria Nan quem ofereceu a solução. Ela estivera pensando em visitar a família da irmã nas ilhas San Juan, no litoral de Washington. Seu cunhado era psicólogo infantil e Nan achava que poderia ser útil conversar com ele sobre o comportamento cada vez mais fechado de Kate. Quando ela levantou a possibilidade da viagem, Mack reagiu quase ansioso demais.

– Claro que vocês vão – ele afirmou imediatamente. Não era a resposta que ela havia previsto e Nan lhe lançou um olhar interrogativo. – Quero dizer – consertou ele, sem jeito –, é uma idéia fantástica. Vou sentir falta de vocês, claro, mas acho que posso sobreviver sozinho uns dois dias e, de qualquer modo, tenho um monte de coisas para fazer. – Ela deu de ombros, talvez grata porque o caminho para a viagem tivesse se aberto com tanta facilidade.

Bastou um rápido telefonema à irmã de Nan e a viagem foi acertada. Logo a casa virou um turbilhão de atividades. Josh e Kate ficaram deliciados com a perspectiva de visitar os primos e compraram fácil a idéia.

Disfarçadamente, Mack telefonou para seu amigo Willie pedindo seu jipe emprestado. O pedido estranho, como era de se prever, provocou um tiroteio de perguntas que Mack tentou responder do modo mais evasivo possível. Terminou dizendo que explicaria tudo quando Willie aparecesse para trocar os veículos.

No fim da tarde de quinta-feira, depois de despedir-se de Nan, Kate e Josh, Mack começou a preparar-se para a longa viagem ao Nordeste do Oregon – o local de seus pesadelos. Sem dúvida havia a possibilidade de ter se transformado num idiota completo ou de estar sendo vítima de uma brincadeira de mau gosto, mas nesse caso ficaria livre para simplesmente ir embora. Uma batida na porta arrancou-o de sua concentração e ele viu que era Willie.

– Estou aqui na cozinha – gritou.

Um instante depois Willie apontou a cabeça pela porta do corredor.

– Bom, eu trouxe o jipe e o tanque está cheio, mas só vou entregar a chave quando você contar exatamente o que está acontecendo.

Mack continuou enfiando coisas em dois sacos de viagem. Sabia que não adiantava mentir para o amigo.

– Vou voltar à cabana, Willie.

– Bom, eu já tinha imaginado. O que quero saber é por que você pretende voltar lá. Não sei se o meu velho jipe vai dar conta do recado, mas, como garantia, coloquei umas correntes atrás para o caso de precisarmos.

Sem olhar para ele, Mack foi até o escritório, tirou a tampa de uma lata pequena e pegou o bilhete. Voltando à cozinha, entregou-o ao amigo. Willie desdobrou o papel e leu em silêncio.

– Nossa, que tipo de maluco escreveria uma coisa assim? E quem é esse tal de Papai?

– Bom, você sabe, Papai é o nome que Nan usa para Deus.

Mack pegou o bilhete de volta e o enfiou no bolso da camisa.

– Espera, você está achando mesmo que isso veio de Deus?

– Willie, não sei o que pensar disso. Quer dizer, a princípio achei que era apenas uma brincadeira de mau gosto e fiquei com raiva. Sei que parece loucura, mas de algum modo me sinto estranhamente tentado a descobrir. Tenho de ir, Willie, ou isso vai me deixar maluco para sempre.

– Já pensou na possibilidade de ser o assassino? E se ele estiver atraindo você para lá por algum motivo?

– Claro que pensei. Parte de mim não ficaria desapontada com isso. Tenho contas a acertar com ele – disse sério e fez uma pausa. – Mas também não faz muito sentido. Não acho que o assassino saiba que "Papai" é um termo usado em nossa família.

Willie ficou perplexo e Mack prosseguiu:

– E nenhum amigo nosso mandaria um bilhete desses. Estou pensando que só Deus faria isso... talvez.

– Mas Deus não faz coisas assim. Pelo menos nunca ouvi falar que ele tivesse mandado um bilhete a alguém. E por que ele desejaria que você retornasse à cabana? Não consigo pensar num lugar pior...

Pairou um silêncio incômodo entre os dois. Mack falou:

– Não sei, Willie. Acho que parte de mim gostaria de acreditar que

Deus se importa o suficiente comigo para me mandar um bilhete. Continuo muito confuso, mesmo depois de tanto tempo. Simplesmente não sei o que pensar, e a coisa não melhora. Sinto que estou perdendo Kate e isso me mata. Talvez o que aconteceu com Missy seja uma espécie de castigo de Deus pelo que fiz com meu pai. Realmente não sei. – Mack olhou o rosto de seu melhor amigo, mais do que um irmão. – Só sei que preciso voltar.

O silêncio se prolongou entre os dois até que Willie falasse de novo.

– Então, quando partimos?

Mack ficou tocado com a disposição do amigo.

– Obrigado, meu chapa, mas realmente preciso fazer isso sozinho.

– Imaginei que você diria isso – respondeu Willie, virando-se e saindo do cômodo. Retornou alguns instantes depois com uma pistola e uma caixa de balas. – Achei que não conseguiria convencê-lo a deixar de ir e pensei que poderia precisar disso. Acho que você sabe usar.

Mack olhou a arma. Sabia que Willie estava tentando ajudá-lo.

– Willie, não posso. Faz 30 anos que toquei pela última vez numa arma e não pretendo fazer isso agora. Se aprendi uma coisa na vida, foi que usar a violência para resolver um problema sempre cria um problema ainda maior.

– Mas e se for o assassino de Missy? E se ele estiver esperando lá em cima? O que você vai fazer?

Mack deu de ombros.

– Honestamente não sei, Willie. Vou correr o risco, acho.

– Mas você vai estar indefeso. Não dá para saber o que ele tem em mente. Leve, Mack. – Willie empurrou a pistola e as balas na direção dele. – Você não precisa usar.

Mack olhou a arma e depois de pensar um pouco estendeu lentamente a mão para ela e as balas, colocando-as com cuidado no bolso.

– Certo, só para garantir. – Em seguida pegou parte do equipamento e, com os braços carregados, saiu na direção do jipe. Willie levou a grande sacola de lona que restava.

– Nossa, Mack, se você acha que Deus vai estar lá em cima, para que tudo isso?

Mack lhe deu um sorriso carregado tristeza.

— Só pensei em cobrir as várias opções. Você sabe, estar preparado para o que acontecer...

Quando chegaram no jipe, Willie entregou as chaves a Mack.

— E o que é que Nan acha disso? – perguntou.

— Nan e as crianças foram visitar a irmã dela e... eu não contei – confessou Mack.

Willie ficou obviamente surpreso.

— O quê!? Você nunca guarda segredos de sua mulher. Não acredito que tenha mentido para ela!

Mack ignorou a explosão do amigo, voltou a casa e entrou no escritório. Ali encontrou as chaves de reserva de seu carro e da casa e, hesitando apenas um instante, pegou a pequena lata. Willie foi atrás dele.

— Como você acha que ele é? – perguntou rindo.

— Quem?

— Deus, claro. Como você acha que ele é?

Mack pensou um instante.

— Não sei. Talvez ele tenha uma luz muito forte ou apareça no meio de uma sarça ardente. Sempre o visualizei assim como um avô, com uma barba longa flutuando.

Deu de ombros, entregou as chaves de seu carro a Willie e os dois trocaram um abraço rápido.

— Bom, se ele aparecer, dê lembranças minhas – disse Willie com um sorriso afetuoso. – Estou preocupado com você, meu chapa. Gostaria de ir junto. Vou fazer uma ou duas orações por você.

— Obrigado, Willie. Você é um amigo e tanto. – Acenou enquanto Willie dava marcha a ré pela entrada de veículos. Mack sabia que ele manteria a promessa. Provavelmente ele iria precisar de todas as orações que conseguisse.

Ficou olhando até Willie virar a esquina e sumir, depois tirou o bilhete do bolso da camisa, leu mais uma vez e colocou-o na lata, que depositou no banco do carona em meio a outros equipamentos. Trancando as portas do jipe, voltou para casa e para uma noite sem sonhos.

⁓

Bem antes do amanhecer da sexta-feira, Mack já estava fora da cidade. Nan havia telefonado na noite anterior dizendo que chegaram em segurança e que voltaria a ligar no domingo. Até lá provavelmente ele já teria voltado.

Refez o mesmo caminho que haviam tomado três anos e meio antes, mas passou pela cachoeira Multnomah sem olhar. No longo trecho subindo o desfiladeiro sentiu o pânico se esgueirando e invadindo sua consciência. Tentara não pensar no que estava fazendo e simplesmente ir colocando um pé na frente do outro, mas os sentimentos e temores represados começaram a surgir. Seus olhos ficaram sombrios e as mãos apertavam com força o volante enquanto ele lutava contra a tentação de voltar para casa. Sabia que estava indo direto para o centro de sua dor, o vórtice da *Grande Tristeza* que havia minado sua alegria de viver.

Finalmente pegou a auto-estrada para Joseph. Pensou em procurar Tommy, mas decidiu não fazer isso. Quanto menos pessoas pensassem que ele era um lunático desvairado, melhor.

O trânsito era tranqüilo e as estradas estavam notavelmente limpas e secas para essa época do ano, mas parecia que quanto mais avançava mais lentamente viajava, como se de algum modo a cabana repelisse sua aproximação. O jipe atravessou a faixa de neve enquanto ele subia os últimos 3 quilômetros até a trilha que iria descer para a cabana. Era apenas o início da tarde quando Mack finalmente parou e estacionou no começo da trilha praticamente invisível.

Ficou ali sentado por cerca de cinco minutos, repreendendo-se por ser tão idiota. A cada quilômetro percorrido desde Joseph as lembranças voltavam com uma clareza que o empurrava para trás. Mas a compulsão interna de prosseguir era irresistível.

Levantou-se, olhou o caminho e decidiu deixar tudo no carro e descer a pé o trecho de cerca de um quilômetro e meio até o lago. Pelo menos não teria de carregar nada morro acima quando retornasse para ir embora, o que esperava que acontecesse logo.

Estava suficientemente frio para sua respiração pairar no ar em volta dele, e parecia que ia nevar. A dor que estivera crescendo no estômago finalmente o empurrou para o pânico. Depois de apenas cinco passos ele parou e teve ânsias de vômito tão fortes que o deixaram de joelhos.

– Por favor, me ajude! – gemeu. Em seguida levantou-se com as pernas trêmulas e virou-se. Abriu a porta do carona e enfiou a mão, remexendo até sentir a pequena lata. Abriu a tampa e encontrou o que estava procurando: sua foto predileta de Missy, que tirou junto com o bilhete. Recolocou a tampa e deixou a lata no banco. Parou um momento olhando o porta-luvas. Por fim abriu-o e pegou a arma de Willie, verificando que estava carregada e com a trava de segurança acionada. De pé, fechou a porta, enfiou a mão embaixo do casaco e pôs a arma no cinto, às costas. Virou-se e encarou o caminho de novo, olhando uma última vez a foto de Missy antes de enfiá-la no bolso da camisa junto com o bilhete. Se o encontrassem morto, pelo menos saberiam qual tinha sido seu último pensamento.

A trilha era traiçoeira; as pedras, geladas e escorregadias. Cada passo exigia concentração enquanto ele descia para a floresta cada vez mais densa. O silêncio era fantasmagórico. Os únicos sons que podia ouvir eram os de seus passos esmagando a neve e o da sua respiração pesada. Mack começou a sentir que estava sendo observado e uma vez chegou a girar rapidamente para ver se havia alguém ali. Por mais que quisesse dar a volta e correr para o jipe, seus pés pareciam ter vontade própria, determinados a continuar pelo caminho e entrar mais fundo na floresta mal iluminada e cada vez mais fechada.

De repente algo se mexeu ali perto. Assustado, ele se imobilizou em silêncio e alerta. Com o coração martelando nos ouvidos e a boca subitamente seca, levou devagar a mão às costas e tirou a pistola do cinto. Depois de soltar a trava, olhou fixamente para o mato baixo e escuro, tentando ver ou ouvir algo que pudesse explicar o barulho e diminuir o jorro de adrenalina. Mas o que quer que tivesse se mexido havia parado agora. Estaria esperando por ele? Só para garantir, ficou imóvel por alguns minutos antes de começar de novo a descer lentamente a trilha, tentando ser o mais silencioso possível.

A floresta parecia se fechar ao seu redor e ele começou a se perguntar seriamente se havia tomado o caminho errado. Com o canto do olho viu movimento outra vez e se agachou instantaneamente, espiando entre os galhos baixos de uma árvore próxima. Algo fantasmagórico, como uma sombra, entrou nos arbustos. Ou seria imaginação? Esperou de novo, sem mexer um músculo. Seria Deus? Duvidava. Talvez um animal. Então o pensamento que estivera evitando: "E se for algo pior? E se ele tivesse sido atraído aqui para cima? Mas para quê?"

Levantando-se devagar do esconderijo, com a arma ainda na mão, deu um passo adiante, e foi quando de repente o arbusto atrás dele pareceu explodir. Mack girou, apavorado e pronto para lutar pela vida, mas, antes que pudesse apertar o gatilho, reconheceu um texugo correndo de volta pela trilha. Exalou aos poucos o ar que estivera prendendo, baixou a arma e balançou a cabeça. Mack, o corajoso, parecia um menino apavorado na floresta. Depois de travar a arma de novo, guardou-a. "Alguém poderia se machucar", pensou com um suspiro de alívio.

Respirando fundo outra vez e soltando o ar lentamente, acalmou-se. Decidiu que estava farto de sentir medo e continuou a descer o caminho, tentando parecer mais confiante do que se sentia. Esperava não ter vindo tão longe à toa. Se Deus realmente aparecesse, Mack estava mais do que pronto para dizer-lhe umas tantas verdades.

Algumas voltas depois, saiu da floresta para uma clareira. Do outro lado, abaixo da encosta, viu-a de novo: a cabana. Ficou parado olhando-a, com o estômago transformado numa bola em movimento e tumulto. Na superfície nada parecia ter mudado, afora o inverno ter despido as árvores e o manto branco de neve que cobria o lugar. A cabana parecia morta e vazia, mas de repente transformou-se num monstro de rosto maligno, retorcido numa careta demoníaca, olhando-o diretamente e desafiando-o a se aproximar. Ignorando o pânico crescente, Mack desceu com decisão os últimos 100 metros e subiu os degraus da varanda.

As lembranças e o horror da última vez em que estivera ali voltaram num rompante e ele hesitou antes de empurrar a porta.

– Olá? – chamou, não muito alto. Pigarreando, chamou de novo, dessa vez mais alto. – Olá? Tem alguém aí? – Sua voz ecoou no vazio. Sentindo-se mais seguro, entrou na sala e parou.

Enquanto seus olhos se ajustavam à semi-escuridão, começou a perceber os detalhes da sala com a luz da tarde se filtrando pelas janelas quebradas. Reconheceu as cadeiras velhas e a mesa. Não conseguiu evitar que seus olhos fossem atraídos para o único local que não suportaria olhar. Mesmo depois de alguns anos, a mancha de sangue desbotada ainda era claramente visível na madeira perto da lareira, onde haviam encontrado o vestido de Missy.

– Desculpe, querida. – Lágrimas começaram a se juntar nos seus olhos.

E finalmente seu coração explodiu como uma tromba-d'água, soltando a raiva contida e deixando-a jorrar pelos cânions rochosos de suas emoções. Virando os olhos para o céu, começou a gritar suas perguntas angustiadas.

– Por quê? Por que você deixou que isso acontecesse? Por que me trouxe aqui? Por que logo *aqui*? Não bastou matar minha filhinha? Tinha de zombar de mim também? – Numa fúria cega, Mack pegou a cadeira mais próxima e jogou-a contra a janela, despedaçando-a. Com uma das pernas da cadeira, começou a destruir tudo que podia. Grunhidos e gemidos de desespero e fúria irrompiam de seus lábios enquanto ele soltava a fúria naquele lugar terrível. – Odeio você! – Num frenesi, liberou a raiva até ficar exaurido.

Desesperado e derrotado, Mack se deixou cair no chão, perto da mancha de sangue. Tocou-a com cuidado. Era tudo o que restava de sua Missy. Deitado junto dela, os dedos acompanharam com ternura as bordas descoloridas e ele sussurrou baixinho:

– Missy, desculpe. Desculpe se não pude proteger você. Desculpe se não pude encontrar você.

Mesmo em sua exaustão, a raiva fervilhou e de novo ele apontou contra o Deus indiferente que ele imaginava encontrar-se em algum lugar acima do teto da cabana.

– Deus, você nem deixou que a encontrássemos e a enterrássemos. Seria pedir demais?

Enquanto a mistura de emoções ia e vinha, com a raiva dando lugar à dor, uma nova onda de tristeza começou a se misturar com sua confusão.

– Então, onde está você? Achei que queria se encontrar comigo. Bom, estou aqui, Deus. E você? Não está em lugar nenhum! Nunca esteve quando precisei, nem quando eu era pequeno, nem quando perdi Missy. Nem agora! Tremendo "Papai" você é! – cuspiu as palavras.

Mack ficou ali sentado em silêncio, com o vazio do lugar invadindo sua alma. Todas as perguntas sem resposta e as acusações dolorosas se acomodaram no chão ao lado dele e lentamente se transformaram num poço de desolação. A *Grande Tristeza* se apertou ao redor e ele quase gostou da sensação esmagadora. *Esta* dor ele conhecia. Estava familiarizado com ela, era quase uma amiga.

Mack podia sentir a arma na cintura, um frio convidativo contra a pele. Pegou-a, sem saber direito o que fazer. Ah, parar de se preocupar, parar de sentir a dor, nunca mais sentir nada. Suicídio? No momento a opção era quase atraente. "Seria tão fácil", pensou. "Chega de lágrimas, chega de dor..." Quase podia ver um abismo preto abrindo-se no chão atrás da arma para a qual estava olhando, uma escuridão que sugava os últimos vestígios de esperança do coração. Matar-se seria um modo de contra-atacar Deus, se Deus ao menos existisse.

As nuvens se abriram do lado de fora e de repente um raio de sol derramou-se na sala, rasgando o centro de seu desespero. Mas... e Nan? E Josh, Kate, Tyler e Jon? Por mais que desejasse interromper a dor, sabia que não poderia aumentar o sofrimento deles.

Uma brisa fria passou por seu rosto e parte de Mack quis simplesmente se deitar e congelar até a morte, de tão exausto. Encostou-se na parede e esfregou os olhos cansados. Deixou-os fecharem-se enquanto murmurava:

– Eu te amo, Missy. Sinto saudades demais. – Logo penetrou sem esforço num sono pesado.

Provavelmente haviam se passado apenas alguns minutos quando Mack despertou com um solavanco. Surpreso por ter cochilado, levantou-se depressa. Enfiando a arma de volta na cintura e a raiva na parte mais funda da alma, foi em direção à porta.

– Isso é ridículo! Sou tão idiota! E pensar que eu esperava que Deus poderia se importar a ponto de me mandar um bilhete!

Olhou para o espaço aberto.

– Estou cheio, Deus – sussurrou. – Não posso mais. Estou cansado de tentar encontrá-lo em tudo isso. – E saiu pela porta. Decidiu que esta era a última vez que procuraria Deus. Se Deus o quisesse, teria de vir encontrá-lo.

Enfiou a mão no bolso, pegou o bilhete que havia encontrado na caixa de correio e picou-o em pedacinhos, deixando-os escorrer lentamente entre os dedos para serem levados pelo vento frio que havia aumentado. Com passos pesados e o coração mais pesado ainda, começou a caminhar de volta para o jipe.

∽∾

Mal havia caminhado uns 15 metros pela trilha quando sentiu um jorro súbito de ar quente alcançá-lo por trás. O canto de um pássaro rompeu o silêncio gelado. O caminho diante dele perdeu rapidamente o verniz de gelo e neve, como se alguém estivesse usando um secador de cabelos. Mack parou e ficou olhando, enquanto ao redor a cobertura branca se dissolvia e era substituída por uma vegetação radiante. Três semanas de primavera se desdobraram diante dele em 30 segundos. Esfregou os olhos e firmou-se naquele redemoinho. Até mesmo a neve fina que havia começado a cair se transformara em minúsculas flores descendo preguiçosamente para o chão.

O que ele estava vendo, claro, não era possível. Os montes de neve haviam desaparecido e flores silvestres de verão começaram a colorir as bordas da trilha e a surgir na floresta até onde a vista alcançava. Tordos, esquilos e tâmias atravessavam de vez em quando o caminho, alguns parando para sentar-se e olhá-lo por um momento antes de mergulhar de novo no mato baixo. Como se isso não bastasse, o perfume das flores começou a encher o ar, não somente o aroma fugaz de flores silvestres da montanha, mas a intensidade de rosas, orquídeas e outras fragrâncias exóticas encontradas em climas mais tropicais.

O terror dominou Mack, como se ele tivesse aberto a Caixa de Pandora e fosse varrido para o centro da loucura, perdendo-se para sempre. Inseguro, girou com cuidado, tentando se agarrar a algum sentimento de sanidade.

Ficou pasmo. Tudo mudara. A cabana dilapidada fora substituída por um chalé sólido e lindamente construído com troncos descascados à mão, cada um deles trabalhado para um encaixe perfeito.

Em vez dos arbustos escuros e agrestes de macegas, urzes e espinheiros, tudo o que Mack via agora era perfeito como num cartão-postal. A fumaça subia preguiçosa da chaminé para o céu do fim de tarde, sinal de atividade dentro da cabana. Um caminho fora construído ao redor da varanda da frente, limitado por uma pequena cerca de ripas brancas. O som de risos vinha de perto – talvez de dentro, mas não dava para ter certeza.

Talvez fosse assim a experiência de um surto psicótico total.

– Estou pirando de vez – sussurrou Mack. – Isso não pode estar acontecendo. Não é real.

Era um lugar que Mack só poderia ter imaginado em seus melhores sonhos, e isso tornava a coisa ainda mais suspeita. A visão era maravilhosa, os perfumes inebriantes, e seus pés, como se tivessem vontade própria, levaram-no de volta descendo o caminho até a varanda da frente. Flores brotavam em toda parte e a mistura de fragrâncias florais provocou lembranças de infância, esquecidas havia muito. Ele sempre ouvira dizer que o olfato era o melhor elo com o passado, o sentido mais forte para redescobrir histórias antigas.

Na varanda, parou de novo. Vozes vinham muito claramente de dentro. Mack rejeitou o impulso súbito de sair correndo, como se fosse algum garoto que tivesse jogado a bola no jardim de um vizinho. "Quem estaria lá dentro?" Fechou os olhos e balançou a cabeça para ver se conseguia apagar a alucinação e restaurar a realidade. Mas, quando os abriu, tudo continuava ali. Estendeu a mão, hesitando, e tocou o corrimão de madeira. Certamente parecia real.

Agora enfrentava outro dilema. O que você faz quando chega à porta de uma casa – ou de um chalé, neste caso – onde Deus pode estar? Deve bater? Certamente Deus devia saber que Mack estava ali. Talvez ele simplesmente devesse entrar e se apresentar, mas isso parecia igualmente absurdo. E como se dirigir a Deus? Deveria chamá-lo de Pai, de Todo-

Poderoso ou talvez de Senhor Deus? Seria melhor ajoelhar-se e cair em adoração?

Enquanto tentava estabelecer algum equilíbrio interno, a raiva voltou a emergir. Energizado pela ira, Mack foi até a porta. Decidiu bater com força para ver o que acontecia, mas, no momento em que levantou o punho, a porta se escancarou e diante dele apareceu uma negra enorme e sorridente.

Mack pulou para trás por instinto, mas foi lento demais. Com uma velocidade surpreendente para o seu tamanho, a mulher atravessou a distância entre os dois e o engolfou nos braços, levantando-o do chão e girando-o como se ele fosse uma criança pequena. E o tempo todo gritava o seu nome, Mackenzie Allen Phillips, com o ardor de alguém que reencontrasse um parente amado há muito perdido. Por fim colocou-o de volta no chão e, com as mãos nos ombros dele, empurrou-o para trás, como se quisesse vê-lo bem.

– Mack, olha só para você! – ela praticamente explodiu. – Aí está, e tão crescido! Eu estava ansiosa para vê-lo cara a cara. É tão maravilhoso tê-lo aqui conosco! Minha nossa, como eu amo você! – E, ao dizer isso, o abraçou de novo.

Mack ficou sem fala. Em poucos segundos aquela mulher havia rompido praticamente todas as convenções sociais atrás das quais ele se entrincheirava com tanta segurança. Mas algo no seu olhar e na maneira como ela dizia o seu nome o deixou deliciado, mesmo não tendo a menor idéia de quem se tratava.

De repente foi dominado pelo perfume que exalava da mulher, e isso o sacudiu. Era o cheiro de flores, com sugestões de gardênia e jasmim, inconfundivelmente o perfume de sua mãe que ele mantivera guardado em um vidro na latinha. O cheiro que jorrava e a lembrança que vinha junto o fizeram cambalear. Podia sentir o calor das lágrimas em seus olhos, como se estivessem batendo à porta de seu coração. A mulher percebeu.

– Tudo bem, querido, pode deixar que elas saiam... Sei que você foi magoado e que está com raiva e confuso. Então vá em frente e ponha para fora. É bom para a alma deixar que as águas rolem de vez em quando, as águas que curam.

Mack não podia impedir que as lágrimas enchessem seus olhos, mas não estava preparado para soltá-las, ainda não, não com essa mulher. Reuniu todas as forças possíveis para evitar cair de volta no buraco negro das emoções. Enquanto isso, a mulher ficou ali com os braços estendidos, como se fossem os da sua mãe. Ele sentiu a presença do amor. Era quente, convidativo, derretia tudo.

– Não está pronto? – reagiu ela. – Tudo bem, vamos fazer as coisas no seu devido tempo. Venha comigo. Posso pegar seu casaco? E essa arma? Você não precisa mesmo dela, certo? Não queremos que alguém se machuque, não é?

Mack não sabia direito o que fazer ou dizer. Quem era ela? Enraizado no mesmo lugar, lenta e mecanicamente tirou o casaco.

A negra enorme pegou o casaco e ele lhe entregou a arma, que ela segurou com a ponta de dois dedos, como se aquilo estivesse contaminado. No momento em que ela se virou para entrar no chalé, uma mulher pequena, claramente asiática, emergiu de trás da negra.

– Aqui, deixe-me pegar isso – cantarolou ela. Obviamente não queria falar do casaco nem da arma e sim de outra coisa, e estava na frente dele num piscar de olhos. Mack se enrijeceu ao sentir algo passar suavemente em sua face. Sem se mexer, olhou para baixo e viu que a mulher estava usando um frágil frasco de cristal e um pequeno pincel, como os que vira Nan e Kate usar para maquiagem, e que gentilmente removia algo de seu rosto.

Antes que ele pudesse perguntar, ela sorriu e sussurrou:

– Mackenzie, todos temos coisas que valorizamos a ponto de colecionar, não é? – A pequena lata relampejou na mente dele. – Eu coleciono lágrimas.

Enquanto a mulher recuava, Mack se pegou franzindo os olhos na direção dela, como se isso lhe permitisse enxergar melhor. Mas, estranhamente, ainda tinha dificuldade para focalizá-la. Ela parecia quase tremeluzir na luz e seu cabelo voava em todas as direções, apesar de não haver nenhuma brisa. Era quase mais fácil vê-la com o canto do olho do que fixando-a diretamente.

Então olhou para além dela e notou que uma terceira pessoa havia saído do chalé. Desta vez era um homem. Parecia ser do Oriente Médio e se vestia como um operário, com cinto de ferramentas e luvas. Estava de pé, tranqüilamente encostado no portal e com os braços cruzados, usando jeans cobertos de serragem e uma camisa xadrez com mangas enroladas acima dos cotovelos, revelando antebraços musculosos. Suas feições eram bastante agradáveis, mas ele não era particularmente boni-to – não se destacaria numa multidão. Mas seus olhos e o sorriso ilumi-navam o rosto e Mack achou difícil desviar o olhar.

Mack recuou de novo, sentindo-se um tanto esmagado.

– Há mais de vocês? – perguntou meio rouco.

Os três se entreolharam e riram. Mack não conseguiu evitar um sorriso.

– Não, Mackenzie – riu a negra. – Somos tudo que você tem e, acre-dite, é mais do que o bastante.

Mack tentou olhar de novo para a mulher asiática. Pelo que podia ver, ela talvez fosse do Norte da China, ou até mesmo de etnia mongó-lica. Era difícil dizer, porque seus olhos precisavam se esforçar para en-xergá-la. Pelas roupas, Mack presumiu que fosse jardineira ou que cuidasse da horta. Tinha luvas dobradas no cinto, não como as de couro do homem, mas leves, de pano e borracha, como as que o pró-prio Mack usava para trabalhar no quintal de casa. Vestia jeans simples com desenhos ornamentais nas barras – joelhos cobertos da terra onde estivera ajoelhada – e uma blusa muito colorida com manchas de ama-relo, vermelho e azul. Mack tinha uma impressão de tudo isso, porque ela parecia entrar e sair de seu campo de visão.

Então o homem se aproximou, tocou o ombro de Mack, beijou-o nas faces e o abraçou com força. Mack soube instantaneamente que gostava dele. Depois o homem recuou e a mulher asiática aproximou-se de novo, segurando seu rosto com as duas mãos. Gradual e intencionalmente, ela aproximou o seu rosto do dele e olhou no fundo de seus olhos. Mack achou que quase podia ver através dela. Então a mulher sorriu e seu per-fume pareceu envolvê-lo e tirar um peso enorme de seus ombros.

De repente Mack sentiu-se mais leve do que o ar, quase como se não tocasse mais o chão. Ela estava abraçando-o sem abraçá-lo, ou sem mesmo tocá-lo. Só quando ela recuou, o que provavelmente aconteceu apenas alguns segundos depois, ele percebeu que ainda estava de pé e que seus pés continuavam tocando o piso da varanda.

– Ah, não se incomode – riu a negra enorme. – Ela causa esse efeito em todo mundo.

– Gosto disso – ele murmurou e os três irromperam em mais risos. Agora Mack se pegou rindo com eles, sem saber exatamente por que e não se importando com isso.

Quando finalmente parou de rir, a mulher enorme passou o braço por seus ombros, puxou-o e disse:

– *Nós* sabemos quem você é, mas acho que devemos nos apresentar. Eu – ela balançou as mãos com um floreio – sou a governanta e cozinheira. Pode me chamar de Elousia.

– Elousia? – perguntou Mack, sem compreender.

– Certo, você não precisa me chamar de Elousia. É só um nome de que eu gosto e que tem um significado particular para mim. Então – ela cruzou os braços e pôs a mão sob o queixo, como se pensasse com intensidade especial – pode me chamar do mesmo modo como Nan me chama.

– O quê? Você não quer dizer... – Agora Mack ficou surpreso e mais confuso ainda. Sem dúvida aquela não era o Papai que havia mandado o bilhete! – É... quer dizer, "Papai"?

– É – respondeu ela e sorriu, esperando que ele falasse, mas Mack ficou quieto.

O homem, que parecia ter trinta e poucos anos e era um pouco mais baixo do que Mack, interrompeu:

– Tento manter as coisas consertadas por aqui. Mas gosto de trabalhar com as mãos, se bem que, como essas duas vão lhe dizer, sinto prazer em cozinhar e cuidar do jardim.

– Você parece ser do Oriente Médio, talvez seja árabe? – perguntou Mack.

– Na verdade, sou irmão de criação daquela grande família. Sou hebreu; para ser exato, da casa de Judá.

– Então... – De repente Mack ficou abalado com a própria percepção. – Então você é...

– Jesus? Sou. E pode me chamar assim, se quiser. Afinal de contas, esse se tornou o meu nome comum. Minha mãe me chamava de Yeshua, mas também posso ser conhecido como Joshua ou até mesmo Jessé.

Mack ficou perplexo e mudo. O que ele estava vendo e ouvindo parecia completamente impossível! De repente sentiu que ia desmaiar. A emoção o varria, enquanto sua mente tentava em desespero acompanhar todas as informações. Nesse momento a asiática chegou mais perto e desviou sua atenção.

– E eu sou Sarayu – disse ela inclinando a cabeça numa ligeira reverência e sorrindo. – Guardiã dos jardins, dentre outras coisas.

Pensamentos se embolavam enquanto Mack lutava para ter alguma clareza. Será que alguma daquelas pessoas era Deus? E se fossem alucinações? Ou será que Deus viria mais tarde? Já que eram três, talvez aquilo fosse uma espécie de Trindade. Mas duas mulheres e um homem? E nenhum deles era branco? Mas por que ele havia presumido que Deus seria branco? Sabia que sua mente estava divagando, por isso concentrou-se na pergunta que mais queria ver respondida.

– Então qual de vocês é Deus?

– Eu – responderam os três em uníssono. Mack olhou de um para o outro e, mesmo sem entender nada, de algum modo acreditou.

6

AULA DE VÔO

...não importa qual seja o poder de Deus, o primeiro aspecto de Deus jamais é o do Senhor absoluto, do Todo-Poderoso. É o do Deus que se coloca no nosso nível humano e se limita.

– Jacques Ellul, *Anarchy and Christianity*

— Bem, Mackenzie, não fique aí parado de boca aberta – disse a negra enorme enquanto se virava e seguia pela varanda, falando o tempo todo. – Venha conversar comigo enquanto preparo a janta. Ou, se não quiser, faça o que desejar. Atrás do chalé, perto do abrigo de barcos, você vai encontrar uma vara de pesca que pode usar para pegar umas trutas.

Ela parou junto à porta para dar um beijo em Jesus.

— Lembre apenas – e virou-se para olhar Mack – que você tem de limpar o que pegar. – Depois, com um sorriso rápido, desapareceu no chalé, carregando o casaco de inverno de Mack e segurando a arma pelos dois dedos, com o braço estendido.

Mack ficou parado, de boca aberta e com uma expressão de perplexidade grudada no rosto. Mal notou quando Jesus passou o braço por seu ombro. Sarayu parecia ter simplesmente evaporado.

— Ela não é fantástica? – exclamou Jesus, rindo para Mack.

Mack o encarou, balançando a cabeça.

— Estou ficando maluco? Devo acreditar que Deus é uma negra gorda com um senso de humor questionável?

Jesus riu.

– Ela é uma piada! Adora surpresas e tem uma noção de tempo sempre perfeita.

– Verdade? – disse Mack, ainda balançando a cabeça e sem saber se realmente acreditava. – Então o que devo fazer agora?

– Você não *deve* fazer nada. Está livre para o que quiser. – Jesus fez uma pausa e continuou, dando algumas sugestões: – Estou trabalhando num projeto em madeira no barracão e Sarayu está no jardim. Você pode ir pescar, andar de canoa ou entrar e conversar com Papai.

– Bem, acho que me sinto obrigado a entrar e falar com ele... isto é, com ela.

– Ah! – Agora Jesus estava sério. – Não se sinta obrigado. Vá se for isso o que você *quer* fazer.

Mack pensou um momento e decidiu que entrar no chalé era o que realmente desejava. Agradeceu a Jesus, que, sorrindo, foi para a sua oficina. Mack atravessou a varanda e chegou à porta. Depois de olhar rapidamente em volta, abriu-a. Enfiou a cabeça para dentro, hesitou e decidiu mergulhar.

– Deus? – chamou timidamente, sentindo-se bastante idiota.

– Estou na cozinha, Mackenzie. Basta seguir minha voz.

Ele entrou e examinou a sala. Será que este era o mesmo lugar? Estremeceu diante do sussurro dos pensamentos sombrios à espreita e trancou-os de novo. Olhou para a sala de estar procurando o local perto da lareira, mas não encontrou nenhuma mancha. Notou que a sala era decorada com figuras que pareciam ter sido desenhadas ou feitas por crianças. Imaginou se aquela mulher guardava com carinho cada uma daquelas peças, como qualquer pai ou mãe que ama os filhos. Talvez fosse assim que ela valorizava as coisas que lhe eram dadas de coração, como as crianças em geral fazem.

Mack foi em direção ao cantarolar baixo e chegou a uma copa-cozinha onde havia uma mesa com quatro lugares e cadeiras de encosto de vime. O interior do chalé era mais espaçoso do que ele havia imaginado. Papai estava trabalhando em alguma coisa, de costas para ele, com farinha voando enquanto se balançava ao ritmo da música ou do que quer que estivesse escutando. A canção obviamente acabou, marcada por duas últimas sacudidas de ombros e quadris. Virando-se para encará-lo, a negra tirou os fones de ouvido.

De repente Mack quis fazer mil perguntas ou dizer mil coisas, algumas terríveis. Tinha a certeza de que seu rosto traía as emoções que ele lutava para controlar e então enfiou tudo de volta no coração sofrido. Se ela conhecia seu conflito interno, não demonstrou nada pela expressão – ainda aberta, cheia de vida e convidativa.

Ele quis saber:

– Posso perguntar o que você está escutando?

– Um barato da Costa Oeste. É um disco que ainda nem foi lançado, chamado *Viagens do coração*, tocado por uma banda chamada Diatribe. Na verdade – ela piscou para Mack –, esses garotos ainda nem nasceram.

– É mesmo? – reagiu Mack bastante incrédulo. – Um barato da Costa Oeste, hein? Não parece muito religioso.

– Ah, acredite: não é. É mais tipo funk e blues eurasiano, com uma mensagem fantástica. – Ela veio bamboleando na direção de Mack, como se estivesse dançando, e bateu palmas. Mack recuou.

– Então Deus ouve funk? – Mack nunca ouvira a palavra "funk" em qualquer contexto religioso. – Achei que você estaria ouvindo uma música mais de igreja.

– Ora, veja bem, Mackenzie. Você não precisa ficar me rotulando. Eu ouço tudo e não somente a música propriamente dita, mas os corações que estão por trás dela. Não se lembra de suas aulas na escola dominical? Esses garotos não estão dizendo nada que eu já não tenha ouvido antes. Simplesmente são cheios de vinagre e gás. Muita raiva, e, devo dizer, com um bocado de razão. São apenas alguns dos meus meninos se mostrando e fazendo beicinho. Gosto especialmente desses garotos. É, vou ficar de olho neles.

Mack lutou para encontrar algum sentido no que acontecia. Nada do que estudara na escola dominical da igreja estava ajudando. Sentia-se subitamente sem palavras e todas as suas perguntas pareciam tê-lo abandonado. Por isso declarou o óbvio:

– Você deve saber que chamá-la de Papai é meio complicado para mim.

– Ah, verdade? – Ela olhou-o fingindo surpresa. – Claro que sei. Sempre sei. – Ela deu um risinho. – Mas diga, por que *você* acha que é difícil? Porque é uma palavra familiar demais ou talvez porque estou me mostrando como mulher, mãe ou...

– Tudo isso é complicado – interrompeu Mack com um risinho sem jeito.

– Ou talvez por causa dos fracassos do *seu* pai?

Mack ofegou involuntariamente. Não estava acostumado a ver seus segredos mais profundos virem à superfície de modo tão rápido e explícito. A culpa e a raiva cresceram instantaneamente, e ele quis reagir com uma resposta sarcástica. Sentia que estava pendurado sobre um abismo sem fundo e teve medo de que, se deixasse algo daquilo sair, perderia o controle de tudo. Procurou uma base segura, mas finalmente só conseguiu responder com os dentes trincados:

– Talvez porque nunca conheci *ninguém* a quem pudesse realmente chamar de papai.

Diante disso, ela pousou a tigela que estava aninhada em seu braço e, deixando dentro a colher de pau, virou-se para Mack com olhos gentis. Não precisava dizer coisa alguma. Ele viu imediatamente que ela entendia o que lhe ia na alma e de algum modo soube que ela gostava mais dele do que de qualquer pessoa.

– Se você deixar, Mack, serei o pai que você nunca teve.

A oferta era ao mesmo tempo convidativa e repulsiva. Ele sempre quisera um pai em quem pudesse confiar, mas não sabia se iria encontrá-lo ali, logo com alguém que não pudera proteger sua Missy. Um longo silêncio pairou entre eles. Mack não sabia direito o que dizer e ela parecia não ter pressa.

– Se você não foi capaz de cuidar de Missy, como posso confiar que cuide de mim?

Pronto, havia feito a pergunta que o atormentara em todos os dias da *Grande Tristeza*. Mack sentiu o rosto se encher de um vermelho de raiva, enquanto olhava para o que agora considerava uma caracterização estranha de Deus, e percebeu que fechara os punhos com força.

– Mack, sinto muito. – Lágrimas começaram a descer pelo rosto dela.

– Sei o tamanho do abismo que isso abriu entre nós. Sei que você ainda não entende, mas gosto especialmente de Missy e de você também.

Mack adorou o modo como ela disse o nome de Missy, mas odiou ouvi-lo dito por ela. A palavra rolava na língua da mulher como o vinho mais doce e, apesar de toda a fúria que ainda rugia em sua mente, de algum modo ele acreditou na sinceridade dela. Mack *desejava* acreditar, e lentamente parte da raiva começou a diminuir.

– É por isso que você está aqui, Mack – continuou ela. – Quero curar a ferida que cresceu dentro de você e entre nós.

Para ganhar algum controle, ele voltou os olhos para o chão. Passou-se um minuto inteiro antes que tivesse energia suficiente para sussurrar sem levantar a cabeça:

– Acho que eu gostaria disso – admitiu –, mas não vejo como.

– Querido, não existe resposta fácil para a sua dor. Acredite, se eu tivesse uma, usaria agora. Não tenho varinha mágica para fazer com que tudo fique bem. A vida custa um bocado de tempo e um monte de relacionamentos.

Mack ficou satisfeito porque estavam se afastando de sua acusação medonha. Ficara apavorado com a intensidade da própria raiva.

– Acho que seria mais fácil ter esta conversa se você não estivesse usando um vestido – ele sugeriu, tentando sorrir debilmente.

– Se fosse mais fácil, eu não estaria assim – ela disse com um risinho. – Não estou tentando tornar isso mais difícil para nenhum de nós dois. Mas *este* é um bom lugar para começar. Acho que começar tirando do caminho as questões que vêm da cabeça faz com que as do coração fiquem mais fáceis de ser trabalhadas... quando você estiver pronto.

Ela pegou de novo a colher de pau, de onde pingava algum tipo de massa.

– Mackenzie, eu não sou masculino nem feminina, ainda que os dois gêneros derivem da minha natureza. Se eu escolho *aparecer* para você como homem ou mulher, é porque o amo. Para mim, aparecer como mulher e sugerir que você me chame de Papai é simplesmente para ajudá-lo a não sucumbir tão facilmente aos seus condicionamentos religiosos.

Ela se inclinou, como se quisesse compartilhar um segredo.

– Se eu me revelasse a você como uma figura muito grande, branca e com aparência de avô com uma barba comprida, simplesmente reforçaria seus estereótipos religiosos. É importante você saber que o objetivo deste fim de semana *não é* reforçar esses estereótipos.

Mack quase riu alto, ironizando, mas, em vez disso, concentrou-se no que ela acabara de dizer e recuperou a compostura. Acreditava, pelo menos no coração, que Deus era um Espírito, nem masculino nem feminino, mas, apesar disso, sentia-se embaraçado ao admitir que todas as suas concepções visuais de Deus eram muito brancas e muito masculinas.

Ela parou de falar enquanto guardava alguns condimentos numa prateleira de temperos e depois virou-se para encará-lo de novo. Olhou para Mack com intensidade.

– Não é verdade que você sempre teve dificuldade para me ver como um pai? Depois do que passou, não fica nada fácil lidar com um pai, não é?

Ele sabia que ela estava certa e percebeu a gentileza e a compaixão de sua atitude. De algum modo, a maneira como ela havia se aproximado dele diminuíra sua resistência a receber o amor oferecido. Era estranho, doloroso e talvez até um tanto maravilhoso.

– Mas então – ele parou, esforçando-se para se manter racional – por que tanta ênfase em você ser um pai? Quero dizer, este parece o modo como você mais se revela.

– Bem – respondeu Papai dando-lhe as costas e ocupando-se na cozinha –, há muitos motivos para isso, e alguns são muito profundos. Por enquanto, deixe-me dizer que, assim que a Criação se degradou, nós soubemos que a verdadeira paternidade faria muito mais falta do que a maternidade. Não me entenda mal, as duas coisas são necessárias, mas é essencial uma ênfase na paternidade por causa da enormidade das conseqüências da ausência da função paterna.

Mack se virou, meio perplexo, sentindo que aquilo já estava indo longe demais. Enquanto refletia, olhou pela janela para um jardim de aparência selvagem.

– Você sabia que eu viria, não é? – disse finalmente, baixinho.

– Claro que sabia. – Ela estava ocupada de novo, de costas para ele.

– Então eu não estava livre para deixar de vir? Eu não tinha opção?

Papai se virou de novo para encará-lo, agora com farinha e massa nas mãos.

– Boa pergunta; até que profundidade você gostaria de ir? – Ela não esperou resposta, sabendo que Mack não tinha. Em vez disso, perguntou: – Você acredita que está livre para ir embora?

– Acho que sim. Estou?

– Claro que está! Não gosto de prisioneiros. Você está livre para sair por essa porta agora mesmo e voltar para a sua casa vazia. Mas eu sei que você é curioso demais para ir. Será que isso reduz sua liberdade de partir?

Ela parou apenas brevemente e depois voltou para sua tarefa, falando com ele por cima do ombro.

– Se você quiser ir só um pouquinho mais fundo, poderíamos falar sobre a natureza da própria liberdade. Será que liberdade significa que você tem permissão para fazer o que quer? Ou poderíamos falar sobre tudo o que limita a sua liberdade. A herança genética de sua família, seu DNA específico, seu metabolismo, as questões quânticas que acontecem num nível subatômico onde só eu sou a observadora sempre presente. Existem as doenças de sua alma que o inibem e amarram, as influências sociais externas, os hábitos que criaram elos e caminhos sinápticos no seu cérebro. E há os anúncios, as propagandas e os paradigmas. Diante dessa confluência de inibidores multifacetados – ela suspirou –, o que é de fato a liberdade?

Mack ficou ali parado, sem saber o que dizer.

– Só eu posso libertá-lo, Mackenzie, mas a liberdade jamais pode ser forçada.

– Não entendo. Não estou entendendo o que você acaba de dizer.

Ela se virou e sorriu.

– Eu sei. Não falei para que você entendesse agora. Falei para mais tarde. No ponto em que estamos, você ainda não compreende que a liberdade é um processo de crescimento. – Estendendo gentilmente as mãos sujas de farinha, ela segurou as de Mack e, olhando-o direto nos olhos, continuou: – Mackenzie, a Verdade irá libertá-lo, e a Verdade tem nome. Neste momento ele está na carpintaria, coberto de serragem. Tudo tem a ver com *ele*. E a liberdade é um processo que acontece dentro de um relacionamento com *ele*. Então todas essas coisas que você sente borbulhando por *dentro* vão começar a sair.

– Como você pode realmente saber como me sinto? – perguntou Mack, encarando-a de volta.

Papai não respondeu, apenas olhou para as mãos dos dois. O olhar de Mack seguiu o dela, e pela primeira vez ele notou as cicatrizes nos punhos da negra, como as que agora presumia que Jesus também tinha nos dele. Ela permitiu que ele tocasse com ternura as cicatrizes, marcas de furos fundos, e finalmente Mack ergueu os olhos para os dela. Lágrimas desciam lentamente pelo rosto de Papai, pequenos caminhos através da farinha que empoava suas faces.

– Jamais pense que o que meu filho optou por fazer não nos custou caro. O amor sempre deixa uma marca significativa – ela declarou, baixinho e gentilmente. – Nós estávamos lá, *juntos*.

Mack ficou surpreso.

– Na cruz? Espere aí, eu pensei que você o tinha *abandonado*. Você sabe: "Meu Deus, meu Deus, por que me abandonastes?" – Era uma citação das Escrituras que freqüentemente assombrava Mack na *Grande Tristeza*.

– Você não entendeu o mistério naquilo. Independentemente do que ele *sentiu* no momento, eu nunca o deixei.

– Como pode dizer isso? Você o abandonou, exatamente como me abandonou!

– Mackenzie, eu nunca o abandonei e nunca deixei você.

– Isso não faz nenhum sentido – reagiu ele rispidamente.

– Sei que não, pelo menos por enquanto. Mas pense nisto: quando tudo que consegue ver é sua dor, talvez você perca a visão de mim, não é?

Quando Mack não respondeu, ela retornou ao trabalho na cozinha, como se quisesse lhe oferecer um pouco de um necessário espaço. Parecia estar preparando vários pratos ao mesmo tempo, acrescentando temperos e ingredientes. Cantarolando uma musiquinha repetitiva, deu os últimos retoques na torta que estava fazendo e enfiou-a no forno.

– Não se esqueça, a história não terminou no sentimento de abandono de Jesus. Ele encontrou a saída para se colocar inteiramente nas minhas mãos. Ah, que momento foi aquele!

Mack se encostou na bancada um tanto perplexo. Suas emoções e pensamentos estavam todos misturados. Parte dele queria acreditar em tudo que Papai dizia. Seria ótimo! Mas outra parte questionava ruidosamente: "Isso não pode ser verdade!"

Papai pegou o cronômetro da cozinha, girou-o de leve e colocou-o na mesa diante deles.

– Não sou quem você acha, Mackenzie. – As palavras dela não eram raivosas nem defensivas.

Mack olhou para ela, olhou para o cronômetro e suspirou.

– Estou me sentindo totalmente perdido.

– Então vejamos se podemos encontrá-lo no meio dessa confusão.

Quase como se tivesse recebido a deixa, um pássaro azul pousou no parapeito da janela e começou a pular para trás e para a frente. Papai enfiou a mão numa lata sobre a bancada e, abrindo a janela, ofereceu ao pássaro uma mistura de grãos que ela devia guardar exatamente para isso. Sem qualquer hesitação e com aparente ar de humildade e gratidão, o pássaro foi direto para a mão dela e começou a comer.

– Considere nosso amiguinho aqui – começou ela. – A maioria dos pássaros foi criada para voar. Para eles, ficar no solo é uma limitação de sua capacidade de voar, e não o contrário. – Ela parou para deixar que Mack pensasse nisso. – Você, por outro lado, foi criado para ser amado. Assim, para você, viver como se não fosse amado é uma limitação, e não o contrário.

Mack assentiu, não porque concordasse completamente, mas sinalizando que entendia e estava acompanhando. O que ela dizia era bastante simples.

– Viver sem ser amado é como cortar as asas de um pássaro e tirar sua capacidade de voar. Não é algo que eu queira para você.

Aí é que estava. No momento ele não se *sentia* particularmente *amado*.

– Mack, a dor tem a capacidade de cortar nossas asas e nos impedir de voar. – Ela esperou um momento, permitindo que suas palavras se assentassem. – E, se essa situação persistir por muito tempo, você quase pode esquecer que foi criado originalmente para voar.

Mack ficou quieto. Estranhamente, o silêncio não era tão desconfortável assim. Olhou o pássaro. O pássaro olhou de volta para Mack. Ele imaginou se seria possível os pássaros sorrirem. Pelo menos aquele parecia capaz.

– Não sou como você, Mack.

Não era uma repreensão, e sim a simples declaração de um fato. Mas para Mack foi como um banho de água gelada.

– Sou Deus. Sou quem sou. E, ao contrário de você, minhas asas não podem ser cortadas.

– Bom, é maravilhoso para você, mas onde, exatamente, isso me deixa? – reagiu Mack, parecendo mais irritado do que gostaria.

Papai começou a acariciar o pássaro, aproximou-o do rosto e disse:

– Exatamente no centro do meu amor!

– Estou achando que esse pássaro provavelmente entende isso melhor do que eu – foi o máximo que Mack conseguiu dizer.

– Eu sei, querido. Por isso estamos aqui. Por que você acha que eu disse que não sou como você?

– Bom, realmente não faço idéia. Quer dizer, você é Deus e eu não sou. – Ele não conseguiu afastar o sarcasmo da voz, mas ela o ignorou completamente.

– É, mas não exatamente. Pelo menos não do modo como você está pensando. Mackenzie, eu sou o que alguns chamariam de "sagrado e totalmente diferente de você". O problema é que muitas pessoas tentam entender um pouco o que eu sou pensando no melhor que elas podem ser, projetando isso ao enésimo grau, multiplicando por toda a bondade que são capazes de perceber – que freqüentemente não é muita –, e depois chamam o *resultado* de Deus. E, embora possa parecer um esforço nobre, a verdade é que fica lamentavelmente distante do que realmente sou. Sou muito mais do que isso, sou acima e além de tudo o que você possa perguntar ou pensar.

– Lamento, mas para mim isso não passa de palavras. E elas não fazem muito sentido. – Mack deu de ombros.

– Mesmo que você não consiga finalmente me compreender, sabe de uma coisa? Ainda quero ser conhecido.

– Você está falando de Jesus, não é verdade? Está me lembrando as aulas de catecismo: "Vamos tentar entender a Trindade"?

Ela deu um risinho.

– Mais ou menos, mas aqui não é a escola dominical. É uma aula de vôo. Mackenzie, como você pode imaginar, há algumas vantagens em ser Deus. Por natureza, sou completamente ilimitada, sem amarras. Sempre conheci a plenitude. Minha condição normal de existência é um estado de satisfação perpétua – disse ela, bastante satisfeita. – É apenas uma das vantagens de Eu ser Eu.

Isso fez Mack sorrir. A mulher estava se divertindo muito com ela mesma e não havia um pingo de arrogância para estragar aquilo.

– Nós criamos vocês para compartilhar isso. Mas então Adão optou por ficar sozinho, como sabíamos que iria acontecer, e tudo se estragou. Mas, em vez de varrer toda a Criação, arregaçamos as mangas e entramos no meio da bagunça. Foi o que fizemos em Jesus.

Mack estava parado, esforçando-se ao máximo para acompanhar o fio dos pensamentos dela.

– Quando nós três penetramos na existência humana sob a forma do Filho de Deus, nos tornamos totalmente humanos. Também optamos por abraçar todas as limitações que isso implicava. Mesmo que tenhamos estado sempre presentes nesse universo criado, então nos tornamos carne e sangue. Seria como se este pássaro, cuja natureza é voar, optasse somente por andar e permanecer no chão. Ele não deixa de ser pássaro, mas isso altera significativamente sua experiência de vida.

Ela parou para se certificar de que Mack ainda estava acompanhando seu raciocínio. Embora houvesse uma dor nítida se formando em seu cérebro, ele fez um gesto, convidando-a a continuar.

– Ainda que por natureza Jesus seja totalmente Deus, ele é totalmente humano e vive como tal. Ainda que jamais tenha perdido sua capacidade inata de voar, ele opta, momento a momento, por ficar no chão. Por isso seu nome é Emanuel, Deus conosco, ou Deus com *vocês*, para ser mais exata.

– Mas... e todos os milagres? As curas? Ressuscitar os mortos? Isso não prova que Jesus era Deus... você sabe, mais do que humano?

– Não, isso prova que Jesus é realmente humano.

– O quê?

– Mackenzie, *eu* posso voar, mas os humanos, não. Jesus é totalmente humano. Apesar de ele ser também totalmente Deus, *nunca* aproveitou sua natureza divina para fazer nada. Apenas viveu seu relacionamento comigo do modo como eu desejo que cada ser humano viva. Ele foi simplesmente o primeiro a levar isso até as últimas instâncias: o primeiro a colocar minha vida dentro dele, o primeiro a acreditar no meu amor e na minha bondade, sem considerar aparências ou conseqüências.

– E quando ele curava os cegos?

– Fez isso como um ser humano dependente e limitado que confia na minha vida e no meu poder de trabalhar com ele e através dele. Jesus, como ser humano, não tinha poder para curar ninguém.

Isso foi um choque para as crenças religiosas de Mack.

– Só enquanto ele repousava em seu relacionamento comigo e em nossa comunhão, nossa comum-união, ele se tornava capaz de expressar meu coração e minha vontade em qualquer circunstância determinada. Assim, quando você olha para Jesus e parece que ele está voando, na verdade ele está... voando. Mas o que você está realmente vendo sou eu, minha vida nele. É assim que ele vive e age como um *verdadeiro* ser humano, como cada humano está destinado a viver: a partir da minha vida.

E continuou:

– Um pássaro não é definido por estar preso ao chão, mas por sua capacidade de voar. Lembre-se disso: os seres humanos não são definidos por suas limitações, e sim pelas intenções que tenho para eles. Não pelo que parecem ser, mas por tudo que significa ser criado à minha imagem.

Mack sentiu necessidade de sentar-se. Percebeu que precisaria de um certo tempo para compreender todas aquelas informações.

Papai colocou o pássaro sobre a mesa, perto de Mack, virou-se para abrir o forno e deu uma olhadinha na torta que estava assando. Satisfeita porque tudo ia bem, puxou uma cadeira para perto. Mack olhou o pássaro que, espantosamente, parecia contente em apenas ficar ali com eles. O absurdo daquilo fez Mack dar um risinho.

– Para começar, é bom que você não consiga entender a maravilha da minha natureza. Quem quer adorar um Deus que pode ser totalmente compreendido, hein? Não há muito mistério nisso.

– Mas que diferença faz o fato de haver três de vocês e que todos sejam um só Deus? É isso mesmo?

– É, sim. – Ela riu. – Mackenzie, faz toda a diferença do mundo! – Ela parecia estar gostando daquilo. – Não somos três deuses e não estamos falando de um deus com três atitudes, como um homem que é marido, pai e trabalhador. Sou um só Deus e sou três pessoas, e cada uma das três é total e inteiramente o um.

O "hã" que Mack estivera retendo veio finalmente à superfície com toda a força.

– Não importa – continuou a mulher. – O importante é o seguinte: se eu fosse simplesmente Um Deus e Uma Pessoa, você iria se encontrar nesta Criação sem algo maravilhoso, sem algo que é essencial. E eu seria absolutamente diferente do que sou.

– E nós estaríamos sem...? – Mack nem sabia como terminar a pergunta.

– Amor e relacionamento. Todo amor e relacionamento *só* são possíveis para vocês porque já existem dentro de Mim, dentro do próprio Deus. O amor *não é* a limitação. O amor *é* o vôo. Eu *sou* o amor.

Como que em resposta à declaração dela, o pássaro partiu voando pela janela. Olhá-lo voando causou um intenso deleite. Mack virou-se de volta para Papai e olhou-a maravilhado. Ela era muito linda e espantosa e, apesar de estar se sentindo meio perdido e de a *Grande Tristeza* ainda o acompanhar, percebeu crescendo dentro dele um pouco de segurança por estar perto dela.

– Entenda o seguinte – continuou Papai. – Para que eu tenha um objeto para amar ou, mais exatamente, um alguém para amar, é preciso que exista esse relacionamento dentro de mim. Caso contrário, eu não seria capaz de amar. Você teria um deus incapaz de amar. Ou, talvez pior, você teria um deus que, quando escolhesse amar, só poderia fazê-lo como uma limitação de sua natureza. Esse tipo de deus possivelmente poderia agir sem amor e seria um desastre. E isso certamente *não* sou eu.

Papai se levantou, foi até a porta do forno, tirou a torta recém-assada, colocou-a na bancada e, virando-se como se fosse se apresentar, disse:

– O Deus que é, o "eu sou quem eu sou", não pode agir fora do amor!

Mack soube que, por mais difícil de entender que fosse, o que estava escutando era algo espantoso e incrível. Como se as palavras dela estivessem se enrolando nele, envolvendo-o e falando com ele de maneiras que iam além do que ele poderia ouvir. Não que acreditasse de fato em nada daquilo. Se ao menos fosse verdade! Sua experiência lhe dizia o contrário.

– Este fim de semana tem a ver com relacionamento e amor. Bom, eu sei que você tem um monte de coisas para me dizer, mas neste momento é melhor ir se lavar. Os outros dois estão vindo para o jantar. – Ela foi andando, mas parou e virou-se. – Mackenzie, sei que seu coração está cheio de dor, de raiva e de muita confusão. Nós dois vamos falar um pouco disso enquanto você estiver aqui. Mas também quero que saiba que estão acontecendo mais coisas do que você pode imaginar ou entender. Procure usar ao máximo a confiança que tiver em mim, mesmo que ela seja pequena, está bem?

Mack baixara a cabeça e olhava para o chão. "Ela sabe", pensou. Pequena? "Pequena" ou praticamente nada? Confirmando com a cabeça, olhou para cima e notou novamente as cicatrizes nos pulsos dela.

– Papai? – disse Mack muito sem jeito.

– O que é, querido?

Mack lutou para encontrar as palavras que expressassem o que lhe ia no coração.

– Lamento muito que você, que Jesus tivesse de morrer.

Ela rodeou a mesa e deu outro grande abraço em Mack.

– Sei que lamenta e agradeço. Mas você precisa saber que nós não lamentamos nem um pouco. Valeu a pena. Não é, filho?

Ela se virou para fazer a pergunta a Jesus, que havia acabado de entrar no chalé.

– Sem dúvida! – Ele fez uma pausa e depois olhou para Mack. – E eu teria feito aquilo mesmo que fosse *somente* por você. Mas não foi! – disse com um sorriso acolhedor.

Mack pediu licença e saiu em direção ao banheiro. Lavou as mãos e o rosto e tentou recuperar a compostura.

7

DEUS NO CAIS

*Rezemos para que a raça humana jamais escape da Terra para
espalhar sua iniqüidade em outros lugares.*

– C. S. Lewis

Mack ficou parado no banheiro olhando o espelho enquanto enxugava o rosto com uma toalha. Procurava algum sinal de insanidade
naqueles olhos que o espiavam de volta. Aquilo seria real? Claro que
não, era impossível. Mas então... Estendeu a mão e tocou lentamente o
espelho. Talvez fosse uma alucinação trazida por todo o seu sofrimento e desespero. Talvez fosse um sonho e ele estivesse dormindo em
algum lugar, quem sabe na cabana, morrendo congelado. Talvez... de
repente um estrondo terrível rompeu seu devaneio. Vinha da direção
da cozinha e deixou Mack paralisado. Por um momento houve um
silêncio mortal e depois, inesperadamente, gargalhadas retumbantes.
Curioso, saiu do banheiro e enfiou a cabeça pela porta da cozinha.

Mack ficou chocado diante da cena. Jesus deixara cair uma grande
tigela com algum tipo de massa ou molho no chão, e a coisa tinha se
espalhado por toda parte. A barra da saia de Papai e seus pés descalços
estavam cobertos pela massa gosmenta. Sarayu disse alguma coisa
sobre a falta de jeito dos humanos e os três caíram na risada. Por fim,
Jesus passou por Mack e voltou com toalhas e uma grande bacia de
água. Sarayu já estava começando a limpar a sujeira do chão e dos
armários, mas Jesus foi direto até Papai e, ajoelhando-se aos pés dela,

começou a limpar a frente de seu vestido. Gentilmente levantou um pé de cada vez e colocou os dois na bacia, onde os limpou e massageou.

– Uuuuuh, isso é tãããão bom! – exclamou Papai.

Encostado no portal, Mack não parava de pensar. Então Deus era assim no relacionamento? Muito linda e atraente! Ele sabia que ninguém estava em busca do culpado pela sujeira do chão, pela tigela quebrada ou por um prato que não seria compartilhado. Era óbvio que o que realmente importava era o amor que eles sentiam uns pelos outros e a plenitude que esse amor lhes trazia. Balançou a cabeça. Como isso era diferente da maneira como ele tratava seus entes queridos!

Embora simples, o jantar foi um banquete. Algum tipo de ave assada com uma espécie de molho de laranja, manga e alguma outra coisa, verduras frescas temperadas com sabe-se lá o quê, com gosto de fruta e de gengibre, e arroz de uma qualidade que Mack jamais havia provado. Por hábito, abaixou a cabeça para rezar. Levantou-a e viu os três rindo para ele. Meio sem jeito, disse:

– Ah, obrigado a vocês todos... Alguém pode me passar o arroz?

– Claro. Nós *íamos* ter um molho japonês incrível, mas o sem-jeito ali – Papai acenou na direção de Jesus – decidiu ver se a tigela quicava.

– Ah, qual é? – respondeu Jesus num arremedo de defesa. – Minhas mãos estavam escorregadias.

Papai piscou para Mack enquanto lhe passava o arroz.

– Não se consegue bons empregados por aqui.

Todo mundo riu.

A conversa parecia quase normal. Pediram que Mack falasse de cada um dos filhos, menos de Missy, e ele contou das várias lutas e conquistas deles. Quando falou de suas preocupações com Kate, os três apenas assentiram com uma expressão solidária, mas não ofereceram nenhum conselho. Ele também respondeu a perguntas sobre os amigos, e Sarayu pareceu mais interessada em perguntar por Nan. Finalmente Mack conseguiu dizer uma coisa que o incomodara durante toda a conversa.

– Bom, estou aqui falando sobre meus filhos, meus amigos e sobre Nan, mas vocês já sabem tudo o que vou dizer, não é? Vocês estão agindo como se ouvissem pela primeira vez.

Sarayu estendeu a mão por cima da mesa e segurou a dele.

– Mackenzie, lembra-se da nossa conversa anterior sobre limitação?

– Nossa conversa? – Ele olhou para Papai, que assentiu como quem sabe das coisas.

– Você não pode compartilhar com um de nós sem que compartilhe com todos – disse Sarayu e sorriu. – Lembre-se das muitas vezes em que escolheu sentar no chão para facilitar um relacionamento, para honrá-lo. Mackenzie, você faz isso freqüentemente. Você não brinca com uma criança ou colore uma figura com ela para mostrar sua superioridade. Pelo contrário, você escolhe se limitar para facilitar e honrar o relacionamento. Você é até capaz de perder uma competição como um ato de amor. Isso não tem nada a ver com ganhar e perder, e sim com amor e respeito.

– Então o que acontece quando estou falando com vocês sobre meus filhos?

– Nós nos limitamos por respeito a você. Não estamos trazendo à mente, por assim dizer, nosso conhecimento sobre seus filhos. Ouvimos como se fosse a primeira vez e temos enorme prazer em conhecê-los através dos seus olhos.

– Gosto disso – refletiu Mack, recostando-se na cadeira.

Sarayu apertou a mão dele e pareceu se recostar.

– Eu também! Os relacionamentos não têm nada a ver com poder. Nunca! E um modo de evitar a vontade de exercer poder é escolher se limitar e servir. Os humanos costumam fazer isso quando cuidam dos enfermos, quando servem os idosos, quando se relacionam com os pobres, quando amam os muito velhos e os muito novos, ou até mesmo quando se importam com aqueles que assumiram uma posição de poder sobre eles.

– Bem falado, Sarayu – disse Papai, com o rosto luzindo de orgulho. – Eu cuido dos pratos depois. Mas primeiro gostaria de ter um tempo para as devoções.

Mack teve de conter um risinho diante da idéia de Deus fazendo orações. Imagens de devoções familiares de sua infância vieram se derramar em seu pensamento. E não eram exatamente boas lembranças.

Com freqüência consistiam em um exercício tedioso de dar as respostas certas, ou melhor, as mesmas velhas respostas às mesmas velhas perguntas sobre histórias da Bíblia e depois tentar ficar acordado durante as orações exaustivamente longas de seu pai. E, quando o pai tinha bebido, as orações da família sempre se tornavam um terrível campo minado, onde qualquer resposta errada ou um olhar distraído provocava uma explosão. Ficou esperando que Jesus pegasse uma velha versão da Bíblia.

Em vez disso, Jesus estendeu as mãos sobre a mesa e segurou as de Papai, com as cicatrizes agora claramente visíveis. Mack ficou sentado, em extremo fascínio, vendo Jesus beijar as mãos do Pai, depois olhar fundo nos seus olhos e finalmente dizer:

– Papai, adorei ver como hoje você se tornou completamente disponível para assumir a dor de Mack e deixar que ele escolhesse seu próprio ritmo. Você o honrou e me honrou. Ouvir você sussurrar amor e calma no coração dele foi realmente incrível. Que alegria imensa ver isso! Adoro ser seu filho.

Embora Mack se sentisse um intruso, ninguém pareceu se preocupar e, de qualquer modo, ele não tinha idéia de para onde ir. Presenciar a expressão de tamanho amor parecia deslocar qualquer entrave lógico e, ainda que ele não soubesse exatamente o que sentia, era muito bom. Estava testemunhando algo simples, caloroso, íntimo e verdadeiro. Isso era sagrado. A santidade sempre fora um conceito frio e estéril para Mack, mas *isso* era diferente. Preocupado em não fazer qualquer gesto que perturbasse aquele momento, simplesmente fechou os olhos e cruzou as mãos. Ouvindo atentamente de olhos fechados, sentiu Jesus mexer a cadeira. Houve uma pausa antes que ele falasse de novo:

– Sarayu – começou Jesus com suavidade e ternura –, você lava, eu enxugo.

Os olhos de Mack se abriram rapidamente, a tempo de ver os dois sorrirem afetuosamente um para o outro, pegarem os pratos e desaparecerem na cozinha. Ficou sentado alguns minutos sem saber o que fazer. Papai tinha ido a algum lugar e os outros dois estavam ocupados com os pratos. A decisão foi fácil. Pegou os talheres e os copos e levou-os para a cozinha. Assim que entrou, Jesus lhe jogou um pano e, enquanto Sarayu lavava os pratos, os dois começaram a enxugar.

Sarayu começou a cantarolar uma música evocativa que ele havia escutado Papai cantar. Mais uma vez a melodia mexeu no fundo de Mack, despertando lembranças e emoções. Se pudesse permanecer ouvindo aquela canção, aceitaria ficar enxugando os pratos pelo resto da vida.

Cerca de 10 minutos depois haviam acabado. Jesus deu um beijo no rosto de Sarayu e ela desapareceu no corredor. Em seguida ele sorriu para Mack.

– Vamos ao cais olhar as estrelas.

– E os outros? – perguntou Mack.

– Estou aqui – respondeu Jesus. – Sempre estou aqui.

Mack assentiu. Esse negócio da presença de Deus, embora difícil de entender, parecia estar penetrando constantemente em sua mente e em seu coração. Por isso relaxou.

– Vamos – disse Jesus, interrompendo seus pensamentos. – Sei que você gosta de olhar as estrelas! – Parecia uma criança cheia de ansiedade e expectativa.

– É, acho que gosto – respondeu Mack, percebendo que a última vez em que fizera isso fora na maldita viagem com as crianças. Talvez tivesse chegado a hora de correr alguns riscos.

Seguiu Jesus, saindo pela porta dos fundos. Nos momentos finais do crepúsculo, Mack podia ver a margem rochosa do lago, não cheia de mato alto como ele recordava, mas lindamente cuidada e perfeita como uma pintura. O riacho ali perto parecia cantarolar algum tipo de música. Projetando-se cerca de 15 metros sobre o lago havia um cais e Mack mal conseguiu vislumbrar três canoas amarradas nele. A noite ia caindo depressa e a escuridão distante já estava cheia dos sons de grilos e sapos. Jesus pegou-o pelo braço e guiou-o pelo caminho enquanto seus olhos se ajustavam, mas Mack já estava olhando para uma noite sem luar, com o espanto das estrelas emergindo.

Chegaram ao meio do cais e se deitaram de costas, olhando para cima. A altitude do lugar parecia ampliar o céu e Mack adorou ver a imensidão do espaço tão claramente estrelada. Jesus sugeriu que fechassem os olhos por alguns minutos, permitindo que os últimos clarões do crepúsculo desaparecessem. Mack obedeceu e, quando finalmente abriu os olhos, a visão foi tão poderosa que por alguns segundos ele experimentou uma espécie de vertigem. Era quase como se estivesse caindo no espaço, com as estrelas correndo em sua direção para abraçá-lo. Levantou as mãos imaginando que podia colher diamantes, um a um, de um céu de veludo negro.

– Uau! – exclamou.

– Incrível! – sussurrou Jesus, com a cabeça perto da de Mack no escuro. – Nunca me canso de ver isso.

– Mesmo que *você* tenha criado?

– Eu criei quando era o Verbo, antes que o Verbo se tornasse Carne. De modo que, mesmo tendo criado tudo isso, agora vejo como humano. E acho impressionante!

– É mesmo. – Mack não sabia como descrever o que sentia, mas enquanto continuavam deitados em silêncio, olhando o espetáculo celestial num espanto reverente, observando e ouvindo, soube em seu coração que isso também era sagrado. Estrelas cadentes ocasionais chamejavam numa trilha breve cortando o negrume da noite e fazendo um ou outro exclamar:

– Viu aquilo? Que maravilha!

Depois de um silêncio particularmente longo, Mack falou:

– Eu me sinto mais confortável perto de você. Você parece muito diferente delas.

– Como assim, diferente? – a voz suave de Jesus emergiu da escuridão.

– Bom. – Mack fez uma pausa enquanto pensava. – Mais real ou palpável. Não sei. – Lutou com as palavras e Jesus ficou deitado em silêncio, esperando. – É como se eu sempre tivesse conhecido você. Mas Papai não é nem um pouco o que eu esperava de Deus e Sarayu é *muito* estranha.

Jesus deu um risinho no escuro.

– Como eu sou humano, nós temos muito mais em comum.

– Mas, mesmo assim, não entendo...

– Eu sou o melhor modo que qualquer humano pode ter de se relacionar com Papai ou com Sarayu. Me ver é vê-las. E, acredite, Papai e Sarayu são tão reais quanto eu, embora, como você viu, de maneiras muito diferentes.

– Por falar em Sarayu, ela é o Espírito Santo?

– É. É Criatividade, é Ação, é o Sopro da Vida. E é muito mais. Ela é o *meu* Espírito.

– E o nome dela, Sarayu?

– É um nome simples de uma das nossas línguas humanas. Significa "Vento", na verdade um vento comum. Ela adora esse nome.

– Humm – resmungou Mack. – Não há nada de muito comum nela!

– Isso é verdade.

– E o nome que Papai mencionou, El... Elo...

– Elousia – disse a voz reverentemente no escuro, ao lado dele. – Esse é um nome maravilhoso. *El* é meu nome como Deus Criador, mas *ousia* é "ser", ou "aquilo que é verdadeiramente real", de modo que o nome significa "o Deus Criador que é verdadeiramente real e a base de todo o ser". Isso é que é um nome bonito!

Houve silêncio por um minuto enquanto Mack pensava no que Jesus havia dito.

– Então onde é que isso nos deixa?

Ele sentia como se estivesse fazendo a pergunta em nome de toda a raça humana.

– Bem, onde vocês sempre se destinaram a estar. No próprio centro do nosso amor e do nosso propósito.

De novo uma pausa e depois:

– Acho que posso viver com isso.

Jesus deu um risinho.

– Fico feliz em saber – e os dois riram. Ninguém falou por um tempo. O silêncio havia baixado como um cobertor e tudo de que Mack tinha realmente consciência era do som da água batendo no cais. Novamente ele rompeu o silêncio.

– Jesus?

– O que é, Mackenzie?

— Estou surpreso com uma coisa em você.

— Verdade? O quê?

— Acho que eu esperava que você fosse mais... — Cuidado aí, Mack. — Ah... bem, humanamente marcante.

Jesus riu.

— Humanamente marcante? Quer dizer bonito? — Agora ele estava gargalhando.

— Bom, eu estava tentando evitar dizer assim, mas é. De algum modo achei que você seria o homem ideal, você sabe, atlético e de uma beleza avassaladora.

— É o meu nariz, não é?

Mack não soube o que dizer.

Jesus riu.

— Eu sou judeu, você sabe. Meu avô materno tinha um narigão. Na verdade, a maioria dos homens do meu lado materno tinha nariz grande.

— Só pensei que você teria uma aparência melhor.

— De acordo com que padrão? De qualquer modo, quando você me conhecer melhor, isso não vai importar.

Mesmo ditas com gentileza, as palavras machucaram. Machucaram o quê, exatamente? Mack ficou deitado por alguns segundos e percebeu que, por mais que pensasse que conhecia Jesus, talvez não conhecesse... ou conhecesse mal. Talvez o que conhecesse fosse um ícone, um ideal, uma imagem através da qual tentava captar um sentimento de espiritualidade, mas não uma pessoa real.

— Por que isso? — perguntou finalmente. — Você disse que, se eu o conhecesse de verdade, sua aparência não importaria...

— Na verdade é bem simples. O *ser* sempre transcende a aparência. Assim que você começa a descobrir o ser que há por trás de um rosto muito bonito ou muito feio, de acordo com seus conceitos e preconceitos, as aparências superficiais somem até simplesmente não importarem mais. Por isso Elousia é um nome tão maravilhoso. Deus, que é a base de todo o ser, mora dentro, em volta e através de todas as coisas, e emerge em última instância como o real. Qualquer aparência que mascare essa verdade está destinada a cair.

Seguiu-se um silêncio enquanto Mack refletia sobre o que Jesus havia dito. Desistiu depois de apenas um ou dois minutos e decidiu fazer a pergunta mais arriscada.

– Você disse que eu não o conheço de verdade. Seria muito mais fácil se pudéssemos sempre conversar assim.

– Admito, Mack, que essa conversa é especial. Você estava realmente travado e nós queríamos ajudá-lo a se arrastar para fora da dor. Mas não fique achando que porque não sou visível nosso relacionamento precise ser menos real. Será diferente, talvez até mais real.

– Como assim?

– Meu propósito, desde o início, era viver em você e você viver em mim.

– Espere, espere. Espere um minuto. Como isso pode acontecer? Se você ainda é totalmente humano, como pode estar dentro de mim?

– Espantoso, não é? É o milagre de Papai. É o poder de Sarayu, meu Espírito, o Espírito de Deus que restaura a união que foi perdida há tanto tempo. Eu? A cada momento eu escolho viver totalmente humano. Sou totalmente Deus, mas sou humano até o âmago. Como eu disse, é o milagre de Papai.

Mack estava deitado no escuro ouvindo com atenção.

– Você está falando de uma moradia real e não somente de uma questão teológica?

– Claro – respondeu Jesus com a voz forte e segura. – O humano, formado a partir da criação material e física, pode ser totalmente habitado pela vida espiritual, a minha vida. Isso exige a existência de uma união muito real, dinâmica e ativa.

– É quase inacreditável! – exclamou Mack baixinho. – Eu não fazia idéia. Preciso pensar mais nisso. Mas talvez eu tenha outro monte de perguntas.

– E temos toda a sua vida para respondê-las – riu Jesus. – Mas por enquanto chega disso. Vamos nos perder de novo na noite estrelada.

No silêncio que se seguiu, Mack simplesmente ficou parado, permitindo que a enormidade do espaço e da luminosidade esparsa o fizesse sentir-se pequeno, deixando suas percepções serem capturadas pela luz das estrelas e pela idéia de que tudo tinha a ver com ele... com a raça humana... que toda aquela magnífica criação era para a humanidade. Depois do que pareceu um longo tempo, Jesus rompeu o silêncio.

– Nunca vou me cansar de olhar para isso. A maravilha de tudo, o esbanjamento da Criação, como disse um dos nossos irmãos. Tão elegante, tão cheia de desejo e beleza, mesmo agora.

– Sabe – reagiu Mack, novamente abalado pelo absurdo da situação, pelo lugar onde estava, pela pessoa ao seu lado –, algumas vezes você parece tão... quero dizer, aqui estou eu, perto de Deus Todo-Poderoso, e na verdade você parece tão...

– Humano? – sugeriu Jesus. – Mas feio. – E começou a rir, primeiro baixinho e contido, depois às gargalhadas. Era contagioso e Mack deixou-se levar num riso que vinha de algum lugar bem no fundo. Não ria a partir daquele lugar havia muito tempo. Jesus estendeu a mão e o abraçou, sacudido por seus próprios espasmos de riso, e Mack se sentiu mais limpo, vivo e bem desde... bom, não conseguia se lembrar desde quando.

Os dois acabaram se aquietando e o silêncio da noite se impôs mais uma vez. Mack ficou parado, se dando conta da culpa por estar se divertindo e rindo. Mesmo no escuro, sentiu a *Grande Tristeza* chegar e encobri-lo.

– Jesus? – sussurrou com a voz embargada. – Eu me sinto muito perdido.

Uma mão se estendeu e ficou apertando a sua.

– Eu sei, Mack. Mas não é verdade. Lamento se a sensação é essa, mas ouça com clareza: você não está perdido.

– Espero que você esteja certo – respondeu Mack, com a tensão afrouxada pelas palavras do amigo recém-encontrado.

– Venha – disse Jesus, levantando-se e estendendo a mão para Mack. – Você tem um grande dia pela frente. Vou levá-lo para a cama. – Passou o braço pelo ombro de Mack e juntos andaram para o chalé.

De repente, Mack sentiu-se exausto. O dia fora longo. Talvez acordasse em casa, na sua cama, depois de uma noite de sonhos vívidos. Mas em algum lugar dentro de si esperava estar errado.

8

UM CAFÉ DA MANHÃ DE CAMPEÕES

*"Crescer significa mudar e mudar envolve riscos,
uma passagem do conhecido para
o desconhecido."*

– Autor desconhecido

Quando chegou no quarto, Mack descobriu que as roupas que havia deixado no carro estavam dobradas em cima da cômoda ou penduradas no armário. Achou engraçado encontrar uma Bíblia na mesinha-de-cabeceira. Escancarou a janela para deixar que o ar da noite entrasse livremente, algo que Nan jamais tolerava em casa porque tinha medo de aranhas e de qualquer coisa rastejante. Aninhado como uma criança pequena debaixo do grosso edredom, havia lido apenas dois versículos da Bíblia quando o livro saiu de sua mão, a luz se apagou, alguém deu-lhe um beijo no rosto e ele foi levantado suavemente do chão, num sonho em que voava.

Quem nunca voou assim talvez não acredite que seja possível, mas no fundo sente um pouco de inveja. Havia anos que ele não tinha esse tipo de sonho, pelo menos desde que a *Grande Tristeza* baixara, mas nessa noite Mack voou alto na noite estrelada, através do ar límpido e frio, sem qualquer desconforto. Sobrevoou lagos e rios, atravessou um litoral oceânico e várias ilhotas cercadas de recifes.

Por mais estranho que pareça, Mack *aprendera* com seus sonhos a voar erguendo-se do chão sem ser sustentado por nada – sem asas, sem qualquer tipo de aparelho, apenas ele. Os vôos inicialmente o elevavam a alguns centímetros do chão, por causa do medo de cair. Aos poucos ele foi adquirindo confiança e se alçando mais alto, descobrindo que a queda não era dolorosa, apenas um pequeno ricochete em câmara lenta. Com o tempo, aprendeu a ascender até as nuvens, cobrir vastas distâncias e pousar suavemente.

Enquanto planava à vontade sobre montanhas escarpadas e praias de um branco cristalino, usufruía a maravilha do sonho de voar. Subitamente, algo o agarrou pelo tornozelo e o puxou para baixo. Em questão de segundos foi arrastado das alturas e jogado violentamente, de cara, numa estrada lamacenta e muito esburacada. O trovão sacudia o solo e a chuva o encharcou instantaneamente até os ossos. E tudo veio de novo, raios iluminando o rosto de sua filha enquanto ela gritava "Papai!" sem emitir nenhum som e se virava e corria para a escuridão, o vestido vermelho visível apenas por alguns clarões breves e depois sumindo. Mack lutou com todas as forças para se soltar da lama e da água, mas foi sendo sugado para mais fundo. No momento em que estava submergindo, acordou ofegando.

Com o coração disparado e a imaginação presa às imagens do pesadelo, demorou alguns instantes para perceber que fora somente um sonho. Mas, mesmo que o sonho fosse sumindo da consciência, as emoções permaneceram. O sonho havia provocado a *Grande Tristeza* e, antes que ele pudesse sair da cama, estava de novo procurando um caminho através do desespero que viera devorando muitos dos seus dias.

Olhou ao redor do quarto, no cinza opaco de antes do amanhecer que chegava sorrateiramente do outro lado dos postigos da janela. Aquele não era seu quarto, nada parecia familiar. Onde estava? Pense, Mack, pense! Então se lembrou. Ainda estava na cabana com aquelas três figuras interessantes e todas as três achavam que eram Deus.

– Isso não pode estar acontecendo de verdade – resmungou, enquanto punha os pés para fora da cama e se sentava na beira com a cabeça nas mãos. Pensou no dia anterior e de novo sentiu medo de estar enlouquecendo. Como nunca fora uma pessoa muito chegada a contatos físicos e a emoções, Papai – ou quem quer que fosse – o deixara nervoso, e ele não fazia idéia do que pensar a respeito de Sarayu. Admitiu que gostava um bocado de Jesus, mas ele parecia o menos divino dos três.

Soltou um suspiro fundo e pesado. E, se Deus estava realmente ali, por que não havia afastado seus pesadelos?

Ficar se debatendo com um dilema não iria ajudar. Por isso foi até o banheiro, onde, para sua perplexidade, tudo de que precisava para tomar um banho de chuveiro fora cuidadosamente arrumado. Demorou um tempo no calor da água, depois barbeando-se e, de volta ao quarto, vestindo-se.

O aroma penetrante e sedutor do café o atraiu para a xícara fumegante que o esperava na mesa junto à porta. Tomando um gole, abriu os postigos e ficou olhando pela janela do quarto para o lago que apenas vislumbrara como uma sombra na noite anterior.

Era perfeito, liso como vidro, a não ser pelo salto ocasional de alguma truta, lançando círculos de ondas em miniatura que se irradiavam pela superfície de um azul profundo até serem lentamente absorvidas de volta na superfície maior. Avaliou que a margem mais distante estaria a uns 800 metros. O orvalho brilhava em toda parte como diamantes refletindo o amor do sol.

As três canoas que repousavam tranqüilas ao longo do cais pareciam convidativas, mas Mack afastou o pensamento. Canoas traziam muitas lembranças dolorosas.

O cais o fez lembrar-se da noite anterior. Será que realmente havia se deitado ali com Aquele que fizera o universo? Mack balançou a cabeça, perplexo. O que estava acontecendo? Quem eram eles e o que queriam? O que quer que fosse, Mack estava certo de que não tinha nada para dar.

O cheiro de ovos e bacon ondulou para dentro do quarto, interrompendo seus pensamentos. Ao entrar na sala, ouviu o som de uma música conhecida, de Bruce Cockburn, vindo da cozinha, e uma voz aguda de mulher acompanhando bastante bem: "Ah, amor que incendeia o sol, mantenha-me aceso." Papai surgiu com pratos cheios de panquecas, batatas fritas e algum tipo de verdura. Vestia uma roupa comprida e larga, de aparência africana, com uma faixa multicolorida no cabelo. Parecia radiante – quase reluzindo.

– Sabe – exclamou ela –, adoro as músicas dessa criança! Gosto especialmente do Bruce, você sabe. – Ela olhou para Mack, que estava se sentando à mesa.

Mack assentiu, com o apetite aumentando a cada segundo.

– É – continuou ela –, e sei que você também gosta dele.

Mack sorriu. Era verdade. Cockburn era o favorito de toda a família havia anos.

– Então, querido – perguntou Papai, enquanto se ocupava com alguma coisa. – Como foram seus sonhos esta noite? Algumas vezes os sonhos são importantes, você sabe. Podem ser um modo de abrir a janela e deixar que o ar poluído saia.

Mack sabia que isso era um convite para destrancar a porta de seus terrores, mas no momento não estava pronto para convidá-la a entrar naquele buraco com ele.

– Dormi bem, obrigado – respondeu e rapidamente mudou de assunto. – Quer dizer que Bruce é seu predileto?

Ela parou e olhou-o.

– Mackenzie, eu não tenho prediletos; apenas gosto especialmente dele.

– Você parece gostar especialmente de um monte de pessoas – observou Mack. – E há alguém de quem você *não* goste especialmente?

Ela ergueu a cabeça e revirou os olhos como se estivesse examinando mentalmente o catálogo de cada ser criado.

– Não, não consigo encontrar ninguém. Acho que sou assim.

Mack ficou interessado.

– Nunca fica furiosa com alguém?

– Imagina! Que pai não fica? Os filhos se metem em várias confusões que deixam a gente furiosa. Não gosto de muitas das escolhas que eles fazem, mas essa minha raiva é uma expressão de amor. Eu amo aqueles de quem estou com raiva tanto quanto aqueles de quem não estou.

– Mas... – Mack fez uma pausa. – E a sua ira? Parece que, se você pretende ser o Deus Todo-Poderoso, precisa ser muito mais irado.

– É mesmo?

– É o que eu acho. Você não vivia matando gente na Bíblia? Você não parece se encaixar naquele modelo.

– Entendo como tudo isso deve deixar você desorientado, Mack. Mas o único que está pretendendo ser alguma coisa aqui é você. Eu sou o que sou. Não estou tentando me encaixar em modelo nenhum.

– Mas está pedindo que eu acredite que você é Deus, e simplesmente não vejo... – Mack não sabia como terminar a frase, por isso desistiu.

– Não estou pedindo que acredite em nada, mas vou lhe dizer que você vai achar este dia muito mais fácil se simplesmente aceitá-lo como é, em vez de tentar encaixá-lo em suas idéias preconcebidas.

– Mas o Deus que me ensinaram derramou grandes doses de fúria, mandou o dilúvio e lançou pessoas num lago de fogo. – Mack podia sentir sua raiva profunda emergindo de novo, fazendo brotar as perguntas, e se chateou um pouco com sua falta de controle. Mas perguntou mesmo assim: – Honestamente, você não gosta de castigar aqueles que a desapontam?

Diante disso, Papai interrompeu suas ocupações e virou-se para Mack. Ele pôde ver uma tristeza profunda nos olhos dela.

– Não sou quem você pensa, Mackenzie. Não preciso castigar as pessoas pelos pecados. O pecado é o próprio castigo, pois devora as pessoas por dentro. Meu objetivo não é castigar. Minha alegria é curar.

– Não entendo...

– Está certo. Não entende mesmo – disse ela com um sorriso meio triste. – Mas, afinal de contas, você ainda não terminou.

Nesse momento, Jesus e Sarayu entraram rindo pela porta dos fundos, entretidos numa conversa. Jesus chegou vestido praticamente como no dia anterior, com jeans e uma camisa azul-clara que fazia seus olhos castanhos se destacarem. Sarayu, por outro lado, vestia algo tão fino e rendado que praticamente voava à mais tênue brisa. Padrões de arco-íris tremeluziam e se alteravam a cada gesto dela. Mack se perguntou se em algum momento ela parava completamente de se mexer. Duvidou.

Papai inclinou-se para ficar com os olhos na mesma altura dos de Mack.

– Você faz algumas perguntas interessantes. Chegaremos a elas, prometo. Mas agora vamos aproveitar o café da manhã.

Mack assentiu de novo um pouco sem graça enquanto voltava a atenção para a comida. Estava de fato com fome e havia muita coisa apetitosa.

– Obrigado pelo café da manhã – disse a Papai, enquanto Jesus e Sarayu ocupavam seus lugares.

– O quê? – reagiu ela num horror fingido. – Você não vai abaixar a cabeça e fechar os olhos? – Ela começou a andar em direção à cozinha, fazendo pequenos muxoxos de reprovação. – O que está acontecendo com este mundo? Meu bem, não há de quê. – Um instante depois retornou trazendo outra tigela com uma comida fumegante que desprendia um aroma maravilhoso e convidativo.

Passaram as tigelas uns para os outros e Mack ficou fascinado enquanto olhava e ouvia Papai participar da conversa de Jesus e Sarayu. Estavam falando algo sobre conciliar uma família em crise, mas não foi *o que* eles falavam que atraiu Mack e sim *como* eles se relacionavam. Nunca vira três pessoas compartilharem sentimentos com tamanha simplicidade e beleza. Cada um parecia mais interessado nos outros do que em si mesmo.

– Então o que acha, Mack? – perguntou Jesus, fazendo um gesto em sua direção.

– Não faço a mínima idéia do que vocês estão falando – respondeu Mack com a boca cheia daquelas verduras saborosas. – Mas adoro o modo como falam.

– Uau! – disse Papai, que vinha retornando da cozinha com outro prato. – Vá com calma nessas verduras, rapaz. Se não tiver cuidado, elas podem dar uma bela dor de barriga.

– Certo, tentarei me lembrar – disse Mack servindo-se do prato que ela lhe oferecia. Depois, virando-se de novo para Jesus, acrescentou: – Adoro o modo como vocês se tratam. Certamente eu não esperaria que Deus fosse desse jeito.

– Como assim?

– Bom, sei que vocês são um só e coisa e tal, e que são três. Mas vocês se tratam de uma forma tão amável! Um não manda mais do que os outros dois?

Os três se entreolharam como se nunca tivessem pensado nisso.

– Quero dizer – continuou Mack rapidamente –, sempre pensei em Deus, o Pai, como uma espécie de chefe, e em Jesus como o que seguia as ordens, vocês sabem, sendo obediente. Não sei exatamente como o Espírito Santo se encaixa. Ele... quero dizer, ela... ah... – Mack tentou não olhar para Sarayu enquanto procurava as palavras. – Tanto faz, o Espírito sempre me pareceu meio... é...

– Um Espírito livre? – sugeriu Papai.

– Exatamente, um Espírito livre, mas ainda assim sob a orientação do Pai. Faz sentido?

Jesus olhou para Papai, tentando com alguma dificuldade manter uma aparência séria.

– Faz sentido para você, Abba? Francamente, não tenho a mínima idéia do que este homem está falando.

Papai franziu o rosto, como se estivesse se concentrando.

– Não, eu estava tentando entender, mas sinto muito. Para mim isso não tem pé nem cabeça.

– Vocês sabem do que estou falando. – Mack ficou meio frustrado. – Estou falando de quem está no comando. Vocês não têm uma cadeia de comando?

– Cadeia de comando? Isso parece medonho! – disse Jesus.

– No mínimo opressivo – acrescentou Papai, enquanto os outros dois começavam a rir. Então, virando-se para Mack, cantou: – "Mesmo sendo correntes de ouro, ainda são correntes."

– Ah, não se incomode com esses dois – interrompeu Sarayu, estendendo a mão para confortá-lo. – Eles só estão brincando com você. Na verdade, este é um assunto que nos interessa.

Mack assentiu, aliviado e meio chateado por ter de novo perdido o controle.

– Mackenzie, não existe conceito de autoridade superior entre nós, apenas de unidade. Estamos num *círculo* de relacionamento e não numa cadeia de comando. O que você está vendo aqui é um relacionamento sem qualquer camada de poder. Não precisamos exercer poder um sobre o outro porque sempre estamos procurando o melhor. A hierarquia não faria sentido entre nós. Na verdade, isso é um problema de vocês, não nosso.

– Verdade? Como assim?

– Os humanos estão tão perdidos e estragados que para vocês é quase incompreensível que as pessoas possam trabalhar ou viver juntas sem que alguém esteja no comando.

– Mas qualquer instituição humana, desde as políticas até as empresariais, até mesmo o casamento, é governada por esse tipo de pensamento. É a trama do nosso tecido social – declarou Mack.

– Que desperdício! – disse Papai, pegando o prato vazio e indo para a cozinha.

– Esse é um dos motivos pelos quais é tão difícil para vocês experimentar o verdadeiro relacionamento – acrescentou Jesus. – Assim que montam uma hierarquia, vocês precisam de regras para protegê-la e administrá-la, e então precisam de leis e da aplicação das leis, e acabam criando algum tipo de cadeia de comando que destrói o relacionamento, em vez de promovê-lo. Raramente vocês vivem o relacionamento fora do poder. A hierarquia impõe leis e regras e vocês acabam perdendo a maravilha do relacionamento que nós pretendemos para vocês.

– Bom – disse Mack com sarcasmo, recostando-se na cadeira. – Certamente parece que nos adaptamos muito bem a isso.

Sarayu foi rápida em responder:

– Não confunda adaptação com intenção, ou sedução com realidade.

– Então... ah, por favor, poderia me passar mais um pouco dessa verdura? ... Então nós fomos seduzidos por essa preocupação com a autoridade?

– De certo modo, sim! – respondeu Papai, passando o prato de verduras para Mack com uma certa relutância. – Só estou cuidando de você, filho.

Sarayu continuou:

– Quando vocês escolhem a independência nos relacionamentos tornam-se perigosos uns para os outros. As pessoas se tornam objetos a serem manipulados ou administrados para a felicidade de alguém. A autoridade, como vocês geralmente pensam nela, é meramente a desculpa que o forte usa para fazer com que os outros se sujeitem ao que ele quer.

– Ela não é útil para impedir que as pessoas lutem interminavelmente ou se machuquem?

– Às vezes. Mas num mundo egoísta também é usada para infligir grandes danos.

– Mas vocês não a usam para conter o mal?

– Nós respeitamos cuidadosamente as suas escolhas e por isso trabalhamos dentro dos seus sistemas, ao mesmo tempo que procuramos libertá-los deles – continuou Papai. – A Criação foi levada por um caminho muito diferente daquele que desejávamos. Em seu mundo, o valor do indivíduo é constantemente medido em comparação com a sobrevivência do sistema, seja ele político, econômico, social ou religioso; na verdade, de qualquer sistema. Primeiro uma pessoa, depois umas poucas e finalmente muitas são facilmente sacrificadas pelo bem e pela permanência do sistema. De uma forma ou de outra, isso está por trás de cada luta pelo poder, de cada preconceito, de cada guerra e de cada abuso de relacionamento. A "vontade de poder e independência" se tornou tão disseminada que agora é considerada *normal*.

– E não é?

– *É* o paradigma humano – acrescentou Papai, após retornar com mais comida. – É como água para os peixes, tão natural que permanece sem ser vista e questionada. *É* a matriz, uma trama diabólica em que vocês estão presos sem esperança, mesmo que completamente inconscientes da sua existência.

Jesus continuou:

– Como glória máxima da Criação, vocês foram feitos à nossa imagem. Se realmente tivessem aprendido a considerar que as preocupações dos outros têm tanto valor quanto as suas, não haveria necessidade de hierarquia.

Mack se recostou na cadeira, perplexo com as implicações do que ouvia.

– Então vocês estão me dizendo que sempre que nós, humanos, usamos o poder para nos proteger...

– Estão cedendo à matriz e não a nós – terminou Jesus.

– E agora – exclamou Sarayu – completamos o círculo, voltando a uma das minhas declarações iniciais: vocês, humanos, estão tão perdidos e estragados que não conseguem compreender um relacionamento sem hierarquia. Por isso acham que Deus se relaciona dentro de uma hierarquia, tal como vocês. Mas não somos assim.

– E como podemos mudar isso? Se abrirmos mão do poder e da hierarquia, as pessoas simplesmente vão nos usar.

– Provavelmente sim. Mas não estamos pedindo que faça isso com os outros, Mack. Pedimos que faça conosco. Este é o único lugar onde isso pode começar. Não vamos usar você.

– Mack – disse Papai com uma intensidade que o fez escutar com muita atenção –, queremos compartilhar com você o amor, a alegria, a liberdade e a luz que já conhecemos em nós. Criamos vocês, os humanos, para estarem num relacionamento de igual para igual conosco e para se juntarem ao nosso círculo de amor. Por mais difícil que seja entender isso, tudo que aconteceu está ocorrendo exatamente segundo esse propósito, sem violar qualquer escolha ou vontade.

– Como você pode dizer isso diante de toda a dor deste mundo, de todas as guerras e desastres que destroem milhares? – A voz de Mack baixou até um sussurro. – E qual é o valor de uma menininha ser assassinada por um tarado? – Ali estava de novo a pergunta que abria um buraco a fogo em sua alma. – Vocês podem não causar as coisas, mas certamente não as impedem.

– Mackenzie – respondeu Papai com ternura, aparentemente não se ofendendo com a acusação –, há milhões de motivos para permitir a dor, a mágoa e o sofrimento, em vez de erradicá-los, mas a maioria desses motivos só pode ser entendida dentro da história de cada pessoa. Eu não sou má. Vocês é que abraçam o medo, a dor, o poder e os direitos em seus relacionamentos. Mas suas escolhas também não são mais fortes do que os meus propósitos, e eu usarei cada escolha que vocês fizerem para o bem final e para o resultado mais amoroso.

– Veja só – interveio Sarayu –, os humanos feridos centram sua vida ao redor de coisas que parecem boas para eles, procurando compensação. Mas isso não irá preenchê-los nem libertá-los. Eles são viciados em poder, ou na ilusão de segurança que o poder oferece. Quando acontece um desastre, essas mesmas pessoas vão se voltar contra os falsos poderes nos quais confiavam. Em seu desapontamento, se suavizam com relação a mim ou se tornam mais ousados em sua independência. Se você ao menos pudesse ver como tudo isso terminará e o que alcançaremos sem violar qualquer vontade humana, entenderia. Um dia entenderá.

– Mas o custo! – Mack estava aparvalhado. – Vejam o custo, toda a dor, todo o sofrimento, tudo que é tão terrível e mau. – Ele parou e olhou para a mesa. – E vejam o que custou para vocês. Valeu a pena?

– Sim! – foi a resposta unânime e jubilosa dos três.

– Mas como podem dizer isso? Desse jeito parece que o fim justifica os meios, que para obter o que querem vocês são capazes de qualquer coisa, mesmo que isso custe a vida de bilhões de pessoas.

– Mackenzie. – Era a voz de Papai outra vez, especialmente gentil e terna. – Você realmente ainda não entende. Tenta dar sentido ao mundo em que vive baseado numa visão pequena e incompleta da realidade. É como olhar um desfile pelo buraco minúsculo da dor, da mágoa, do egocentrismo e do poder e acreditar que você está sozinho e é insignificante. Tudo isso contém mentiras poderosas. Você vê a dor e a morte como males definitivos, e Deus como o traidor definitivo, ou talvez, na melhor das hipóteses, como fundamentalmente indigno de confiança. Você dita os termos, julga meus atos e me declara culpado.

Parou um instante e depois prosseguiu:

– A verdadeira falha implícita de sua vida, Mackenzie, é que você não acha que eu sou bom. Se soubesse que eu sou bom e que tudo – os meios, os fins e todos os processos das vidas individuais – é coberto por minha bondade, mesmo que nem sempre entenda o que estou fazendo, confiaria em mim. Mas não confia.

– Não? – perguntou Mack, mas não era realmente uma pergunta. Era uma declaração, e ele sabia disso. Os outros pareciam saber também e a mesa permaneceu em silêncio.

Sarayu disse:

– Mackenzie, você não pode "produzir" confiança, assim como não pode "fazer" humildade. Ela existe ou não. A confiança é fruto de um relacionamento em que você sabe que é amado. Como não sabe que eu o amo, *não pode* confiar em mim.

De novo se fez silêncio. Por fim Mack olhou para Papai e disse:

– Não sei como mudar isso.

– Você não pode mudar, pelo menos sozinho, mas juntos vamos ver essa mudança acontecer. Por enquanto só quero que você esteja comigo e descubra que nosso relacionamento não tem a ver com seu desempenho nem com qualquer obrigação de me agradar. Não sou um valentão nem uma divindade egocêntrica e exigente que insiste que as coisas sejam feitas do jeito que eu quero. Sou boa e só desejo o que é melhor para você. Não é pela culpa, pela condenação ou pela coerção que você vai encontrar isso. É apenas praticando um relacionamento de amor. E eu amo você.

Sarayu se levantou da mesa e olhou diretamente para Mack.

– Mackenzie, se você quiser, eu gostaria que viesse me ajudar no jardim. Há coisas que preciso fazer lá antes da celebração de amanhã. Podemos continuar nossa conversa lá fora, por favor?

– Claro – respondeu Mack, levantando-se. – Um último comentário – ele acrescentou. – Simplesmente não consigo imaginar um resultado final que justifique tudo isso.

– Mackenzie. – Papai se levantou da cadeira e rodeou a mesa para lhe dar um abraço apertado. – Não estamos justificando. Estamos libertando.

9

Há muito tempo, num jardim muito, muito distante

*Mesmo que encontrássemos outro Éden,
não teríamos condição de desfrutá-lo perfeitamente
nem de ficar lá para sempre.*

– Henry Van Dyke

Mack acompanhou Sarayu pela porta dos fundos do melhor modo que pôde e seguiu pelo caminho, passando pela aléia de pinheiros. Andar atrás de um ser daqueles era como seguir um raio de sol. A luz parecia se irradiar dela e refletir sua presença numa infinidade de lugares ao mesmo tempo.

Mack concentrou-se no caminho. Enquanto rodeava as árvores, viu pela primeira vez um magnífico jardim e pomar, contido num terreno que não teria mais de 4 mil metros quadrados. Mack imaginara um jardim em estilo inglês, perfeitamente cuidado e organizado. Não era assim!

Era um caos de cores. Jorros ofuscantes de flores se espalhavam em meio a legumes, verduras e ervas plantados aleatoriamente, um tipo de vegetação que Mack nunca vira. Era confuso, espantoso e incrivelmente lindo.

– Para mim parece uma confusão – murmurou Mack baixinho.

Sarayu parou e se virou para Mack, com o rosto glorioso.

– Mack! Obrigada! Que elogio maravilhoso! – Ela olhou o jardim ao redor. – É *exatamente* isso, uma confusão.

Sarayu se aproximou de uma erva, arrancou alguns brotos e virou-se para Mack.

– Papai não estava brincando no café da manhã – disse, a voz parecendo mais música do que qualquer outra coisa. – É melhor você mastigar essa erva por alguns minutos. Vai se contrapor ao "movimento" natural daquelas verduras que você comeu demais, se é que me entende.

Mack deu um risinho enquanto aceitava e, com algum cuidado, começou a mastigar.

– É, mas o gosto daquelas verduras era bom demais! – Seu estômago havia começado a se revirar um pouco. O gosto da erva não era desagradável: uma sugestão de hortelã e alguns outros temperos que ele provavelmente já havia cheirado antes, mas que não podia identificar. Enquanto andavam, seu estômago foi se aplacando e ele relaxou.

Sem dizer uma palavra, tentou seguir Sarayu de um lugar a outro no jardim, mas acabou se distraindo com as incríveis misturas de cores. Era tudo maravilhosamente espantoso e inebriante.

Sarayu parecia muito concentrada numa tarefa específica. Oscilava como um vento brincalhão e ele jamais sabia exatamente para onde ela estava soprando. Achava bastante difícil acompanhá-la.

Ela se movia pelo jardim cortando várias flores e ervas e entregando para Mack carregar. O buquê improvisado ficou bastante grande, uma linda massa aromática diferente de qualquer coisa que ele já havia cheirado e tão forte que quase dava para sentir o gosto.

Depositaram o buquê final dentro de uma pequena oficina que Mack não havia notado antes, como se estivesse enterrada num adensamento de mato selvagem.

– Uma tarefa terminada – anunciou Sarayu – e outra pela frente.

Entregou a Mack uma pá, um ancinho, uma foice e um par de luvas e flutuou por uma trilha coberta de mato que parecia ir em direção à extremidade mais distante do jardim. Pelo caminho, às vezes diminuía a velocidade para tocar uma planta ou uma flor, sempre cantarolando a música repetitiva que havia cativado Mack na tarde anterior. Ele seguia, obediente, levando as ferramentas.

Quando Sarayu parou, Mack quase chocou-se com ela. De algum modo Sarayu havia mudado; agora vestia roupas de trabalho: jeans com estampados loucos, uma camisa de trabalho e luvas. Estavam num local aberto, rodeado por pereiras e cerejeiras, no meio do qual havia uma cascata de arbustos com flores roxas e amarelas de tirar o fôlego.

– Mackenzie – ela apontou diretamente para o incrível trecho florido –, gostaria que você me ajudasse a limpar todo esse terreno. Há uma coisa muito especial que quero plantar aqui amanhã, e temos de deixar tudo pronto. – Olhou para Mack e estendeu a mão para a foice.

– Você não pode estar falando sério! Isso é tão maravilhoso!

Mas Sarayu pareceu não notar. Sem mais explicações, virou-se e começou a destruir o espetáculo artístico das flores. Fazia cortes limpos, aparentemente sem esforço. Mack deu de ombros, calçou as luvas e começou a amontoar em pilhas o estrago que ela estava fazendo. Lutava para acompanhar o ritmo. Para ela talvez não fosse um esforço, mas para ele era um trabalho estafante. Vinte minutos depois, todas as plantas estavam cortadas junto às raízes e o terreno parecia uma ferida no jardim. Os antebraços de Mack estavam riscados com marcas de arranhões dos galhos que havia empilhado. Estava sem fôlego e suando, feliz por terminar. Sarayu parou, examinando o trabalho.

– Não é empolgante? – perguntou.

– Já me empolguei com coisas melhores – retrucou Mack, sarcástico.

– Ah, Mackenzie, se você soubesse. Não é o trabalho, e sim o propósito que o torna especial. E – ela sorriu – é o único tipo que eu faço.

Mack se apoiou no ancinho, olhou o jardim ao redor e os vergões vermelhos nos braços.

– Sarayu, sei que você é o Criador. Mas você fez as plantas venenosas, as urtigas e os mosquitos também?

– Mackenzie – respondeu Sarayu, parecendo se mover junto com a brisa. – Para fazer algo diferente, um ser criado tem que partir do que já existe.

– Então você está dizendo que...

– ... criei tudo que existe, inclusive as coisas que você considera ruins – completou Sarayu. – Mas, quando as criei, elas eram boas, porque é assim que eu sou. – Ela pareceu quase se dobrar numa reverência antes de retomar sua tarefa.

– Mas – continuou Mack, insatisfeito – então por que tantas coisas "boas" ficaram "ruins"?

Agora Sarayu parou antes de responder.

– Vocês, humanos, são verdadeiramente cegos em relação ao seu lugar na Criação. Escolheram o caminho devastado da independência e não compreendem que estão arrastando toda a Criação com vocês. – Ela balançou a cabeça e o vento sussurrou pelas árvores próximas. – É muito triste, mas não será assim para sempre.

Os dois desfrutaram alguns instantes de silêncio, enquanto Mack contemplava as várias plantas ao alcance de sua vista.

– Então existem plantas venenosas neste jardim? – perguntou.

– Ah, sim – exclamou Sarayu. – São algumas das minhas prediletas. Há certas plantas perigosas ao toque, como esta aqui. – Ela estendeu a mão para um arbusto próximo e arrancou algo que parecia um graveto morto com apenas algumas folhas minúsculas que brotavam da haste. Entregou a Mack, que levantou as duas mãos evitando tocá-lo.

Sarayu riu.

– Eu estou aqui, Mack. Há ocasiões em que é seguro tocar e ocasiões em que é preciso tomar precauções. Esta é a maravilha e a aventura da exploração, uma parte do que vocês chamam de ciência: discernir e descobrir o que nós escondemos.

– Então por que esconderam?

– Por que as crianças adoram brincar de esconde-esconde? Pergunte a qualquer pessoa que tenha paixão por explorar, descobrir e criar. Escolhemos esconder tantas maravilhas de vocês como um ato de amor, um verdadeiro presente dentro do processo da vida.

Mack estendeu a mão cautelosamente e pegou o galho venenoso.

– Se você não tivesse me dito que era seguro tocar, ele teria me envenenado?

– Claro! Mas, se eu o der para você tocar, é diferente.

– Então por que criar plantas venenosas? – perguntou Mack, devolvendo o galho.

– Sua pergunta parte do princípio de que o veneno é algo ruim, uma coisa sem propósito. Muitas das supostas plantas ruins, como esta, contêm propriedades incríveis de curar ou são necessárias para criar maravilhas magníficas quando combinadas com outros elementos. Os humanos apressam-se em declarar que algo é bom ou ruim sem saber de fato.

Sarayu estendeu uma pá pequena para Mack e pegou o ancinho.

– Para preparar este terreno, devemos arrancar as raízes de todas as plantas maravilhosas que estavam aqui. É trabalho duro, mas vale a pena. Se as raízes estiverem aí, prejudicarão as sementes que iremos plantar.

– Certo – grunhiu Mack, enquanto os dois se ajoelhavam no terreno recém-limpo. De algum modo Sarayu conseguia enfiar as mãos mais fundo no chão e encontrar as pontas das raízes, trazendo-as sem esforço à superfície. Deixou as mais curtas para Mack, que usava a pazinha para arrancá-las. Depois jogavam as raízes numa das pilhas que Mack havia juntado antes.

– Mais tarde vou queimar isso – disse ela.

– Antes você estava falando que os humanos declaram que as coisas são boas ou ruins sem conhecer? – perguntou Mack, sacudindo a terra de uma raiz.

– É. Estava falando especificamente da árvore do conhecimento do bem e do mal.

– A *árvore* do conhecimento do bem e do mal?

– Exato! – declarou ela. – E agora, Mackenzie, você está começando a entender por que comer o fruto mortal daquela árvore foi tão devastador para a sua raça.

– Na verdade eu nunca havia pensado muito nisso – disse Mack, intrigado. – Então houve um jardim de verdade? Quer dizer, o Éden?

– Claro. Eu lhe disse que tenho uma queda por jardins.

– Isso vai incomodar algumas pessoas. Tenho alguns amigos que não vão gostar disso – observou Mack, enquanto lutava com uma raiz teimosa.

– Não faz mal. Eu gosto muito deles.

– Estou surpreso – disse Mack com um certo sarcasmo e sorriu para ela. Cravou a pá na terra, pegando com a mão a raiz que estava por cima. – Então fale da árvore do conhecimento do bem e do mal.

– É disso que estávamos falando no café da manhã. Primeiro quero fazer uma pergunta a *você*. Quando algo lhe acontece, como *você* determina se é uma coisa boa ou ruim?

Mack pensou um momento antes de responder.

– Bom, na verdade nunca pensei nisso. Acho que eu diria que algo é bom quando eu gosto, quando faz com que eu me sinta bem ou me dá um sentimento de segurança. Por outro lado, eu diria que uma coisa é ruim se me causa dor ou custa algo que eu quero.

– Então é bastante subjetivo?

– Acho que sim.

– E até que ponto você confia em sua capacidade de discernir o que é bom ou o que é ruim para você?

– Para ser honesto, acho que tenho razão de ficar com raiva quando alguém ameaça o que eu considero "bom", o que eu acho que mereço. Mas não sei realmente se existe algum fundamento lógico para decidir o que é bom ou ruim, a não ser o modo como algo ou alguém me afeta. – Ele parou para descansar e recuperar o fôlego. – Tudo parece relacionado comigo e com meus interesses, acho. E minha ficha também não é das melhores. Algumas coisas que eu inicialmente achava boas acabaram sendo terrivelmente destrutivas, e outras que eu achava ruins, bem, acabaram sendo...

Ele hesitou antes de finalizar o pensamento, mas Sarayu o interrompeu.

– Então é *você* que determina o que é bom e o que é ruim. Você se torna o juiz. E, para tornar as coisas ainda mais confusas, aquilo que você determina que é bom acaba mudando com o tempo e as circunstâncias. E, pior ainda, há bilhões de vocês, cada um determinando o que é bom e o que é ruim. Assim, quando o seu bom e o seu ruim se chocam com os do vizinho, seguem-se brigas, discussões e até guerras.

As cores que se moviam dentro de Sarayu estavam escurecendo enquanto ela falava, pretos e cinzas se misturando e sombreando os tons de arco-íris.

– E, se não há uma realidade do bem que seja absoluta, você perde qualquer base para avaliar. É apenas linguagem e podemos muito bem trocar a palavra bem pela palavra mal.

– Dá para perceber que isso pode ser um problema – concordou Mack.

– Um problema? – disse Sarayu, quase com rispidez, enquanto se levantava e o encarava. Ela estava perturbada, mas Mack sabia que isso não era contra ele. – De fato! A escolha de comer daquela árvore rasgou o universo, divorciando o espiritual do físico. Eles morreram expelindo no hálito de sua escolha o próprio hálito de Deus. Eu diria que isso é um problema!

Na intensidade de sua fala, Sarayu havia se alçado lentamente do chão. Mas agora, enquanto baixava ao solo, sua voz chegou mais nítida.

– Aquele foi um dia de grande tristeza.

Nenhum dos dois falou durante quase 10 minutos enquanto trabalhavam. À medida que continuava arrancando raízes e jogando-as na pilha, a mente de Mack trabalhava para entender as implicações do que Sarayu havia dito. Por fim ele rompeu o silêncio.

– Agora posso ver – confessou – que gastei a maior parte do meu tempo e da minha energia tentando adquirir o que eu achava que era bom, como a segurança financeira, a saúde, a aposentadoria, ou sei lá o quê. E gastei uma quantidade gigantesca de energia e preocupação temendo o que determinei que era mau. – Mack deu um suspiro fundo.

– Quanta verdade há nisso! – disse Sarayu com gentileza. – Lembre-se. Isso permite que vocês brinquem de Deus em sua independência. Por essa razão, uma parte de vocês prefere não me ver. E vocês não precisam de mim para criar sua lista do que é bom e ruim. Mas precisam de mim se tiverem qualquer desejo de parar com essa ânsia tão insana de independência.

– Então há algum modo de consertar?

– Você deve desistir de seu direito de decidir o que é bom e ruim e escolher viver apenas em mim. É um comprimido difícil de engolir. Para isso você deve me conhecer o bastante, a ponto de confiar em mim e aprender a se entregar à minha bondade inerente.

Mack teve a impressão de que Sarayu se virou para ele.

– Mackenzie, o mal é uma palavra que usamos para descrever a ausência de Deus, assim como usamos a palavra escuridão para descrever a ausência de Luz, ou morte para descrever a ausência de Vida. Tanto o mal quanto a escuridão só podem ser entendidos em relação à Luz e ao Bem. Eles não têm existência real. Eu sou a Luz e eu sou o Bem. Sou Amor e não há escuridão em mim. A Luz e o Bem existem realmente. Assim, afastar-se de mim irá mergulhar você na escuridão. Declarar independência resultará no mal, porque, separado de mim, você só pode contar consigo mesmo. Isso é morte, porque você se separou de mim, que sou a Vida.

– Uau! – exclamou Mack, sentando-se por um momento. – Isso realmente ajuda. Mas também posso ver que abrir mão dos meus direitos de independência não será um processo fácil. Poderia significar que...

Sarayu interrompeu a frase dele outra vez.

– ... que de alguma forma o bem pode ser a presença do câncer ou a perda de ganhos financeiros, ou mesmo de uma vida.

– É, mas diga isso à pessoa com câncer ou ao pai cuja filha morreu – reagiu Mack, um pouco mais sarcasticamente do que havia pretendido.

– Ah, Mackenzie. Você acha que nós não pensamos neles? Cada um deles era o centro de outra história que não é contada.

– Mas – Mack podia sentir seu controle se esvaindo enquanto cravava a pá com força – Missy não tinha o direito de ser protegida?

– Não, Mack. Uma criança é protegida porque é amada e não porque tem o direito de ser protegida.

Isso o fez parar. De algum modo, o que Sarayu acabara de dizer pareceu virar o mundo de cabeça para baixo e ele lutou para encontrar um ponto de apoio. Sem dúvida devia haver alguns direitos aos quais ele poderia legitimamente se agarrar.

– Mas e...

– Os direitos são o que os sobreviventes procuram para não terem de trabalhar os relacionamentos – interveio ela.

– Mas, se eu abrir mão...

– Então começará a entender a maravilha e a aventura de viver em mim – interrompeu ela de novo.

Mack estava ficando frustrado. Falou mais alto:

– Mas eu não tenho o direito de...

– De terminar uma frase sem ser interrompido? Não, não tem. Na realidade, não. Mas, enquanto você achar que tem, certamente ficará irritado quando alguém o interromper, mesmo que seja Deus.

Ele ficou perplexo e se levantou, encarando-a, sem saber se tinha um ataque de fúria ou se ria. Sarayu sorriu para ele.

– Mackenzie, Jesus não se agarrou a nenhum direito. Tornou-se um servo por livre vontade e vive seu relacionamento com Papai. Abriu mão de tudo, de modo que ao longo de sua vida independente deixou uma porta aberta que permitiria a você viver suficientemente livre para abdicar de seus direitos.

Nesse momento, Papai desceu pelo caminho carregando duas sacolas de papel. Sorria enquanto se aproximava.

– Bem, pelo que vejo, vocês dois estão tendo uma conversa. – Ela piscou para Mack.

– A melhor! – exclamou Sarayu. – E adivinhe só! Ele disse que nosso jardim era uma confusão. Não é perfeito?

As duas deram um largo sorriso para Mack, que ainda não tinha certeza absoluta de que não estavam brincando com ele. Sua raiva começou a diminuir, mas ainda podia sentir o rosto ardendo. As duas pareceram não notar.

Sarayu estendeu a mão e deu um beijo no rosto de Papai.

– Como sempre, sua noção de tempo é perfeita. Tudo que eu precisava que Mack fizesse aqui está terminado. – Virou-se para ele. – Mackenzie, você é um deleite! Obrigada por seu trabalho duro.

– Na verdade, não fiz grande coisa – ele respondeu em tom de desculpa. – Quero dizer, olhe essa bagunça. – Seu olhar passou pelo jardim que os rodeava. – Mas é realmente lindo e pleno de você, Sarayu. Mesmo que pareça que ainda resta um monte de trabalho a ser feito, sinto-me estranhamente à vontade e tranqüilo aqui.

As duas se entreolharam e riram.

Sarayu foi na direção dele até invadir seu espaço pessoal.

– E não é de espantar, Mackenzie, porque este jardim é a sua alma. Esta confusão é *você!* Juntos, você e eu estivemos trabalhando com um propósito no seu coração. E ele é selvagem, lindo e perfeitamente em evolução. Para você parece uma confusão, mas *eu* vejo um padrão perfeito emergindo, crescente e vivo.

O impacto das palavras de Sarayu quase fez desmoronar todas as reservas de Mack. Ele olhou de novo o jardim das duas – seu jardim –, e era mesmo uma confusão, mas ao mesmo tempo incrível e maravilhoso. E, além disso, Papai estava aqui e Sarayu adorava a confusão. Era quase demais para compreender e de novo suas emoções cuidadosamente guardadas ameaçaram se derramar.

– Mackenzie, Jesus gostaria de levá-lo num passeio, se você quiser ir. Preparei um lanche para o caso de ficarem com fome. Deixo-o livre até a hora do chá.

Enquanto se virava para pegar as sacolas do lanche, Mack sentiu Sarayu passar, beijando seu rosto, mas não a viu ir embora. Sentiu que podia vê-la avançar, como se fosse o vento, as plantas se dobrando, uma de cada vez, parecendo cultuá-la. Quando se virou de volta, Papai também havia sumido e por isso foi na direção da carpintaria para ver se conseguia encontrar Jesus. Parecia que os dois tinham um compromisso.

10

ANDANDO SOBRE A ÁGUA

Novo mundo – grande horizonte.
Abra os olhos e veja que é verdade.
Novo mundo – do outro lado das assustadoras
ondas azuis.

– David Wilcox

Jesus terminou de lixar o último canto do que parecia um pequeno baú que estava numa bancada da carpintaria. Passou os dedos pela borda lisa, sorriu satisfeito e pousou a lixa. Saiu pela porta espanando o pó do jeans e da camiseta enquanto Mack se aproximava.

– Olá, Mack! Eu estava dando os últimos retoques no meu projeto para amanhã. Gostaria de dar uma volta?

Mack pensou no tempo que haviam passado juntos na véspera sob as estrelas.

– Se você vai, eu gostaria, sim – respondeu. – Por que vocês vivem falando sobre amanhã?

– É um grande dia para você, um dos motivos pelos quais está aqui. Vamos. Há um lugar especial que quero lhe mostrar, do outro lado do lago, e o panorama é indescritível. De lá se podem ver alguns dos picos mais altos.

– Deve ser fantástico! – respondeu Mack entusiasmado.

– Parece que você pegou o lanche, então podemos ir.

Em vez de se desviar para algum lado do lago, onde devia haver uma trilha, Jesus foi direto ao cais. O dia estava luminoso e lindo. O sol esquentava a pele, mas não demais, e uma brisa fresca e perfumada acariciava o rosto dos dois, suave e amorosamente.

Mack imaginou que pegariam uma das canoas presas às estacas do cais e ficou surpreso quando Jesus não hesitou ao passar pela última, indo diretamente para o fim do píer. Ao chegar no final, ele se virou para Mack e riu.

— Primeiro você — disse com um floreio e uma reverência.

— Está brincando, não é? — reagiu Mack. — Achei que íamos andar e não nadar.

— E vamos. Só pensei que atravessando o lago levaria menos tempo do que rodeando.

— Não sou um nadador fantástico e, além disso, a água parece muito fria — reclamou Mack.

— Bom — Jesus cruzou os braços —, nós dois sabemos que você é um nadador muito capaz e que já foi salva-vidas. A água está fria e o lago é fundo. Mas não estou falando em nadar. Quero atravessar andando com você.

Mack finalmente se deu conta do que Jesus estava sugerindo. Tratava-se de andar *sobre* a água. Antecipando sua hesitação, Jesus afirmou:

— Vamos, Mack. Se Pedro conseguiu...

Mack riu nervosamente. Para ter certeza, perguntou de novo:

— Você quer que eu ande *sobre* a água até o outro lado. É isso que está dizendo, não é?

— Você entende rápido, Mack. Tenho certeza de que ninguém consegue enganá-lo. Venha, é divertido! — Ele riu.

Mack foi até a borda do cais e olhou para baixo. A água batia suavemente apenas uns 30 centímetros abaixo de onde ele estava, mas era como se fossem 30 metros. A distância parecia enorme. Mergulhar seria fácil, ele fizera isso mil vezes, mas como se desce de um cais para a superfície da água? Olhou para Jesus, que ainda estava rindo.

— Pedro teve o mesmo problema: como sair do barco? É como descer de um degrau de escada. Nada de mais.

De novo Mack olhou para a água e de volta para Jesus.

— Então por que é tão difícil para mim?

— Diga do que você tem medo, Mack.

— Bem, vejamos. Do que tenho medo? Bem, tenho medo de parecer idiota. Tenho medo de você estar se divertindo às minhas custas e de afundar como uma pedra. Imagino que...

— Exatamente — interrompeu Jesus. — Você imagina. A imaginação é uma capacidade poderosa! É um poder que o torna muito parecido conosco. Mas, sem sabedoria, a imaginação é uma professora cruel. Quero lhe fazer uma pergunta: você acha que os humanos foram criados para viver no presente, no passado ou no futuro?

— Bom — disse Mack, hesitando. — Acho que a resposta mais óbvia é que fomos criados para viver no presente. Estou errado?

Jesus deu um risinho.

— Relaxe, Mack, isso não é um teste, é uma conversa. Você está corretíssimo, por sinal. Mas agora me diga onde *você* passa a maior parte do tempo em sua imaginação: no presente, no passado ou no futuro?

Mack pensou um momento antes de responder.

— Acho que eu passo muito pouco tempo no presente. Passo grande parte dele no passado, mas na maior parte do tempo estou tentando adivinhar o futuro.

— Você não é diferente da maioria das pessoas. Quando estou com vocês, vivo no presente. Não no passado, se bem que muita coisa pode ser lembrada e aprendida ao se olhar para trás, mas somente para uma visita, não para uma estada demorada. E certamente não vivo no futuro que você visualiza ou imagina. Mack, você percebe que sua imaginação do futuro, que é quase sempre ditada por algum tipo de medo, raramente me coloca lá com você, se é que me coloca?

De novo Mack parou e pensou. Era verdade. Ele passava um bocado de tempo se aborrecendo e se preocupando com o futuro, e em sua imaginação o futuro geralmente era muito sombrio, deprimente e mesmo horrível. E Jesus também estava correto ao dizer que, do modo como Mack imaginava o futuro, Deus estava sempre ausente.

— Por que faço isso? — perguntou Mack.

— É sua tentativa desesperada de conseguir algum controle sobre algo que você não pode controlar. É impossível ter poder sobre o futuro, porque ele não é real, e jamais será. Você tenta brincar de Deus imaginando que o mal que teme pode se tornar realidade e depois tenta fazer planos para evitar aquilo que teme.

– É basicamente o que Sarayu esteve dizendo. Então por que tenho tanto medo da vida?

– Porque não acredita. Não sabe que nós o amamos. A pessoa que vive dominada pelos medos não encontra liberdade no meu amor. Não estou falando de medos racionais, ligados a perigos reais, e sim de medos imaginários, e especialmente da projeção desses medos no futuro. À medida que dá lugar a esses medos, você não acredita que eu sou bom, nem sabe, no fundo do seu coração, que eu o amo. Você pode até falar disso, mas não sabe.

Mack olhou de novo para a água e soltou um suspiro enorme, que saiu do fundo da alma.

– Há um longo espaço para eu percorrer.

– Só uns 30 centímetros, é o que me parece – riu Jesus, pondo a mão no ombro de Mack. Ele só precisava disso para descer do cais. Para tentar ver a água como sólida e não se atrapalhar com o movimento dela, olhou para a margem distante e levantou os sacos do lanche.

O pouso foi mais suave do que ele havia pensado. Seus sapatos ficaram molhados no mesmo instante, mas a água não subiu nem mesmo até os tornozelos. O lago ainda se movia ao seu redor e ele quase perdeu o equilíbrio por causa disso. Era estranho. Olhando para baixo, parecia que seus pés estavam sobre algo sólido, mas invisível. Virou-se e viu Jesus ao seu lado segurando os sapatos e as meias numa das mãos e sorrindo.

– Nós sempre tiramos os sapatos e as meias antes – disse ele rindo.

Mack balançou a cabeça rindo também enquanto se sentava de novo na beira do cais.

– Acho que vou fazer isso.

Tirou os sapatos, espremeu as meias e enrolou as pernas da calça.

Partiram levando os calçados e as sacolas e caminharam para a margem oposta, a cerca de 800 metros de distância. A água era fresca e revigorante e fazia subir arrepios pela coluna. Caminhar sobre a água com

Jesus parecia o modo mais natural de atravessar um lago, e Mack ria de orelha a orelha só de pensar no que estava fazendo.

– Isso é absolutamente ridículo e impossível, você sabe – exclamou finalmente.

– Claro – confirmou Jesus, rindo também.

Chegaram rapidamente à outra margem e Mack parou pouco antes de atingi-la. À esquerda viu uma linda cachoeira se derramando pela borda de um penhasco e caindo até o lago. Ao lado da cachoeira havia uma campina cheia de flores selvagens que se espalhavam ao acaso, semeadas pelo vento. Tudo era espantoso e Mack ficou um momento absorto. Uma imagem de Missy relampejou em sua mente, mas não se fixou.

Uma praia de pedrinhas esperava-os e, atrás dela, uma floresta densa e rica erguia-se até a base de uma montanha encimada pela brancura da neve recém-caída. Mack saiu da água para as pedras pequenas, indo cautelosamente em direção a um tronco tombado. Ali sentou-se, torceu as meias de novo e colocou-as ao lado dos sapatos para secar ao sol de quase meio-dia.

Só então olhou para o outro lado do lago. A beleza era estonteante. Podia ver a cabana, com a fumaça subindo preguiçosamente da chaminé de tijolos vermelhos delineada contra os verdes do pomar e da floresta. Fazendo tudo parecer minúsculo, uma enorme cordilheira pairava acima e atrás, como sentinela montando guarda. Mack sentou-se ao lado de Jesus e impregnou-se da sinfonia visual.

– Você faz um grande trabalho! – disse baixinho.

– Obrigado, Mack, e você viu muito pouco. Por enquanto, a maior parte das coisas que existem no universo só será vista e desfrutada por mim como telas especiais guardadas nos fundos do ateliê de um pintor. Mas um dia... E você pode imaginar o que seria se a Terra não estivesse em guerra, lutando tanto para simplesmente sobreviver?

– O que você quer dizer exatamente?

– Nossa Terra é como uma criança que cresceu sem pais, não tendo ninguém para guiá-la e orientá-la. – Enquanto Jesus falava, sua voz se intensificava numa angústia contida. – Alguns tentaram ajudá-la, mas a maioria procurou simplesmente usá-la. Os seres humanos, que receberam a tarefa de guiar amorosamente o mundo, em vez disso o saquearam sem qualquer consideração. E pensaram pouco nos próprios filhos, que vão herdar sua falta de amor. Por isso usam e abusam da Terra e, quando ela estremece ou reage, se ofendem e levantam os punhos contra Deus.

– Você é ecologista? – perguntou Mack, com um certo tom de acusação.

– Esta imensa bola verde-azulada no espaço negro, cheia de beleza mesmo agora, espancada, abusada e linda.

– Conheço esta música. Você deve se importar muito com a Criação.

– Bom, essa bola verde-azulada no espaço negro pertence a mim – declarou Jesus enfaticamente.

Depois de um momento eles abriram as sacolas do lanche. Papai as enchera de sanduíches e guloseimas e os dois comeram com grande apetite.

– Então por que vocês não consertam? – perguntou Mack, mastigando o sanduíche. – Quero dizer, a Terra.

– Por que nós a demos para vocês.

– Não podem pegá-la de volta?

– Claro que poderíamos, mas então a história acabaria antes de ser consumada.

Mack deu um olhar vazio para Jesus.

– Já notou que, mesmo que me chamem de Senhor e Rei, eu realmente nunca agi desse modo com vocês? Nunca assumi o controle de suas escolhas nem os obriguei a fazer nada, mesmo quando o que estavam fazendo era destrutivo para vocês mesmos e para os outros?

Mack olhou de volta para o lago antes de responder.

– Eu preferiria que às vezes você assumisse o controle. Teria economizado um bocado de dor para mim e para as pessoas de quem eu gosto.

– Forçar minha vontade sobre a de vocês é exatamente o que o amor não faz. Os relacionamentos verdadeiros são marcados pela aceitação, mesmo quando suas escolhas não são úteis nem saudáveis. Esta é a beleza que você vê no meu relacionamento com Abba e Sarayu. Nós somos de fato submetidos uns aos outros, sempre fomos e sempre seremos. Papai é tão submetida a mim quanto eu a ela, ou Sarayu a mim, ou Papai a ela. Submissão não tem a ver com autoridade e não é obediência. Tem a ver com relacionamentos de amor e respeito. Na verdade somos igualmente submetidos a você.

Mack ficou surpreso.

– Como pode ser? Por que o Deus do universo quereria se submeter a mim?

– Porque queremos que você se junte a nós em nosso círculo de relacionamento. Não quero escravos, quero irmãos e irmãs que compartilhem a vida comigo.

– E é assim que você quer que nós amemos uns aos outros, não é? Quero dizer, entre maridos e esposas, pais e filhos. Em qualquer relacionamento.

– Exato! Quando sou sua vida, a submissão é a expressão mais natural do meu caráter e da minha natureza, e será a expressão mais natural de sua nova natureza dentro dos relacionamentos.

– E o que eu mais queria era um Deus que simplesmente consertasse tudo para que ninguém se ferisse. – Mack balançou a cabeça ao se dar conta disso. – Mas não sou bom no campo dos relacionamentos, não sou como Nan.

Jesus terminou de comer o sanduíche, fechou o saco do lanche e colocou-o ao lado, no tronco. Limpou algumas migalhas presas ao bigode e à barba curta. Depois, pegando um pedaço de pau ali perto, começou a desenhar na areia, enquanto continuava:

– Isso é porque, como a maioria dos seres humanos, você procura realizar-se pelos seus feitos, e Nan, como a maioria das mulheres, pelos relacionamentos. É mais naturalmente a linguagem dela. – Jesus parou para contemplar uma águia-pescadora mergulhar no lago a menos de 20 metros deles e, a seguir, lentamente elevar-se com as garras segurando uma grande truta que ainda lutava para escapar.

– Isso significa que eu não tenho saída? Realmente quero o que vocês três compartilham, mas não faço idéia de como chegar lá.

– Há muita coisa obstruindo o seu caminho agora, Mack, mas você não precisa continuar vivendo assim.

– Sei que isso é mais verdadeiro agora que Missy se foi, mas nunca foi fácil para mim.

– Você não está simplesmente lidando com o assassinato de Missy. Há uma reviravolta maior que torna difícil compartilhar da nossa vida. O mundo está partido porque no Éden vocês abandonaram o relacionamento conosco para afirmar a própria independência. A maioria dos humanos expressou isso voltando-se para o trabalho das mãos e para o suor do rosto em busca da identidade, do valor e da segurança. Ao optar por definir o que é bom e o que é mau, vocês buscam determinar seu próprio destino. Foi essa reviravolta que causou tanta dor.

Jesus se firmou no pedaço de madeira para se levantar e parou enquanto Mack terminava de comer o sanduíche e se levantava também. Juntos, começaram a andar pela margem do lago.

– Mas isso não é tudo. O desejo da mulher... na verdade a palavra é a "virada". Assim, a virada da mulher não foi para a obra de suas mãos e sim para o homem, e a reação dele foi "dominá-la", assumir o poder sobre ela, tornar-se o governante. Antes dessa escolha, a mulher encontrava sua identidade, sua segurança e sua compreensão do bem e do mal apenas em mim, da mesma forma que o homem.

– Não é de espantar que eu me sinta um fracasso tão grande com Nan. Não consigo ser isso para ela.

– Você não foi feito para ser. E, ao tentar, estará brincando de Deus.

Mack se abaixou, pegou uma pedra chata e atirou-a ricocheteando sobre o lago.

– Há alguma saída para isso?

– É simples demais, mas nunca é fácil para vocês. A saída é *voltar-se para mim*. Abrir mão de seus hábitos de poder e manipulação e simplesmente voltar-se para mim. – Jesus parecia estar implorando. – As mulheres, em geral, acham difícil dar as costas para um homem e parar de exigir que ele atenda às suas necessidades, que proporcione segurança e proteja a identidade delas. Acham difícil retornar para mim. Os homens, por sua vez, acham muito difícil dar as costas para as obras de suas mãos, para sua busca de poder, segurança e importância. Também acham difícil retornar para mim.

– Sempre me perguntei por que os homens estão no comando – ponderou Mack. – Os homens parecem ser a causa de muita dor no mundo. Cometem a maior parte dos crimes e muitos são contra mulheres e – ele fez uma pausa – crianças.

– As mulheres – continuou Jesus enquanto pegava uma pedra e também a fazia ricochetear na água – nos deram as costas em busca de outro relacionamento, ao passo que os homens viraram-se para eles mesmos e para o chão. O mundo, em vários sentidos, seria um lugar muito mais tranqüilo e gentil se as mulheres governassem. Haveria muito menos crianças sacrificadas aos deuses da cobiça e do poder.

– Então elas teriam realizado melhor *esse* papel.

– Melhor, talvez, mas ainda assim não seria suficiente. O poder nas mãos dos seres humanos independentes, sejam homens ou mulheres, corrompe. Mack, você não vê que representar papéis é o contrário do relacionamento? Queremos que homens e mulheres sejam parceiros, iguais face a face, cada qual único e diferente, distintos em gênero mas complementares, e cada um recebendo o poder unicamente de Sarayu, de quem se origina todo o poder e autoridade verdadeiros. Lembre-se, minha identidade não se baseia em desempenho e eu não preciso me encaixar nas estruturas feitas pelos humanos. Eu tenho a ver com ser. À medida que você cresce no relacionamento comigo, o que fizer simplesmente refletirá quem você realmente é.

– Mas você veio na forma de homem. Isso não significa alguma coisa?

– Sim, mas não o que muitos imaginam. Vim como homem para completar a imagem maravilhosa de como fizemos vocês. Desde o primeiro dia escondemos a mulher no homem, de modo que na hora certa pudéssemos retirá-la de dentro dele. Não criamos o homem para viver sozinho. A mulher foi projetada desde o início. Ao tirá-la de dentro dele, de certa forma ele a deu à luz. Criamos um círculo de relacionamento como o nosso, mas para os humanos. Ela *saindo* dele e agora todos os homens, inclusive eu, nascidos dela, e tudo se originando ou nascendo de Deus.

– Ah, entendi – exclamou Mack, interrompendo o gesto de atirar outra pedra. – Se a mulher fosse criada primeiro, não haveria um círculo de relacionamento e não se tornaria possível um relacionamento totalmente igual, cara a cara, entre o homem e a mulher. Certo?

– Certíssimo, Mack. – Jesus olhou-o e riu. – Nosso desejo foi criar um ser que tivesse uma contrapartida totalmente igual e poderosa: o homem e a mulher. Mas sua independência, com a busca de poder e de realização, na verdade destrói o relacionamento que seu coração deseja.

– Aí está de novo – disse Mack, procurando uma pedra mais chata. – A questão sempre volta ao poder e a como ele é oposto ao relacionamento que vocês têm entre si. Eu adoraria experimentar isso com vocês e com Nan.

– E por essa razão está aqui.

– Gostaria que ela estivesse também.

– Ah, o que poderia ter sido! – meditou Jesus. Mack não teve idéia do que ele queria dizer.

O silêncio se instalou por alguns minutos, interrompido pelo som leve das pedras ricocheteando na água.

Jesus parou antes de jogar mais uma pedra.

– Uma última coisa que eu quero que você lembre desta conversa, Mack, antes de você ir.

Ele jogou a pedra. Mack levantou os olhos, surpreso.

– Antes de eu ir?

Jesus ignorou a pergunta.

– Mack, assim como o amor, a submissão não é algo que você pode praticar, especialmente sozinho. Fora de minha vida dentro de você, você não pode se submeter a Nan, ou aos seus filhos, ou a mais ninguém, inclusive Papai.

– Quer dizer – exclamou Mack, um tanto sarcástico – que eu não posso simplesmente perguntar: "O que Jesus faria?"

Jesus deu um risinho.

– Boas intenções, má idéia. Não deixe de me contar como a coisa funciona para você, se escolher esse caminho. – Parou e ficou sério. – É verdade, minha vida não se destinava a tornar-se um exemplo a copiar.

Ser meu seguidor não significa tentar "ser como Jesus", significa matar sua independência. Eu vim lhe dar vida, vida real, minha vida. Nós viveremos nossa vida dentro de você, de modo que você comece a ver com nossos olhos, ouvir com nossos ouvidos, tocar com nossas mãos e pensar como nós. Mas nunca forçaremos essa união. Se você quiser fazer as coisas do seu jeito, tudo bem. O tempo está a nosso favor. E, por falar em tempo – Jesus virou-se e apontou para o caminho que levava até a floresta no fim da clareira –, você tem um compromisso. Siga aquele caminho e entre onde ele acaba. Vou esperar aqui.

Por mais que quisesse, Mack soube que não adiantaria tentar prosseguir na conversa. Num silêncio pensativo, calçou as meias e os sapatos. Não estavam totalmente secos, mas ofereciam algum conforto. Levantou-se sem dizer mais nada, foi na direção do fim da praia, parou um minuto para olhar de novo a cachoeira, pulou por cima do córrego e entrou na floresta por um caminho bem cuidado e nítido.

11

OLHA O JUIZ AÍ, GENTE

*Quem decidir se colocar como juiz da Verdade e do
Conhecimento é naufragado pela gargalhada dos deuses.*

– Albert Einstein

*Ah, minha alma, prepare-se para encontrar
Aquele que sabe fazer perguntas.*

– T. S. Eliot

Mack seguiu a trilha, que serpenteava, passando pela cachoeira, afastando-se do lago, e atravessou um denso bosque de cedros. Demorou menos de cinco minutos para chegar a um impasse. O caminho o levou diretamente até a face de uma rocha onde havia a leve silhueta de uma porta praticamente invisível. Obviamente ele devia entrar, por isso estendeu a mão, hesitando, e empurrou. Sua mão simplesmente penetrou na parede e Mack continuou a se mover cautelosamente adiante até todo o seu corpo passar pelo que parecia o sólido exterior de pedra da montanha. Dentro, a escuridão era tão espessa que ele nada via.

Respirando fundo e com as mãos estendidas à frente do corpo, aventurou-se dando pequenos passos na escuridão total e parou. O medo o dominou e ele respirava com dificuldade, sem saber se deveria prosseguir ou não. Enquanto seu estômago se apertava, sentiu de novo a *Grande Tristeza* pousando pesadamente em seus ombros, quase o sufocando. Queria voltar desesperadamente para a luz, mas acreditava que Jesus não iria mandá-lo para ali sem um bom propósito. Foi em frente.

Devagar, seus olhos se acostumaram com as sombras profundas e foi possível perceber um corredor se curvando à esquerda. Enquanto seguia por ele, surgiu uma leve luminosidade que se refletia nas paredes, vinda de algum lugar à frente.

A menos de 30 metros o túnel virou abruptamente para a esquerda e Mack se viu na borda do que imaginou ser uma caverna enorme. A ilusão era ampliada pela única luz presente, um leve fulgor que o envolvia, mas se dissipava a menos de 3 metros em todas as direções. Para além disso não conseguia ver nada, somente o negrume. O ar era pesado e opressivo, com um frio de tirar o fôlego. Olhou para baixo e ficou aliviado ao vislumbrar o leve reflexo de uma superfície — não a terra e a rocha do túnel, mas um piso liso e escuro como mica polida.

Dando corajosamente um passo à frente, notou que o círculo de luz se movia com ele, iluminando um pouco mais a área adiante. Sentindo-se mais confiante, começou a andar lenta e deliberadamente na direção para a qual estivera virado, concentrando-se no chão. Estava tão ligado nos próprios pés que trombou num objeto e quase caiu.

Era uma cadeira de madeira, de aparência confortável, no meio de... nada. Mack decidiu rapidamente sentar-se e esperar. Ao fazer isso, a luz que o havia ajudado continuou a se mover à frente como se ele ainda estivesse andando. Logo adiante pôde ver uma escrivaninha de ébano, de tamanho considerável, completamente vazia. E deu um pulo quando a luz se concentrou num ponto e finalmente ele *a* viu. Atrás da mesa se encontrava uma mulher alta, linda, de pele morena, com feições hispânicas bem marcadas, vestindo um manto largo de cores escuras. Estava sentada ereta e régia como um juiz da suprema corte. Sua beleza era estonteante.

"Ela é *a* beleza", pensou ele. "Tudo que a sensualidade luta para ser mas fica muito longe de conseguir." À luz fraca era difícil ver onde seu rosto começava, como se o cabelo e o manto emoldurassem as feições e se fundissem nelas. Os olhos brilhavam e luziam como se fossem portais para a vastidão do céu estrelado, refletindo alguma fonte de luz desconhecida dentro da mulher.

Mack não ousou falar, com medo de que sua voz fosse engolida pela intensidade do ambiente. Pensou: "Sou o camundongo Mickey em vias de falar com Pavarotti." O pensamento o fez sorrir. Como se de algum modo o tivesse ouvido, a mulher sorriu de volta e o lugar clareou nitidamente. Foi o necessário para Mack entender que era esperado e bem-vindo. A mulher parecia estranhamente familiar, como se ele a tivesse conhecido ou vislumbrado em algum lugar no passado, apesar de saber que nunca a vira nem se encontrara com ela de verdade.

– Será que posso perguntar... quem é você? – disse Mack desajeitado, a voz mal deixando uma impressão no silêncio da sala, mas depois permanecendo como a sombra de um eco.

Ela ignorou a pergunta.

– Você sabe por que está aqui? – Como uma brisa varrendo a poeira, a voz dela afastou a pergunta de Mack para fora da sala. Ele quase podia sentir as palavras chovendo sobre sua cabeça e se dissolvendo na coluna vertebral, lançando arrepios deliciosos para todos os lados. Estremeceu e decidiu que não queria falar. Só desejava que ela falasse, com ele ou com qualquer um, desde que ele a ouvisse. Mas a mulher esperou.

– *Você* sabe – disse ele baixinho, surpreso com a sonoridade da própria voz e convicto de que dizia a verdade. – *Eu* não faço idéia – acrescentou, voltando o olhar para o chão. – Ninguém me disse.

– Bem, Mackenzie Allen Phillips – ela riu, fazendo-o levantar os olhos rapidamente. – Estou aqui para ajudá-lo.

Se um arco-íris ou uma flor desabrochando fizessem som, esse seria o som do riso dela. Era uma chuva de luz, um convite para falar, e Mack riu com ela, sem mesmo saber ou se importar por quê.

De novo houve silêncio, e o rosto da mulher, embora permanecesse suave, assumiu uma intensidade feroz, como se ela pudesse olhar no fundo dele, para além dos fingimentos e fachadas, até os lugares dos quais raramente se fala, se é que se fala.

– Hoje é um dia muito sério, com conseqüências sérias. – Ela fez uma pausa, como para dar peso às suas palavras nitidamente pesadas. – Mackenzie, você está aqui em parte por causa de seus filhos, mas também está aqui por...

– Meus filhos? – interrompeu Mack. – Como assim, estou aqui por causa dos meus filhos?

– Mackenzie, você ama seus filhos de um modo que seu pai jamais conseguiu amar você e suas irmãs.

– Claro que amo meus filhos. Todo pai ama os filhos. Mas por que isso tem a ver com o motivo de eu estar aqui?

– Em certo sentido, todo pai ama os filhos – respondeu ela, ignorando a segunda pergunta. – Mas alguns pais estão machucados demais para amá-los bem, e outros mal conseguem amá-los, você deveria saber disso. Mas você ama seus filhos bem, muito bem.

– Aprendi muito disso com Nan.

– Sabemos. Mas aprendeu, não foi?

– Acho que sim.

– Dentre os mistérios de uma humanidade ferida, este também é bastante notável: aprender, permitir a mudança. – Ela era calma como um mar sem vento. – Então, Mackenzie, qual de seus filhos você mais ama?

Mack sorriu por dentro. Era uma pergunta que ele se fizera muitas vezes sem encontrar resposta.

– Não amo nenhum mais do que os outros. Amo cada um de um modo diferente – disse, escolhendo as palavras com cuidado.

– Explique isso, Mackenzie – pediu ela com interesse.

– Bom, cada um dos meus filhos é único, tem uma personalidade especial. E essa condição única provoca uma reação única em mim.

Mack se recostou na cadeira.

– Lembro-me de quando Jon, o primeiro, nasceu. Fiquei tão maravilhado com aquele ser tão pequeno e frágil que na verdade me preocupei, pensando se me restaria amor para um segundo filho. Mas, quando Tyler chegou, foi como se trouxesse com ele um presente maravilhoso para mim, toda uma nova capacidade de amá-lo especialmente. Pensando bem, é como quando Papai diz que gosta de modo especial de alguém. Quando penso em cada um dos meus filhos individualmente, descubro que gosto especialmente de cada um.

– Muito bem, Mackenzie! – A apreciação dela era tangível e ela prosseguiu, inclinando-se um pouco, com o tom ainda suave, porém sério. – Mas e quando eles não se comportam, ou quando fazem escolhas diferentes das que você gostaria que fizessem, ou quando são agressivos e grosseiros? E quando eles o embaraçam na frente dos outros? Como isso afeta seu amor por eles?

Mack respondeu lenta e decididamente:

– Na verdade, não afeta. – Ele sabia que estava sendo sincero, mesmo que algumas vezes Katie não acreditasse. – Admito que isso me incomoda e algumas vezes fico sem graça ou com raiva, mas, mesmo quando eles agem mal, ainda são meus filhos e serão para sempre. O que fazem pode afetar meu orgulho, mas não meu amor.

Ela se recostou, rindo de orelha a orelha.

– Você é sábio em termos de amor verdadeiro, Mackenzie. Muitos acreditam que é o amor que cresce, mas é o *conhecimento* que cresce, e o amor simplesmente se expande para contê-lo. O amor é simplesmente a pele do conhecimento. Mackenzie, você ama seus filhos que conhece tão bem com um amor maravilhoso e verdadeiro.

Meio sem graça com o elogio, Mack baixou o olhar.

– Bem, obrigado, mas não sou assim com muitas outras pessoas. Meu amor tende a ser bastante condicional na maior parte do tempo.

– Mas isso é um começo, não é, Mackenzie? E você não ultrapassou sozinho a incapacidade de seu pai. Foram Deus e você, juntos, que causaram essa mudança, para que você pudesse amar desse modo. E agora você ama seus filhos praticamente como o Pai ama os dele.

Mack percebeu seu maxilar se apertando e sentiu de novo a raiva começar a crescer. O que deveria ter sido um elogio tranqüilizador parecia mais uma pílula amarga que agora ele se recusava a engolir. Tentou relaxar para encobrir as emoções, mas, pela expressão dela, soube que era inútil.

– Hummm – murmurou a mulher. – Algo que eu disse incomodou você, Mackenzie? – Dessa vez o olhar dela o deixou desconfortável. Mack sentiu-se exposto.

O silêncio que se seguiu à pergunta pairava no ar. Mack lutou para manter a compostura. Podia ouvir o conselho de sua mãe ressoando nos ouvidos: "Se não tiver nada de bom para dizer, não diga nada."

– Ah... bem, não! Na verdade, não.

– Mackenzie – instigou ela –, este não é um momento para usar o bom senso da sua mãe. É um momento de honestidade, de verdade. Você não acredita que o Pai ame bem seus filhos, não é? Você não acredita realmente que Deus seja bom, não é?

– Missy é filha dele? – perguntou Mack rispidamente.

– Claro!

– Então, não! – respondeu ele bruscamente, levantando-se. – Não acredito que Deus ame todos os seus filhos muito bem!

Tinha dito, e agora a acusação ecoava nas paredes que poderiam existir na câmara. Enquanto Mack estava ali parado, com raiva e pronto para explodir, a mulher permaneceu calma e sem alterar a postura. Lentamente, levantou-se da cadeira de encosto alto, passou em silêncio por trás dele e o chamou.

– Por que não se senta aqui?

Ele encarou-a com sarcasmo, mas não se mexeu.

– Mackenzie. – Ela permaneceu de pé atrás da cadeira. – Antes comecei a dizer por que você está aqui hoje. Não somente por causa dos seus filhos. Está aqui para o julgamento.

Enquanto a palavra ecoava na câmara, o pânico subiu por dentro de Mack como um maremoto e lentamente ele se deixou afundar na cadeira. Lembranças se derramavam da mente como ratos fugindo da enchente e no mesmo instante ele se sentiu culpado. Segurou os braços da cadeira, tentando encontrar algum equilíbrio, inundado por imagens e emoções. Seus fracassos como ser humano subitamente se tornaram enormes e no fundo da mente quase pôde ouvir uma voz entoando uma lista crescente e apavorante de pecados. Não tinha defesa. Sabia que estava perdido.

– Mackenzie? – começou ela, mas ele a interrompeu.

– Agora entendo. Estou morto, não estou? Por isso consigo ver Jesus e Papai, porque estou morto. – Ele se recostou e olhou para a escuridão, sentindo-se nauseado. – Não acredito! Não senti nada. – Olhou para a mulher, que o observava com paciência. – Há quanto tempo estou morto?

– Mackenzie, lamento desapontá-lo, mas você ainda não caiu no sono no seu mundo, e acredito que se enga... – De novo Mack a interrompeu:

– Não estou morto? – Incrédulo, levantou-se de novo. – Quer dizer que tudo isto é real e ainda estou vivo? Mas você disse que eu tinha vindo aqui para ser julgado.

– Disse, sim – declarou ela em tom casual, com uma expressão divertida. – Mas Macken...

– Julgamento? E nem estou morto? – Pela terceira vez ele a interrompeu, com a raiva substituindo o pânico. – Não é justo! – Ele sabia que suas emoções não estavam ajudando. – Isso acontece com outras pessoas? Quero dizer, ser julgado antes mesmo de morrer? E se eu mudar? E se eu for melhor pelo resto da vida? E se me arrepender? E aí?

– Há alguma coisa da qual você queira se arrepender, Mackenzie? – perguntou ela, sem se abalar com a explosão.

Mack sentou-se de novo, lentamente. Olhou a superfície lisa do chão e balançou a cabeça antes de responder.

– Eu não saberia por onde começar – murmurou. – Sou uma confusão, não é?

– É, sim. – Mack levantou os olhos e ela sorriu. – Você é uma confusão gloriosa e destrutiva, Mackenzie, mas não está aqui para se arrepender, pelo menos não do modo como entende o arrependimento. Mackenzie, você não está aqui para ser julgado.

– Mas – interrompeu ele de novo. – Achei que você disse que eu vim...

– ... aqui para o julgamento? – Ela permaneceu fresca e plácida como uma brisa de verão enquanto completava a pergunta dele. – Disse. Mas *você* não está em julgamento.

Mack respirou fundo, aliviado com as palavras.

– Você será *o juiz*.

O nó no estômago retornou quando ele percebeu o que ela dissera. Por fim baixou os olhos para a cadeira que o esperava.

– O quê? Eu? – Fez uma pausa. – Não tenho nenhuma capacidade de julgar.

– Ah, não é verdade – foi a resposta rápida, agora tingida por um leve sarcasmo. – Você já se mostrou bastante capaz, mesmo no pouco tempo que passamos juntos. E, além disso, já julgou muitas pessoas durante a vida. Julgou os atos e até mesmo as motivações dos outros, como se soubesse quais eram. Julgou a cor da pele, a linguagem corporal e o odor pessoal. Julgou histórias e relacionamentos. Até julgou o valor da vida de uma pessoa segundo seu conceito de beleza. Em todos os sentidos, você é bastante treinado nessa atividade.

Mack sentiu a vergonha avermelhando seu rosto. Tinha de admitir que já fizera um bocado de julgamentos. Mas não era diferente de mais ninguém, era? Quem não julga impulsivamente as ações e intenções dos outros? Ao levantar os olhos, viu-a espiando-o com atenção e rapidamente voltou a olhar para baixo.

– Diga – pediu ela –, se é que posso perguntar: qual é o critério pelo qual você baseia seus julgamentos?

Mack tentou encará-la, mas descobriu que quando a olhava diretamente seu pensamento oscilava. Teve de desviar os olhos para a escuridão do canto a sala, esperando recuperar o controle.

– Nada que pareça fazer muito sentido neste momento – admitiu finalmente, com a voz embargada. – Confesso que quando fiz aqueles julgamentos eu me sentia bastante justificado, mas agora...

– Claro que se sentia. – Ela afirmou como uma declaração, como algo rotineiro, sem registrar sequer por um momento a evidente vergonha e perturbação dele. – Julgar exige que você se considere superior a quem você julga. Bom, hoje você terá a oportunidade de colocar toda a sua capacidade em uso. Venha – disse ela, dando um tapinha no encosto da cadeira. – Quero que se sente aqui. Agora.

Hesitando, ele foi obedientemente até ela e a cadeira que o esperava. A cada passo parecia ficar menor. Subiu com dificuldade na cadeira e sentiu-se infantil, os pés mal tocando o chão.

– E exatamente o que vou julgar? – perguntou, virando-se para olhá-la.

– Não o quê. – Ela foi para o lado da mesa. – Quem.

O desconforto de Mack crescia aos saltos e sentar-se numa cadeira solene e grande demais não ajudava. Que direito ele tinha de julgar alguém? Claro, de certa forma era culpado de julgar praticamente todo mundo que conhecera e muitos desconhecidos. Mack sabia que era totalmente culpado de ser egocêntrico. Como é que *ele* ousava julgar alguém? Todos os seus julgamentos haviam sido superficiais, baseados na aparência e nos atos, motivados por preconceitos, estados de espírito ou por sua necessidade de sentir-se melhor ou superior. Estava começando a entrar em pânico.

– Sua imaginação – ela interrompeu seus pensamentos – não vai ajudá-lo muito neste momento.

"Não brinca, Sherlock!", ele pensou ironicamente, mas tudo que saiu de sua boca foi:

– Não posso fazer isso.

– Sua capacidade de fazer isso ou não ainda não foi determinada – disse ela com um sorriso. – E meu nome não é Sherlock.

Mack sentiu-se grato pela sala escura que escondia seu embaraço. O silêncio que se seguiu pareceu mantê-lo cativo por muito mais tempo do que os poucos segundos necessários para encontrar a voz e finalmente fazer a pergunta:

– Então quem devo julgar?

– Deus – ela fez uma pausa – e a raça humana. – Disse como se isso não tivesse importância especial. As palavras simplesmente rolaram de sua língua, como se fosse um acontecimento cotidiano.

Mack ficou aparvalhado.

– Você só pode estar brincando! – exclamou.

– Por que não? Sem dúvida há muitas pessoas no seu mundo que você acha que merecem julgamento. Deve haver pelo menos algumas culpadas por boa parte da dor e do sofrimento, não é? Que tal os gananciosos que exploram os pobres do mundo? Que tal os que promovem as guerras? Que tal os homens que agridem as mulheres, Mackenzie? Que tal os pais que batem nos filhos sem qualquer motivo além de aplacar seu próprio sofrimento? Eles não merecem julgamento, Mackenzie?

Mack percebia a profundidade de sua raiva não resolvida subir como um jorro de fúria. Afundou na cadeira tentando manter o equilíbrio abalado por um tiroteio de imagens, mas podia sentir o controle se esvaindo. Seu estômago deu um nó enquanto ele fechava os punhos, com a respiração curta e rápida.

– E que tal o homem que é um predador de menininhas inocentes? Que tal ele, Mackenzie? Esse homem é culpado? Ele deve ser julgado?

– Deve! – gritou Mack. – Deve ser mandado para o inferno!

– Ele é culpado da sua perda?

– É!

– E o pai dele, o homem que deformou o filho até que ele se transformasse num terror? E ele?

– É, ele também!

– Até onde devemos voltar, Mackenzie? Esse legado de deformação remonta até Adão. E ele? Mas por que pararmos aqui? E Deus? Deus começou essa coisa toda. Deus deve ser culpado?

Mack estava tonto. Não se sentia de modo algum um juiz, e sim um réu sendo julgado.

A mulher não se aplacava.

– Não é aí que você está travado, Mackenzie? Não é isso que alimenta a *Grande Tristeza*? O fato de não poder confiar em Deus? Sem dúvida, um pai como você pode julgar *o* Pai!

De novo a raiva dele subiu como uma chama gigantesca. Queria golpear alguma coisa, mas ela estava certa e não havia sentido em negar.

A mulher prosseguiu:

– Sua reclamação não é justa, Mackenzie? O fato de Deus ter fracassado com você, ter fracassado com Missy? O fato de, antes da Criação, Deus saber que um dia sua Missy seria brutalizada e mesmo assim a ter criado? E depois *permitir* que aquela alma deturpada a arrancasse de seus braços amorosos quando tinha poder para impedir? Deus não deve ser culpado, Mackenzie?

Mack olhava para o chão, com uma avalanche de imagens empurrando seus sentimentos em todas as direções. Por fim falou, mais alto do que pretendia, e apontou o dedo diretamente para ela.

– Sim! A culpa é de Deus! – A acusação pairou no ar enquanto o martelo de juiz batia em seu coração.

– Então – disse ela em tom definitivo –, se você pode julgar Deus com tanta facilidade, certamente pode julgar o mundo. – Sua voz não expressava emoção. – Você deve escolher dois de seus filhos para passar à eternidade no novo Céu e na nova Terra de Deus, mas apenas dois.

– O quê? – explodiu ele, incrédulo.

– E você deve escolher três filhos para passar a eternidade no inferno.

Mack não podia acreditar no que estava ouvindo e começou a entrar em pânico.

– Mackenzie. – Agora a voz dela veio tão calma e maravilhosa quanto na primeira vez em que ele a havia escutado. – Só estou lhe pedindo para fazer uma coisa que você acredita que Deus faz. Ele conhece todas as pessoas já concebidas e muito mais profunda e claramente do que você jamais conhecerá seus filhos. Ele ama cada um segundo o que conhece do ser desse filho ou dessa filha. Você acredita que ele irá condenar a maioria a uma eternidade de tormento, para longe de Sua presença e de Seu amor. Não é verdade?

– Acho que sim. Simplesmente nunca pensei na coisa desse modo. – Ele tropeçava nas palavras, chocado. – Simplesmente achei que, de algum modo, Deus poderia fazer isso. Falar sobre o inferno era uma espécie de conversa abstrata e não sobre alguém de quem eu realmente... – Mack hesitou – ... e não sobre alguém de quem eu realmente gostasse.

– Então você acha que Deus faz isso com facilidade, mas você não? Ande, Mackenzie. Quais de seus cinco filhos você condenará ao inferno? Katie é a que está em maior conflito com você agora. Ela o trata mal e lhe disse coisas dolorosas. Talvez ela seja a primeira escolha, a mais lógica. Que tal ela? Você é o juiz, Mackenzie, e deve escolher.

– Não quero ser juiz – disse ele, levantando-se. A mente de Mack disparava. Isso não podia ser real. Como Deus seria capaz de pedir que ele escolhesse entre os próprios filhos? Era absolutamente impossível condenar Katie ou qualquer um dos outros a uma eternidade no inferno simplesmente porque ela havia pecado contra ele. Mesmo que Katie, Josh, Jon ou Tyler cometessem algum crime hediondo, ele não faria isso. Não podia! Para ele, isso não tinha relação com o desempenho dos filhos. Tinha a ver com seu amor por eles.

– Não posso fazer isso – disse baixinho.

– Você deve.

– Não posso fazer isso – disse mais alto e veemente.

– Você deve – repetiu ela, com a voz mais suave.

– Eu... não... vou... fazer... isso! – gritou Mack, com o sangue fervendo por dentro.

– Você deve – sussurrou ela.

– Não posso. Não posso. Não vou! – gritou ele, e agora as palavras e emoções saíram num jorro. A mulher simplesmente ficou parada, esperando. Por fim ele a encarou, implorando com os olhos. – Eu não posso ir no lugar deles? Se vocês precisam de alguém para torturar por toda a eternidade, eu vou no lugar deles. Pode ser? Eu poderia fazer isso? – Caiu aos pés dela, chorando e implorando. – Por favor, deixe-me ir no lugar dos meus filhos, por favor, eu ficaria feliz em... Por favor, estou implorando. Por favor... Por favor...

– Mackenzie, Mackenzie – sussurrou a mulher, e suas palavras vieram como um jato de água fria num dia de calor brutal. Suas mãos tocaram gentilmente o rosto dele enquanto ela o punha de pé. Olhando-a através de lágrimas turvas, ele pôde ver que o sorriso da mulher era radiante. – Agora você está falando como Jesus. Você julgou bem, Mackenzie. Estou orgulhosa!

– Mas eu não julguei nada – disse Mack, confuso.

– Ah, julgou sim. Você julgou que eles são merecedores de amor, mesmo que isso lhe custe tudo. É assim que Jesus ama. – Quando Mack ouviu as palavras, pensou em seu novo amigo esperando junto do lago.

– E agora você conhece o coração de Papai – acrescentou ela –, que ama todos os filhos com perfeição.

No mesmo instante a imagem de Missy chamejou em sua mente e ele ficou tenso. Sem pensar, sentou-se de novo na cadeira.

– O que aconteceu, Mackenzie? – perguntou ela.

Ele viu que não adiantaria esconder.

– Entendo o amor de Jesus, mas Deus é outra história. Não acho que os dois sejam iguais, de modo nenhum.

– Você não gostou do tempo que passou com Papai? – perguntou ela, surpresa.

– Não, eu amo Papai, quem quer que ela seja. Ela é incrível, mas não é nem um pouco como o Deus que eu conheço.

– Talvez sua idéia de Deus esteja errada.

– Talvez. Simplesmente não vejo como Deus pudesse amar Missy com perfeição.

– Então o julgamento continua? – disse ela com tristeza na voz.

Isso fez Mack parar, mas apenas por um momento.

– O que eu deveria pensar? Simplesmente não entendo como Deus poderia amar Missy e deixar que ela passasse por aquele horror. Era uma menininha inocente. Não fez nada para merecer aquilo.

– Eu sei.

Mack prosseguiu:

– Deus usou-a para me castigar pelo que eu fiz com o meu pai? Isso não é justo. Ela não merecia. Nan não merecia. – Lágrimas escorreram pelo rosto dele. – Eu poderia merecer, mas elas, não.

– É esse o seu Deus, Mackenzie? Não é de espantar que você esteja afogado na tristeza. Papai não é assim, Mackenzie. Ele não está castigando você, nem Missy, nem Nan. Isso não foi feito por ele.

– Mas ele não impediu.

– Não, não impediu. Ele não impede um monte de coisas que lhe causam dor. O mundo de vocês está seriamente deturpado. Vocês exigiram a independência e agora têm raiva daquele que os amou o bastante para lhes dar o mundo. Nada é como deveria ser, como Papai deseja que seja e como será um dia. Neste momento seu mundo está perdido na escuridão e no caos, e coisas horríveis acontecem com aqueles de quem ele gosta especialmente.

– Então por que ele não faz algo a respeito?

– Ele já fez...

– Quer dizer, o que Jesus fez?

– Você não viu os ferimentos em Papai também?

– Não entendi os ferimentos. Como ele pôde...

– Por amor. Ele escolheu o caminho da cruz, onde a misericórdia triunfa sobre a justiça por causa do amor. Você preferiria que ele tivesse escolhido a justiça para todo mundo? Você quer justiça, "Meritíssimo Juiz"? – Ela sorriu ao dizer isso.

– Não, não quero – ele respondeu, baixando a cabeça. – Não para mim e não para meus filhos.

Ela esperou.

– Mas ainda não entendo por que Missy teve de morrer.

— Ela não teve, Mackenzie. Isso não foi nenhum plano de Papai. Papai nunca precisou do mal para realizar seus bons propósitos. Foram vocês, humanos, que abraçaram o mal, e Papai respondeu com bondade. O que aconteceu com Missy foi trabalho do mal e ninguém no seu mundo está imune a ele.

— Mas dói demais. Deve haver um modo melhor.

— Há. Você simplesmente não consegue ver agora. Retorne de sua independência, Mackenzie. Desista de ser juiz de Papai e conheça-o como ele é. Então, no meio de sua dor, você poderá abraçar o amor dele, em vez de castigá-lo com sua percepção egocêntrica de como você acha que o universo deveria ser. Papai se arrastou para dentro de seu mundo para estar com vocês, para estar com Missy.

Mack se levantou da cadeira.

— Não quero mais ser juiz. Realmente quero confiar em Papai. — Sem que Mack notasse, a sala se iluminou de novo enquanto ele se movia ao redor da mesa em direção à cadeira simples onde tudo havia começado. — Mas vou precisar de ajuda.

Ela aproximou-se dele e o abraçou.

— Agora isso parece o início da viagem para casa, Mackenzie. Parece mesmo.

O silêncio da caverna foi subitamente rompido pelo som de risos de crianças. Parecia vir de uma das paredes que agora Mack podia ver claramente à medida que a sala continuava a clarear. Enquanto olhava naquela direção, a superfície da pedra foi ficando cada vez mais translúcida e a luz do dia penetrou na caverna. Espantado, Mack olhou pela névoa e finalmente conseguiu vislumbrar as formas vagas de crianças brincando à distância.

— O som parece ser dos *meus* filhos! — exclamou perplexo. Enquanto ia em direção à parede, a névoa se dividiu, como se alguém tivesse aberto uma cortina, e ele estava inesperadamente olhando para uma campina, na direção do lago. Na sua frente estava o pano de fundo das montanhas nevadas, perfeitas em sua majestade, vestidas com florestas densas. E, aninhada ao pé, a cabana onde ele sabia que Papai e Sarayu estariam à sua espera. Um riacho largo surgia bem à sua frente e desaguava no lago junto de campos de flores. Os sons de pássaros estavam em toda parte e o perfume doce do verão pairava intenso no ar.

Tudo isso Mack viu, ouviu e cheirou num instante, mas então seu olhar foi atraído para o grupo brincando perto do lugar onde o rio desaguava no lago, a menos de 50 metros dali. Viu seus filhos: Jon, Tyler, Josh e Kate. Mas espere! Havia mais alguém!

Ofegante, tentou focalizar melhor. Moveu-se na direção deles, mas foi pressionado contra uma força que não via, como se a parede de pedra ainda estivesse ali à sua frente, invisível. Então ficou claro.

– Missy!

Lá estava ela, chutando a água com os pés descalços. Como se tivesse escutado, Missy se separou do grupo e veio correndo pela trilha que terminava diretamente diante dele.

– Ah, meu Deus! Missy! – gritou Mack e tentou avançar através do véu que os separava. Para sua consternação, bateu contra a força que não lhe permitia chegar mais perto, como se algum magnetismo aumentasse em oposição ao seu esforço, mandando-o de volta para a sala.

– Ela não pode ouvi-lo.

Mack não se importava.

– Missy! – gritou. Ela estava tão perto! A lembrança que estivera se esforçando tanto para não perder, mas que sentia lentamente se esvair agora, saltou de volta. Procurou algum tipo de maçaneta, como se pudesse abrir alguma coisa e encontrar um modo de chegar à filha. Mas não havia nada.

Enquanto isso, Missy havia chegado e estava parada bem diante dele. O olhar dela se fixava em algo no meio, maior e obviamente visível para ela, mas não para ele.

Finalmente Mack parou de lutar contra o campo de força e virou-se para a mulher.

– Ela pode me ver? Ela sabe que estou aqui? – perguntou desesperado.

– Ela sabe que você está aqui, mas não pode vê-lo. Do lado onde se encontra, Missy está olhando para a linda cachoeira e nada mais. Porém sabe que você está atrás dela.

– Cachoeiras! – exclamou Mack, rindo sozinho. – Ela adora

cachoeiras! – Agora Mack se concentrou na filha, tentando memorizar de novo cada detalhe de sua expressão, do cabelo e das mãos. Enquanto ele fazia isso, o rosto de Missy se abriu num sorriso enorme, com as covinhas se destacando. Em câmara lenta, ele pôde ver sua boca falando sem som:

– Está tudo bem, eu... – e ela fez sinais acompanhando as palavras – ... te amo.

Era demais e Mack chorou de alegria. Mesmo assim não conseguia parar de olhá-la, observando-a através de sua cachoeira de lágrimas. Estar tão perto assim era doloroso, vê-la ali, com aquele jeito tão característico de Missy.

– Ela está realmente bem, não está?

– Mais do que você imagina. Esta vida é apenas a ante-sala para uma realidade maior que virá. Ninguém realiza plenamente seu próprio potencial no seu mundo. É apenas um preparativo que Papai tinha em mente o tempo todo.

– Posso ir até ela? Talvez só um abraço e um beijo? – implorou baixinho.

– Não. É assim que ela queria.

– Ela queria assim? – Mack ficou confuso.

– É. A nossa Missy é uma criança muito sábia. Gosto especialmente dela.

– Tem certeza de que ela sabe que estou aqui?

– Sim, tenho certeza – garantiu a mulher. – Ela estava muito empolgada esperando este dia para brincar com os irmãos e a irmã e estar perto de você. Ela gostaria que a mãe também estivesse aqui, mas isso terá de esperar outra ocasião.

Mack se virou para a mulher.

– Meus outros filhos estão realmente aqui?

– Estão e não estão. Só Missy está realmente aqui. Os outros estão sonhando e cada um terá uma vaga lembrança, alguns com mais detalhes do que outros. Este é um momento muito pacífico de sono para cada um, menos para Kate. Este sonho não será fácil para ela. Mas Missy está totalmente acordada.

Mack ficou olhando cada movimento feito por sua preciosa Missy.

– Ela me perdoou? – perguntou.

– Perdoou o quê?

– Eu falhei com ela – sussurrou ele.

– Seria da natureza dela perdoar se houvesse algo a perdoar, mas não há.

– Mas eu não impedi que ele a levasse. Ele a levou enquanto eu não estava prestando atenção... – sua voz ficou no ar.

– Se você se lembra, você estava salvando seu filho. Só você, em todo o universo, acredita que tem alguma culpa. Missy não acredita nisso, nem Nan, nem Papai. Talvez seja hora de abandonar essa mentira. E, Mackenzie, mesmo que você fosse culpado, o amor dela é muito mais forte do que a sua falha jamais poderia ser.

Nesse momento alguém chamou o nome de Missy e Mack reconheceu a voz. A menina gritou de prazer e começou a correr em direção aos outros. De repente parou e correu de volta para o pai. Fez o gesto de um grande abraço e, com os olhos fechados, simulou um grande beijo. De trás da barreira ele a abraçou também. Por um instante ela ficou totalmente imóvel, como se soubesse que estava lhe dando um presente. Depois acenou, virou-se e correu para os outros.

E agora Mack pôde ouvir claramente a voz que havia chamado sua Missy. Era Jesus brincando no meio de seus filhos. Sem hesitar, Missy pulou no colo dele. Ele girou-a no ar duas vezes antes de colocá-la de volta no chão, depois todo mundo riu e saíram procurando pedras lisas para jogar ricocheteando na superfície do lago. Os sons de exuberante alegria eram uma sinfonia nos ouvidos de Mack e suas lágrimas correram livremente.

De súbito, sem aviso, a água veio rugindo de cima, bem à sua frente, e obliterou toda a visão e as vozes de seus filhos. Instintivamente ele saltou para trás. Então percebeu que as paredes da caverna haviam se dissolvido ao redor e ele estava numa gruta atrás da cachoeira.

Mack sentiu a mão da mulher nos ombros.

– Acabou? – perguntou ele.

– Por enquanto – respondeu ela com ternura. – Mackenzie, julgar não é destruir, mas consertar as coisas.

Mack sorriu.

– Não estou mais me sentindo travado.

Ela o guiou gentilmente para a lateral da cachoeira, até que ele pôde ver de novo Jesus na margem do lago ainda jogando pedras.

– Acho que alguém está esperando você.

As mãos dela apertaram seus ombros com suavidade, depois ela o soltou e, sem olhar, Mack soube que ela fora embora. Ele passou cuidadosamente sobre pedras escorregadias e rochas molhadas até encontrar um caminho pela borda da cachoeira. Atravessou a névoa revigorante da água que despencava e retornou à luz do dia.

Exausto, mas profundamente realizado, Mack parou e fechou os olhos por um momento, tentando gravar indelevelmente no pensamento os detalhes da presença de Missy, esperando que nos dias futuros pudesse trazer de volta cada momento com ela, cada nuance e cada movimento.

E subitamente sentiu muita, muita falta de Nan.

12

NA BARRIGA DAS FERAS

*Os homens jamais fazem o mal tão completamente e com tanta
alegria como quando o fazem a partir de uma convicção religiosa.*

– Blaise Pascal

Assim que abolimos Deus, o governo se torna Deus.

– G. K. Chesterton

Enquanto seguia pela trilha em direção ao lago, Mack percebeu
subitamente que faltava alguma coisa. Sua companheira constante, a
Grande Tristeza, havia sumido. Era como se tivesse sido lavada na névoa
da cachoeira enquanto ele emergia por baixo da cortina d'água. A
ausência era estranha, talvez até desconfortável. Nos anos anteriores ela
havia definido para ele o que era um estado normal, mas agora tinha
desaparecido inesperadamente. "O normal é um mito", pensou.

A *Grande Tristeza* não faria mais parte de sua identidade. Agora sabia
que Missy não se importaria se ele se recusasse a usá-la. Na verdade, sua
filha não iria querer que o pai se envolvesse naquela mortalha e certamente sofreria se ele fizesse isso. Tentou imaginar quem ele passaria a
ser, agora que estava se soltando de tudo aquilo – começar cada dia sem
a culpa e o desespero que haviam sugado de tudo as cores da vida.

Enquanto entrava na clareira, viu Jesus esperando, ainda jogando
pedras.

– Ei, acho que o máximo que consegui foram 13 ricochetes – disse ele rindo e vindo ao encontro de Mack. – Mas Tyler conseguiu três a mais do que eu, e Josh jogou uma pedra que ricocheteou para tão longe que a perdemos de vista. – Enquanto se abraçavam, Jesus acrescentou: – Você tem filhos especiais, Mack. Você e Nan os amaram muito bem. Kate está lutando, como você sabe, mas ainda não terminamos.

A tranqüilidade e a intimidade com que Jesus falava de seus filhos tocou-o profundamente.

– Então eles foram embora?

Jesus desfez o abraço e assentiu.

– É, de volta para os sonhos, menos Missy, claro.

– Ela...? – começou Mack.

– Ela ficou felicíssima por estar tão perto de você e ficou empolgada em saber que você está melhor.

Mack lutou para manter a compostura. Jesus entendeu e mudou de assunto.

– Como foi o tempo que você passou com Sophia?

– Sophia? Ah, então é ela! – exclamou Mack. E uma expressão perplexa surgiu em seu rosto. – Mas quer dizer que vocês são quatro? Ela é Deus também?

Jesus riu.

– Não, Mack. Somos apenas três. Sophia é uma personificação da sabedoria de Papai.

– Ah, como nos Provérbios, onde a Sabedoria é representada como uma mulher chamando nas ruas, tentando encontrar alguém que a escute?

– Ela mesma.

– Mas – Mack parou enquanto se abaixava para desamarrar os cadarços dos sapatos – ela pareceu tão real!

– Ah, ela é bastante real. – Em seguida Jesus olhou ao redor, como se quisesse ver se alguém estava observando, e sussurrou: – Ela é parte do mistério que cerca Sarayu.

– Adoro Sarayu – exclamou Mack enquanto se levantava, meio surpreso com sua própria transparência.

– Eu também! – declarou Jesus com ênfase. Os dois voltaram à margem e ficaram olhando em silêncio para o outro lado do lago.

– Foi terrível e maravilhoso o tempo que passei com Sophia. – Mack finalmente respondeu à pergunta que Jesus havia feito. Subitamente percebeu que o sol ainda estava alto no céu. – Exatamente quanto tempo estive lá?

– Menos de 15 minutos, de modo que não foi muito. – Diante do olhar de perplexidade de Mack, Jesus acrescentou: – O tempo passado com Sophia não é como o tempo normal.

– Hã – grunhiu Mack. – Duvido que qualquer coisa com ela seja normal.

– Na verdade – Jesus começou a falar mas parou para jogar uma última pedra ricocheteando na água –, com ela tudo é normal e de uma simplicidade elegante. Como você está tão perdido e independente, acaba achando que até a simplicidade dela é profunda.

– Então eu sou complexo e ela é simples. Uau! Meu mundo está mesmo de cabeça para baixo. – Mack já se sentara num tronco e estava tirando os sapatos e as meias para a caminhada. – Pode me dizer uma coisa? Estamos no meio do dia, e meus filhos estiveram aqui em sonhos? Como isso funciona? Alguma coisa disso tudo é real? Ou só estou sonhando também?

De novo Jesus riu.

– Não pergunte como tudo isso funciona, Mack. São coisas de Sarayu. O tempo, como você sabe, não representa fronteiras para Aquele que o criou. Você pode perguntar a ela, se quiser.

– Não, acho que vou deixar isso esperando. Só fiquei curioso. – Mack deu um risinho.

– Você perguntou se "alguma coisa disso tudo é real". Muito mais do que você pode imaginar. – Jesus parou um momento para captar toda a atenção de Mack. – O melhor seria perguntar: "O que é real?"

– Estou começando a pensar que não faço idéia.

– Tudo isso seria menos "real" se estivesse dentro de um sonho?

– Acho que eu ficaria desapontado.

– Por quê? Mack, há muito mais coisas acontecendo aqui do que você tem condições de perceber. Deixe-me garantir: tudo isso é real, muito mais real do que a vida que você conhece.

Mack hesitou, mas depois decidiu se arriscar e perguntou:

– Há uma coisa que ainda me incomoda com relação a Missy.

Jesus veio e sentou-se no tronco ao lado dele. Mack inclinou-se e pôs os cotovelos nos joelhos, olhando para as pedrinhas perto dos pés. Por fim, disse:

– Eu fico pensando nela, sozinha naquela picape, tão aterrorizada...

Jesus colocou a mão sobre o ombro de Mack e o apertou. Falou gentilmente:

– Mack, ela jamais esteve sozinha. Eu nunca a deixei. Nós não a deixamos sequer por um instante. Eu não poderia abandoná-la, nem você, assim como não poderia abandonar a mim mesmo.

– Ela sabia que você estava lá?

– Sim, Mack, sabia. No princípio, não. O medo era avassalador e ela estava em estado de choque. Demorou horas para chegar do acampamento até aqui. Mas, quando Sarayu se enrolou ao redor dela, Missy se acalmou. A viagem longa nos deu chance de conversar.

Mack estava tentando apreender tudo aquilo. Não se sentia mais capaz de falar.

– Missy podia ter apenas 6 anos, mas nós somos amigos. Nós conversamos. Ela não tinha idéia do que iria acontecer. Na verdade, estava mais preocupada com você e com as outras crianças, sabendo que vocês não poderiam encontrá-la. Ela rezou por vocês, pela sua paz.

Mack chorou, lágrimas novas rolando pelo rosto. Dessa vez não se importou. Jesus puxou-o gentilmente e o abraçou.

– Mack, não creio que você queira saber todos os detalhes. Tenho certeza de que eles não vão ajudá-lo. Mas posso dizer que não houve um momento em que não estivéssemos com ela. Missy conheceu minha paz, e você ficaria orgulhoso, porque ela foi muito corajosa!

As lágrimas escorriam soltas, mas Mack notava que agora era diferente. Não estava mais sozinho. Sem qualquer constrangimento, chorou no ombro daquele homem que ele aprendera a amar. A cada soluço, sua tensão ia se esvaindo, substituída por um profundo sentimento de alívio. Por fim respirou fundo e soltou o ar enquanto levantava a cabeça.

Então, sem dizer mais nenhuma palavra, levantou-se, pendurou os sapatos no ombro e simplesmente entrou na água. Ficou um pouco surpreso quando seu primeiro passo encontrou o fundo do lago abaixo dos tornozelos, mas não se importou. Parou, enrolou as pernas da calça acima dos joelhos e deu mais um passo na água gelada. A água chegou até o meio das canelas e, no passo seguinte, logo abaixo dos joelhos. Olhou para trás e viu Jesus parado na margem com os braços cruzados diante do peito, olhando-o.

Mack virou-se e olhou para a margem oposta. Não sabia por que dessa vez não tinha funcionado, mas decidiu continuar tentando. Jesus estava ali, por isso ele não tinha com que se preocupar. A perspectiva de nadar por um espaço longo e gelado não era nada empolgante, porém Mack tinha certeza de que conseguiria atravessar se fosse necessário.

Felizmente, quando deu o próximo passo, em vez de afundar mais ainda, subiu um pouco e, a cada passo seguinte, subiu mais, até estar de novo andando sobre a água. Jesus se reuniu a ele e os dois continuaram em direção à cabana.

— Isso sempre funciona melhor quando a gente faz junto, não acha? — perguntou Jesus, sorrindo.

— Estou vendo que ainda tenho mais coisas para aprender. — Mack devolveu o sorriso. Pouco importava que tivesse de atravessar o lago a nado ou andar sobre a água, por mais maravilhoso que isso fosse. O que importava era ter Jesus ao seu lado. Talvez estivesse começando a confiar nele.

— Obrigado por estar comigo, por falar comigo sobre Missy. Na verdade, não tenho falado sobre esse assunto com ninguém. É uma história apavorante demais. Agora já não está com a mesma força.

— A escuridão esconde o verdadeiro tamanho dos medos, das mentiras e dos arrependimentos — explicou Jesus. — A verdade é que eles são mais sombra do que realidade, por isso parecem maiores no escuro. Quando a luz brilha nos lugares onde eles vivem no seu interior, você começa a ver o que são realmente.

— Mas por que nós mantemos toda essa porcaria lá dentro?

— Porque acreditamos que ela está mais segura ali. E algumas vezes, quando você é uma criança tentando sobreviver, ela fica realmente mais segura no seu interior. Depois você cresce por fora, mas por dentro ainda é aquela criança na caverna escura, rodeada por monstros, e, como se habituou, continua aumentando sua coleção. Todos colecionamos coisas de valor, sabe?

Isso fez Mack sorrir. Sabia que Jesus estava se referindo a algo que Sarayu havia dito sobre colecionar lágrimas.

– Então como é que isso muda para alguém que está perdido no escuro como eu?

– Na maioria das vezes, muito devagar. Lembre-se, você não pode fazer isso sozinho. Algumas pessoas tentam todo tipo de mecanismos de enfrentamento e de jogos mentais. Mas os monstros continuam lá, só esperando a chance de sair.

– O que faço agora, então?

– O que já está fazendo, Mack: aprendendo a viver sendo amado. Não é um conceito fácil para os humanos. Você tinha dificuldade para compartilhar qualquer coisa. – Deu um risinho e continuou: – Portanto, sim, o que desejamos é que você "re-torne" para nós. Então iremos fazer nossa casa dentro de você e vamos compartilhar. A amizade é real e não meramente imaginada. Nós fomos destinados a experimentar esta vida, a sua vida, juntos, num diálogo, compartilhando a jornada. Você passa a compartilhar nossa sabedoria e aprender a amar com nosso amor, e nós... ouvimos você resmungar, se afligir, reclamar e...

Mack riu alto e empurrou Jesus de lado.

– Pare! – gritou Jesus e se imobilizou. A princípio Mack achou que poderia tê-lo ofendido, mas Jesus estava olhando atentamente para a água. – Você viu? Olhe, aí vem de novo.

– O quê? – Mack chegou mais perto e protegeu os olhos na tentativa de ver o que Jesus estava olhando.

– Olhe! Olhe! – falou Jesus, meio que sussurrando. – É uma beleza! Deve ter uns 60 centímetros! – E então Mack viu uma enorme truta do lago deslizando a apenas uns 50 ou 60 centímetros abaixo da superfície, sem notar a agitação que estava provocando acima.

– Estive tentando pegá-la durante semanas e aí ela vem, só para me provocar. – Ele riu. Mack ficou olhando, pasmo, enquanto Jesus começava a saltar para um lado e para outro, tentando acompanhar o peixe. Finalmente desistiu e olhou para Mack, empolgado como um menininho. – Não é fantástica? Provavelmente nunca vou conseguir pegá-la.

Mack ficou perplexo com aquela cena.

– Jesus, por que simplesmente não ordena que ela... não sei... pule no seu barco ou morda seu anzol? Você não é o Senhor da Criação?

– Claro – disse Jesus, abaixando-se e passando a mão sobre a água. – Mas qual seria a diversão, hein? – Ele ergueu os olhos e riu.

Mack não sabia se ria ou chorava. Percebia o quanto havia passado a amar aquele homem, aquele homem que também era Deus.

Jesus se levantou de novo e juntos continuaram andando para o cais. Mack se aventurou de novo:

– Se é que posso perguntar, por que você não me falou sobre Missy antes? Por exemplo, ontem à noite, ou há um ano, ou...

– Não pense que não tentamos. Você já notou que, em sua dor, presume sempre o pior a meu respeito? Estive falando com você durante longo tempo, mas hoje foi a primeira vez que você pôde ouvir. Não pense que todas aquelas outras ocasiões foram um desperdício. Como pequenas rachaduras na parede, uma de cada vez, mas entrelaçadas, elas o prepararam para hoje. É preciso demorar um tempo preparando o solo se quiser que ele acolha a semente.

– Não sei por que resistimos a isso, por que resistimos tanto *a você*. Agora parece meio idiota.

– Tudo tem a ver com o momento da graça, Mack. Se houvesse apenas um ser humano no universo, o sentido de tempo seria bastante simples. Mas acrescente apenas mais um e, bem, você conhece a história. Cada escolha cria ondulações ao longo do tempo e dos relacionamentos, ricocheteando em outras escolhas. E, a partir do que parece uma confusão enorme, Papai tece uma tapeçaria magnífica. Só Papai pode resolver tudo isso e ela o faz com graça.

– Então acho que tudo que posso fazer é segui-la – concluiu Mack.

– É, esse é o ponto. Agora você está começando a entender o que significa ser realmente humano.

Chegaram à extremidade do cais e Jesus saltou nele, virando-se para ajudar Mack. Juntos, sentaram-se na beira e balançaram os pés descalços na água, olhando os efeitos do vento na superfície do lago. Mack foi o primeiro a romper o silêncio.

– Eu estava vendo o céu quando vi Missy? Era muito parecido com isso aqui.

– Bom, Mack, nosso destino final não é a imagem do Céu que você tem na cabeça. Você sabe, a imagem de portões adornados e ruas de ouro. O Céu é uma nova purificação do universo, de modo que vai se parecer bastante com isso aqui.

– Então que história é essa de portões adornados e ruas de ouro?

– Esta, irmão – começou Jesus, deitando-se no cais e fechando os olhos por causa do calor e da claridade do dia –, é uma imagem de mim e da mulher por quem sou apaixonado.

Mack olhou para ver se ele estava brincando, mas obviamente não estava.

– É uma imagem da minha noiva, a Igreja: indivíduos que juntos formam uma cidade espiritual com um rio vivo fluindo no meio e nas duas margens árvores crescendo com frutos que curam as feridas e os sofrimentos das nações. Essa cidade está sempre aberta e cada portão que dá acesso a ela é feito de uma única pérola... – Ele abriu um olho e olhou para Mack. – Isso sou eu! – Ele percebeu a dúvida de Mack e explicou: – Pérolas, Mack. A única pedra preciosa feita de dor, sofrimento e, finalmente, morte.

– Entendi. Você é a entrada, mas... – Mack parou, procurando as palavras certas. – Você está falando da Igreja como essa mulher por quem está apaixonado. Tenho quase certeza de que não conheço essa Igreja. – Ele se virou ligeiramente para o outro lado. – Não é certamente o lugar aonde eu vou aos domingos – disse mais para si mesmo, sem saber se era seguro falar em voz alta.

– Mack, isso é porque você só está vendo a instituição, que é um sistema feito pelo ser humano. Não foi isso que eu vim construir. O que vejo são as pessoas e suas vidas, uma comunidade que vive e respira, feita de todos que me amam, e não de prédios, regras e programas.

Mack ficou meio abalado ouvindo Jesus falar de "igreja" desse modo, mas isso não chegou a surpreendê-lo. De fato, foi um alívio.

– Então como posso fazer parte dessa Igreja? Dessa mulher pela qual você parece estar tão apaixonado?

– É simples, Mack. Tudo só tem a ver com os relacionamentos e com o fato de compartilhar a vida. É exatamente o que estamos fazendo agora, simplesmente isso, sendo abertos e disponíveis um para o outro. Minha Igreja tem a ver com as pessoas e a vida tem a ver com os relacionamentos. *Você* pode construí-la. É o meu trabalho e, na verdade, sou bastante bom nisso – disse Jesus com um risinho.

Para Mack essas palavras foram como um sopro de ar puro! Simples. Não um monte de rituais exaustivos e uma longa lista de exigências, nada de reuniões intermináveis com pessoas desconhecidas. Simplesmente compartilhar a vida.

– Mas espere... – Mack tinha um monte de perguntas aflorando à sua mente. Talvez tivesse entendido mal. Parecia simples *demais*. Por isso pensou duas vezes antes de mexer com o que estava começando a entender. Fazer seu monte confuso de perguntas nesse momento seria como jogar um bocado de lama num pequeno lago de águas límpidas.

– Não faz mal – foi tudo que disse.

– Mack, você não precisa entender tudo. Simplesmente esteja comigo.

Depois de um momento ele decidiu se juntar a Jesus e deitou-se de costas ao lado dele, abrigando os olhos do sol para espiar as nuvens que passavam no início da tarde.

– Bom, para ser honesto – admitiu –, não estou desapontado, porque nunca me senti atraído pela "rua de ouro". Sempre achei meio chato. Maravilhoso mesmo é estar aqui com você.

Um silêncio baixou enquanto Mack absorvia o momento. Podia ouvir o sussurro do vento acariciando as árvores e o riso do riacho ali perto derramando-se no lago. O dia estava majestoso e o cenário era incrível.

– Realmente desejo entender. Quer dizer, acho que o modo como vocês são é muito diferente de todo o negócio religioso em que fui criado e com o qual me acostumei.

– Por mais bem-intencionada que seja, você sabe que a máquina religiosa é capaz de engolir as pessoas! – disse Jesus, num tom meio cortante. – Uma quantidade enorme das coisas que são feitas em meu nome não têm nada a ver comigo. E freqüentemente são muito contrárias aos meus propósitos.

– Você não gosta muito de religião e de instituições? – perguntou Mack, sem saber se estava fazendo uma pergunta ou uma afirmação.

– Eu não crio instituições. Nunca criei, nunca criarei.

– E a instituição do casamento?

– O casamento não é uma instituição. É um relacionamento. – Jesus fez uma pausa e retomou, com a voz firme e paciente: – Como eu disse, não crio instituições. Essa é uma ocupação dos que querem brincar de Deus. Portanto, não, não gosto muito de religiões e também não gosto de política nem de economia. – A expressão de Jesus ficou notavelmente sombria. – E por que deveria gostar? É a trindade de terrores criada pelo ser humano que assola a Terra e engana aqueles de quem eu gosto. Quantos tormentos e ansiedades relacionados a uma dessas três coisas as pessoas enfrentam!

Mack hesitou. Não sabia o que dizer. Tudo parecia um pouco excessivo. Notando que os olhos de Mack estavam ficando vidrados, Jesus baixou o tom.

– Falando de modo simples, religião, política e economia são ferramentas terríveis que muitos usam para sustentar suas ilusões de segurança e controle. As pessoas têm medo da incerteza, do futuro. Essas instituições, essas estruturas e ideologias são um esforço inútil de criar algum sentimento de certeza e segurança onde nada disso existe. É tudo falso! Os sistemas não podem oferecer segurança, só eu posso.

– Uau! – Era tudo que Mack conseguia pensar. A paisagem que ele e praticamente todo mundo que ele conhecia haviam buscado para administrar e orientar a vida estava sendo reduzida a pouco mais do que entulho. – Então... – Mack ainda estava processando o que ouvira, sem conseguir grande coisa. – Então? – Transformou a palavra numa pergunta.

– Eu vim lhes dar a vida na totalidade. Minha vida. – Mack ainda estava se esforçando para entender. – A simplicidade e a pureza de desfrutar de uma amizade crescente.

– Ah, entendi!

– Se você tentar viver isso sem mim, sem o diálogo constante que estabelecemos ao compartilhar esta jornada juntos, será como tentar andar sobre a água sozinho. Você não pode! E quando tenta, por mais bem-intencionado que seja, vai afundar. – Apesar de saber a resposta, Jesus perguntou: – Você já tentou salvar alguém que estivesse se afogando?

Os músculos de Mack se retesaram instantaneamente. Ele não gostava de se lembrar de Josh e da canoa, e um sentimento de pânico subitamente jorrou da lembrança.

– É extremamente difícil resgatar alguém, a não ser que a pessoa esteja disposta a confiar em você.

– É, sem dúvida.

– É só isso que eu lhe peço. Quando você começar a afundar, deixe-me resgatá-lo.

Parecia um pedido simples, mas Mack estava acostumado a ser o salva-vidas e não o afogado.

– Jesus, não sei bem como...

– Deixe-me mostrar. Basta continuar me dando o pouco que você tem e juntos vamos vê-lo crescer.

Mack começou a calçar as meias e os sapatos.

– Sentado aqui com você, neste momento, não parece tão difícil. Mas quando penso na minha vida normal, em casa, não sei como manter o que você sugere. Estou preso na mesma necessidade de controle que todo mundo tem. Política, economia, sistemas sociais, contas, família, compromissos... é bastante esmagador. Não sei como mudar tudo isso.

– Ninguém está pedindo que mude! – disse Jesus com ternura. – Esta é uma tarefa para Sarayu e ela sabe como fazer sem agredir ninguém. O importante é saber que tudo é um processo e não um acontecimento. Só quero que você confie em mim o pouco que puder e que cresça no amor pelas pessoas ao seu redor com o mesmo amor que compartilho com você. Não cabe a você mudá-las nem convencê-las. Você está livre para amar sem qualquer obrigação.

– É isso que quero aprender.

– É mesmo. – Jesus piscou.

Jesus se levantou, espreguiçou-se e Mack o imitou.

– Quantas mentiras me contaram! – admitiu ele.

Jesus olhou para ele, puxou-o e o abraçou.

– Eu sei, Mack, a mim também. Simplesmente não acreditei nelas.

Juntos, começaram a andar pelo cais. Quando se aproximavam da margem voltaram a diminuir o passo. Jesus colocou a mão no ombro de Mack e virou-o gentilmente, até ficarem cara a cara.

– Mack, o sistema do mundo é o que é. As instituições, as ideologias e todos os esforços vãos e inúteis da humanidade estão em toda parte e é impossível deixar de interagir com tudo isso. Mas eu posso lhe dar liberdade para superar qualquer sistema de poder em que você se encontre, seja ele religioso, econômico, social ou político. Você terá uma liberdade cada vez maior de estar dentro ou fora de todos os tipos de sistemas e de se mover livremente entre eles. Juntos, você e eu podemos estar dentro do sistema e não fazer parte dele.

– Mas tanta gente de quem eu gosto parece fazer parte do sistema! – Mack estava pensando nos amigos, nas pessoas da igreja que haviam expressado amor por ele e por sua família. Sabia que elas amavam Jesus, mas que também eram totalmente vendidas para a atividade religiosa e o patriotismo.

– Mack, eu as amo. E você comete um erro julgando-as. Devemos encontrar modos de amar e servir os que estão dentro do sistema, não acha? Lembre-se, as pessoas que me conhecem são aquelas que estão livres para viver e amar sem qualquer compromisso.

– É isso que significa ser cristão? – Achou-se meio idiota ao dizer isso, mas era como se estivesse tentando resumir tudo na cabeça.

– Quem disse alguma coisa sobre ser cristão? Eu não sou cristão.

A idéia pareceu estranha e inesperada para Mack e ele não pôde evitar uma risada.

– Não, acho que não é.

Chegaram à porta da carpintaria. De novo Jesus parou.

– Os que me amam estão em todos os sistemas que existem. São budistas ou mórmons, batistas ou muçulmanos, democratas, republicanos e muitos que não votam nem fazem parte de qualquer instituição religiosa. Tenho seguidores que foram assassinos e muitos que eram hipócritas. Há banqueiros, jogadores, americanos e iraquianos, judeus e palestinos. Não tenho desejo de torná-los cristãos, mas quero me juntar a eles em seu processo para se transformarem em filhos e filhas do Papai, em irmãos e irmãs, em meus amados.

– Isso significa que todas as estradas levam a você?

– De jeito nenhum – sorriu Jesus enquanto estendia a mão para a porta da oficina. – A maioria das estradas não leva a lugar nenhum. O que isso significa é que eu viajarei por qualquer estrada para encontrar vocês. – Fez uma pausa. – Mack, tenho algumas coisas para terminar na carpintaria; encontro você mais tarde.

– Certo. O que quer que eu faça?

– O que quiser, Mack, a tarde é sua. – Jesus deu-lhe um tapa no ombro e riu. – Uma última coisa: lembra-se de antes, quando me agradeceu por tê-lo deixado ver Missy? Foi idéia de Papai. – Depois de dizer isso ele se virou e acenou por cima do ombro enquanto entrava na oficina.

Mack soube instantaneamente o que queria fazer e foi para a cabana, em busca de Papai.

13

UM ENCONTRO DE CORAÇÕES

A falsidade tem uma infinidade de combinações,
mas a verdade só tem um modo de ser.

— Jean-Jacques Rousseau

Enquanto se aproximava da cabana, Mack sentiu um cheiro delicioso que se desprendia de alguma coisa no forno. Talvez tivesse se passado apenas uma hora desde o almoço, mas era como se ele não tivesse comido havia horas. O aroma da comida o conduziu até a cozinha. Mas quando chegou à porta dos fundos ficou surpreso e desapontado ao ver que o local estava vazio.

– Tem alguém aí? – chamou.

– Estou na varanda, Mack – a voz de Papai veio através da janela aberta. – Pegue alguma coisa para beber e venha para cá.

Mack se serviu de um pouco de café e saiu para a varanda da frente. Papai estava reclinada numa velha cadeira, de olhos fechados, absorvendo o sol.

– O que é isso? Deus tem tempo de pegar um solzinho? Não tem nada melhor para fazer nesta tarde?

– Você não faz idéia do que estou fazendo neste momento.

Mack se encaminhou para outra cadeira do lado oposto e, enquanto ele se sentava, Papai abriu um dos olhos. Sobre uma mesinha entre os dois havia uma bandeja cheia de bolos de aparência maravilhosa, manteiga fresca e vários tipos de geléia.

– Uau, o cheiro é fantástico! – exclamou ele.

– Pode mergulhar de cabeça. É uma receita que peguei da sua bisavó. – Ela riu.

Mack mordeu um dos bolinhos. Ainda estava quente e praticamente derreteu na boca.

– Uau! Isso é bom! Obrigado!

– Bom, você terá de agradecer à sua bisavó quando a vir.

– Espero que não seja muito em breve – disse Mack entre duas mordidas.

– Você não gostaria de saber? – perguntou Papai com uma piscadela brincalhona e voltando a fechar os olhos.

Enquanto comia outro bolinho, Mack juntou coragem para abrir o coração.

– Papai? – perguntou e, pela primeira vez, chamar Deus de Papai não pareceu estranho.

– Sim, Mack? – respondeu ela, abrindo os olhos e sorrindo com prazer.

– Eu fui muito duro com você.

– Humm, Sophia deve tê-lo afetado.

– Nem fale! Eu não fazia idéia de que estava julgando você. Foi terrivelmente arrogante.

– Porque você estava mesmo – respondeu Papai com um sorriso.

– Sinto muito. Eu realmente não fazia idéia... – Mack balançou a cabeça, triste.

– Mas agora isso está no passado, que é o lugar onde deve estar. Não quero que fique triste com isso, Mack. Só quero que possamos crescer juntos.

– Também quero – disse Mack pegando outro bolinho. – Não vai comer nenhum?

– Não, vá em frente. Você sabe como é, a gente vai provando uma coisa e outra e acaba usando todo o apetite. Aproveite. – Empurrou a bandeja na direção dele.

Mack pegou mais um bolinho e recostou-se para saboreá-lo.

– Jesus disse que foi você quem me deu um tempo com Missy esta tarde. Não sei como agradecer!

– Ah, de nada, querido. Isso também me deu uma grande alegria! Eu estava tão ansiosa para colocar vocês dois juntos que mal conseguia esperar.

– Gostaria tanto que Nan estivesse aqui!

– Teria sido perfeito! – concordou Papai, empolgada.

Ficaram em silêncio por alguns instantes.

– Missy não é especial? – Ela balançou a cabeça sorrindo. – Minha nossa, gosto especialmente daquela menina.

– Eu também! – Mack deu um sorriso largo e pensou na sua princesa atrás da cachoeira. Princesa? Cachoeira? Espere um minuto! Papai ficou olhando enquanto as peças se encaixavam. – Obviamente você conhece o fascínio da minha filha por cachoeiras e pela lenda da princesa Multnomah. – Papai assentiu. – É disso que se trata? Ela teve de morrer para que você me mudasse?

– Espere aí, Mack. – Papai se inclinou. – Não é assim que eu faço as coisas.

– Mas ela adorava tanto aquela história!

– Claro que sim. Por isso ela foi capaz de entender o que Jesus fez por ela e por toda a raça humana. As histórias sobre uma pessoa disposta a trocar sua vida pela de outra são um fio de ouro em seu mundo e revelam tanto suas necessidades quanto o meu coração.

– Mas se ela não tivesse morrido eu não estaria aqui agora...

– Mack, eu crio um bem incrível a partir de tragédias indescritíveis, mas isso não significa que as orquestre. Nunca pense que o fato de eu usar algo para um bem maior significa que eu o provoquei ou que preciso dele para realizar meus propósitos. Essa crença só vai levá-lo a idéias falsas a meu respeito. A graça não depende da existência do sofrimento, mas onde há sofrimento você encontrará a graça de inúmeras maneiras.

– Na verdade, isso é um alívio. Eu não suportaria pensar que minha dor poderia ter cortado a vida dela.

– Ela não foi seu sacrifício, Mack. Ela é e sempre será sua alegria. Este é um propósito suficiente para Missy.

Mack se recostou de novo na cadeira, examinando a vista da varanda.

– Estou me sentindo preenchido!

– Bom, você comeu quase todos os bolinhos.

– Não é isso – ele riu –, e você sabe. O mundo simplesmente parece mil vezes mais luminoso e estou me sentindo mil vezes mais leve.

– E está, Mack! Não é fácil ser o juiz de todo o mundo.

O sorriso de Papai tranqüilizou Mack, que se sentia pisando em terreno seguro.

– Ou julgar você. Eu estava numa tremenda confusão... pior do que pensava. Havia me enganado totalmente com relação a quem você é na minha vida.

– Não totalmente, Mack. Nós tivemos alguns momentos maravilhosos também.

– Mas sempre gostei mais de Jesus do que de você. Ele parecia tão bondoso e você tão...

– Má? É triste, não é? Jesus veio para mostrar como eu sou, e a maioria só acredita nisso com relação a ele. Ainda acham que fazemos o gênero "policial bom/policial mau", especialmente as pessoas religiosas. Quando querem que os outros façam o que elas acham certo, precisam de um Deus severo. Quando precisam de perdão, correm para Jesus.

– É isso mesmo – concordou Mack.

– Mas nós estávamos nele. Ele refletia exatamente o meu coração. Eu amo vocês e os convido a me amarem.

– Mas por que eu? Quer dizer, por que Mackenzie Allen Phillips? Por que você ama alguém tão ferrado? Depois de todas as coisas que eu senti em relação a você e de todas as acusações que fiz, por que você se incomodaria em vir ao meu encontro?

– Porque é isso que o amor faz – respondeu Papai. – Lembre-se, Mackenzie, eu não fico pensando nas escolhas que você fará. Eu já sei. Vamos imaginar, por exemplo, que estou tentando ensinar você a não se esconder dentro de mentiras – ela piscou. – E digamos que eu sei que você vai ter que passar por 47 situações antes de me ouvir com clareza suficiente para concordar comigo e mudar. Então, quando na primeira vez você não me ouve, não fico frustrada nem desapontada, fico empolgada. Só faltam 46 vezes. E essa primeira vez será um tijolo para construir uma ponte de cura que um dia, que hoje, você atravessará.

– Certo, agora estou me sentindo culpado – admitiu ele.

– Sério, Mackenzie, isso não tem nada a ver com culpa. A culpa jamais vai ajudá-lo a encontrar a liberdade em mim. O máximo de que ela é capaz é fazer você se esforçar mais para se ajustar a alguma ética exterior. Eu me importo com o interior.

– Mas o que você disse... Quero dizer, sobre se esconder atrás de mentiras. Acho que fiz isso, de um modo ou de outro, durante a maior parte da vida.

– Querido, você é um sobrevivente. Não há vergonha nisso. Seu pai machucou você de um modo feroz. A vida machucou você. As mentiras são um dos lugares mais fáceis para onde os sobreviventes correm. Elas dão um sentimento de segurança, um lugar onde você só precisa contar consigo mesmo. Mas é um lugar escuro, não é?

– Demais – murmurou Mack balançando a cabeça.

– Mas você está disposto a abrir mão do poder e da segurança que esse lugar lhe promete? Esta é a questão.

– Como assim? – perguntou Mack olhando-a.

– As mentiras são uma pequena fortaleza onde você pode se sentir seguro e poderoso. Dentro de sua pequena fortaleza de mentiras você tenta governar sua vida e manipular os outros. Mas a fortaleza precisa de muros, por isso você constrói alguns. Os muros são as justificativas para suas mentiras. Você sabe, como se estivesse fazendo isso para proteger alguém que você ama ou para impedir que essa pessoa sinta dor. Qualquer coisa que funcione para que você se sinta bem com as mentiras.

– Mas o motivo pelo qual não contei a Nan sobre o bilhete foi porque isso iria lhe causar muita dor.

– Está vendo, Mackenzie, como você precisa se justificar? O que você disse é uma mentira descarada, mas você não consegue ver. – Ela se inclinou para a frente. – Quer que eu lhe diga qual é a verdade?

Mack sabia que Papai estava indo fundo, mas ainda assim sentiu alívio e ficou tentado a quase rir alto. Estava à vontade.

– Nã-ã-ão – respondeu lentamente e deu um risinho para ela. – Mas vá em frente, de qualquer modo.

Ela sorriu de volta, depois ficou séria.

– A verdade, Mack, é que o motivo real para você ter mentido a Nan não foi para evitar que ela sofresse. O verdadeiro motivo foi que você estava com medo de enfrentar as emoções que poderiam surgir, tanto as dela quanto as suas. As emoções o amedrontam, Mack. Você mentiu para se proteger e não para protegê-la!

Ele se recostou. Papai estava absolutamente certa.

– E, além disso – continuou ela –, uma mentira dessas é desamor. Tendo como justificativa o fato de se importar com Nan, sua mentira prejudicou seu relacionamento com ela e o relacionamento dela comigo. Se você tivesse contado, talvez ela estivesse conosco aqui, agora.

As palavras de Papai acertaram Mack como um soco no estômago.

– Você queria que ela viesse também?

– Isso seria uma decisão sua e dela, se ela tivesse tido a chance de tomá-la. O ponto, Mack, é que você não sabe o que teria acontecido porque estava ocupado demais tentando proteger a Nan.

De novo ele estava afundando na culpa.

– Então o que faço agora?

– Conte a ela, Mackenzie. Enfrente o medo de sair do escuro e conte a ela, peça perdão e deixe que o perdão dela o cure. Peça que ela reze por você, Mack. Assuma os riscos da honestidade. Quando fizer outra besteira, peça perdão de novo. É um processo, querido, e a vida é suficientemente real sem precisar ser obscurecida por mentiras. E, lembre-se, eu sou maior do que as suas mentiras. Posso agir para além delas. Mas isso não as torna certas nem impede o dano que elas causam ou a dor que provocam nos outros.

– E se ela não me perdoar? – Mack sabia que esse era um medo muito profundo com o qual convivia. Era mais seguro continuar lançando novas mentiras na pilha crescente das velhas.

– Ah, esse é o risco da fé, Mack. A fé não cresce na casa da certeza. Não estou aqui para lhe dizer que Nan vai perdoá-lo. Talvez ela não queira ou não possa, mas minha vida dentro de você vai tomar conta do risco e da incerteza para transformá-lo. Por meio de suas escolhas, você passará a ser um contador de verdades e esse será um milagre muito maior do que ressuscitar os mortos.

Mack se recostou e deixou que as palavras dela assentassem.

– Por favor, perdoe-me – disse finalmente.

– Já fiz isso há muito tempo, Mack. Se não acredita, pergunte a Jesus. Ele estava lá.

Mack tomou um gole de café, surpreso ao descobrir que a bebida continuava quente.

– Mas eu me esforcei tremendamente para trancar você do lado de fora da minha vida.

– As pessoas são persistentes quando se trata de garantir sua independência imaginária. Elas acumulam e guardam a doença como se fosse um bem precioso. Encontram sua identidade e seu valor na mutilação e os guardam com cada grama de força que possuem. Não é de espantar que a graça seja tão pouco atraente. Nesse sentido você tentou trancar a porta do seu coração por dentro.

– Mas não consegui.

– Porque meu amor é muito maior do que sua estupidez – disse Papai, com uma piscadela. – Eu usei suas escolhas para atingir meus propósitos. Há muitas pessoas como você, Mackenzie, que terminam se trancando num lugar muito pequeno com um monstro que acabará traindo-as, que não as preencherá nem lhes dará o que elas imaginavam. Quando ficam prisioneiras de um terror desses, têm de novo a oportunidade de retornar para mim. O tesouro em que elas confiavam irá se tornar seu desastre.

– Então você usa a dor para forçar as pessoas a voltar? – Era óbvio que Mack não aprovava isso.

Papai se inclinou e tocou gentilmente a mão de Mack.

– Querido, eu também o perdoei por pensar que eu poderia ser assim. Entendo como é difícil para você começar a perceber, quanto mais imaginar, *o que* são o verdadeiro amor e a bondade. Porque você está tão perdido em suas percepções da realidade e ao mesmo tempo tão seguro de seus julgamentos. O amor verdadeiro nunca força. – Ela apertou a mão dele e se recostou na cadeira.

– Mas, se eu entendi o que está dizendo, as conseqüências de nosso egoísmo fazem parte do processo que nos leva ao fim de nossas ilusões e nos ajuda a encontrar você. É por isso que você não impede as coisas ruins que nos acontecem? Por isso não me avisou que Missy estava correndo perigo nem nos ajudou a encontrá-la? – O tom de acusação estava ausente da voz de Mack.

– Se ao menos fosse tão simples, Mackenzie! Ninguém sabe de que horrores eu salvei o mundo, porque as pessoas não podem ver as coisas que jamais aconteceram. Todo o mal decorre da independência e a independência foi a escolha que vocês fizeram. Se fosse simples anular todas as escolhas de independência, o mundo que você conhece deixaria de existir e o amor não teria significado. O mundo não é um playground onde eu mantenho todos os meus filhos livres do mal. O mal é o caos, mas não terá a palavra final. Agora ele toca todos que eu amo, os que me seguem e os que não me seguem. Se eu eliminar as conseqüências das escolhas das pessoas, destruo a possibilidade do amor. O amor forçado não é amor.

Mack passou as mãos pelos cabelos e suspirou.

– É simplesmente muito difícil de entender.

– Querido, deixe-me dizer um dos motivos pelos quais isso é tão difícil de entender. É porque você tem uma visão muito pequena do que significa ser humano. Você e a Criação são incríveis, quer você entenda ou não. Vocês são absolutamente maravilhosos. Só porque fazem escolhas horrendas e destrutivas, isso não significa que mereçam menos respeito pelo que são por essência: o auge da minha Criação e o centro do meu afeto.

– Mas... – começou Mack.

– Além disso – interrompeu ela –, não se esqueça de que no meio de toda a sua dor e da sua mágoa você está rodeado por beleza, pela maravilha da Criação, pela arte, pela música, pela cultura, pelos sons de riso e amor, de esperanças sussurradas e de celebrações, de vida nova e de transformações, de reconciliação e perdão. Essas coisas também são resultado de suas escolhas e toda escolha é importante, mesmo as ocultas. Então, que escolhas não deveriam ter sido feitas, Mackenzie? Será que eu nunca deveria ter criado? Será que Adão deveria ter sido impedido antes de escolher a independência? Que tal a escolha de ter outra filha, ou a escolha de seu pai de espancar o filho? Você exige sua independência, mas depois reclama por eu amá-lo o bastante para responder ao seu pedido.

Mack sorriu.

– Já ouvi isso antes.

Papai sorriu de volta e pegou um pedaço de bolo.

– Eu disse que Sophia mexeu com você. Mackenzie, meus propósitos não existem para o meu conforto nem para o seu. Meus propósitos são sempre e somente uma expressão de amor. Eu me proponho a trabalhar a vida a partir da morte, a trazer a liberdade de dentro do que está partido, a transformar a escuridão em luz. O que você vê como caos, eu vejo como desdobramento. Todas as coisas devem se desdobrar, ainda que isso ponha todos os que eu amo no meio de um mundo de tragédias horríveis, mesmo os que são mais próximos de mim.

– Está falando de Jesus, não é? – perguntou Mack baixinho.

– É, eu adoro aquele garoto. – Papai afastou o olhar e balançou a cabeça. – Tudo tem a ver com ele, você sabe. Um dia vocês vão entender do que ele abriu mão. Simplesmente não existem palavras.

Mack podia sentir as emoções crescendo. Algo o tocou profundamente ao ouvir Papai falar do filho. Hesitou antes de perguntar, mas finalmente rompeu o silêncio:

– Papai, pode me ajudar a entender uma coisa? O que exatamente Jesus realizou ao morrer?

Ela ainda estava olhando para a floresta.

– Ah – e balançou a mão. – Não muita coisa. Apenas a essência de tudo que o amor se propunha desde antes dos alicerces da Criação – declarou Papai em tom casual. Depois se virou e sorriu.

– Uau, isso é amplo demais. Pode diminuir só um pouquinho? – perguntou Mack, achando-se ousado assim que as palavras saíram de sua boca.

Em vez de ficar chateado, Papai sorriu para ele.

– Nossa, você está ficando metidinho! A gente dá a mão e eles logo querem o braço.

Mack devolveu o sorriso, mas não disse nada.

– Como falei, tudo tem a ver com ele. A Criação e a história têm tudo a ver com Jesus. Ele é o centro de nosso propósito e nele agora somos totalmente humanos, de modo que o nosso propósito e o destino de vocês estão ligados para sempre. Não existe qualquer outro plano.

– Parece bem arriscado – comentou Mack.

– Talvez para vocês, mas não para mim. Nunca houve dúvida de que conseguirei o que eu desejava desde o início. – Papai se inclinou e cruzou os braços sobre a mesa. – Querido, você perguntou o que Jesus realizou na cruz. Então agora me ouça com cuidado: a morte dele e sua ressurreição foram a razão pela qual eu agora estou totalmente reconciliado com o mundo.

– Com o mundo inteiro? Quer dizer, com os que acreditam em você, não é?

– Com o mundo inteiro, Mack. Estou dizendo que a reconciliação é uma rua de mão dupla e eu fiz a minha parte, totalmente, completamente, definitivamente. Não é da natureza do amor forçar um relacionamento, mas é da natureza do amor abrir o caminho.

Após dizer isso, Papai levantou-se e pegou alguns pratos para levar para a cozinha.

Mack balançou a cabeça e ergueu os olhos.

– Então eu realmente não entendo o que é reconciliação e realmente morro de medo de emoções. É isso?

Papai não respondeu imediatamente, mas balançou a cabeça. Mack a ouviu resmungar e murmurar, como se falasse com ela mesma:

– Homens! Algumas vezes são tão idiotas!

Ele não podia acreditar.

– Ouvi Deus me chamar de idiota? – gritou pela porta de tela.

Viu-a dar de ombros antes de desaparecer na virada do corredor. Depois ela gritou em sua direção:

– Se a carapuça serve, querido. Sim senhor, se a carapuça serve...

Mack riu e se recostou na cadeira. Sentia-se exausto. O tanque do cérebro estava mais do que cheio, assim como o estômago. Levou o resto dos pratos para a cozinha, depositou-os na bancada, deu um beijo no rosto de Papai e foi para a porta dos fundos.

14

VERBOS E OUTRAS LIBERDADES

Deus é um Verbo.

– Buckminster Fuller

Mack saiu para o sol do meio da tarde. Sentia uma mistura estranha, como se estivesse ao mesmo tempo torcido como um trapo e plenamente vivo. Que dia incrível tinha sido aquele e ainda estavam no meio da tarde! Por um momento ficou indeciso, antes de ir até o lago. Quando viu as canoas amarradas ao cais, sentiu uma certa resistência, mas a idéia de entrar numa e passear pelo lago o energizou pela primeira vez em anos.

Desamarrando a última, na extremidade do cais, entrou cautelosamente e começou a remar para o outro lado. Nas duas horas seguintes circulou pelo lago, explorando recantos e fendas. Encontrou dois rios e alguns córregos que, vindo de cima, alimentavam o lago e a seguir o esvaziavam na direção das bacias inferiores. Descobriu um lugar perfeito para ficar à deriva olhando a cachoeira. Flores alpinas brotavam em toda parte, acrescentando manchas de cor à paisagem. Era o sentimento de paz mais intenso e consistente que Mack experimentava havia uma enormidade de tempo – se é que jamais havia experimentado.

Chegou a cantar algumas músicas só porque teve vontade. Cantar também era algo que não fazia há muito tempo. Recuou ao passado e começou a cantarolar a musiquinha ingênua que costumava cantar para Kate: "K-K-K-Katie... linda Katie, você é a única que eu adoro..."

Balançou a cabeça ao pensar na filha, tão forte e tão frágil. Imaginou qual seria o modo de alcançar o coração dela. Não se surpreendia mais com a facilidade com que as lágrimas chegavam aos seus olhos.

Num determinado ponto virou-se para olhar os redemoinhos feitos pelo remo e quando se virou de novo Sarayu estava sentada na proa, olhando-o. Aquela presença súbita o fez dar um pulo.

– Nossa! – exclamou ele. – Você me assustou.

– Desculpe, Mackenzie, mas o jantar está quase pronto e é hora de voltar para a cabana.

– Você estava comigo o tempo todo? – perguntou Mack, consciente do jorro de adrenalina.

– Claro. Sempre estou com você.

– Então por que não percebi? Ultimamente consigo saber quando você está por perto.

– O fato de você saber ou não saber não tem nada a ver com o fato de eu estar aqui. Sempre estou com você. Algumas vezes quero que não perceba especialmente a minha presença.

Mack assentiu, entendendo, e virou a canoa para a margem distante onde ficava a cabana. A presença dela provocava um arrepio na coluna. Os dois sorriram simultaneamente.

– Sempre poderei ver ou ouvir você como agora, mesmo quando estiver de volta em casa?

Sarayu sorriu.

– Mackenzie, você sempre pode falar comigo e eu sempre estarei com você, quer sinta minha presença ou não.

– Agora sei disso, mas vou escutar você?

– Vai aprender a ouvir meus pensamentos nos seus, Mackenzie – ela garantiu.

– Vai ser claro? E se eu confundir você com outra voz? E se eu errar?

Sarayu riu e o som parecia o de água cascateando, como se fosse música.

– Claro que você vai errar. Todo mundo erra, mas vai começar a reconhecer melhor minha voz à medida que nosso relacionamento for crescendo.

– Não quero errar – resmungou Mack.

– Ah, Mackenzie, os erros fazem parte da vida e Papai trabalha seus propósitos neles também. – Sarayu estava achando divertido e Mack não pôde evitar um sorriso. Dava para entender muito bem o que ela dizia.

– Isso é muito diferente de tudo que eu conhecia, Sarayu. Não me entenda mal, adoro o que vocês me deram neste fim de semana. Mas não faço idéia de como voltar à minha vida normal. Tenho a sensação de que era mais fácil viver com Deus quando eu pensava Nele como o mestre exigente ou mesmo quando eu tinha que conviver com a solidão da *Grande Tristeza*.

– Você acha? De verdade?

– Pelo menos dava a impressão de que as coisas estavam sob controle.

– *Dava a impressão* é o termo certo. O que você ganhou com isso? A *Grande Tristeza* e uma dor insuportável, uma dor que se derramava até mesmo sobre as pessoas de quem você mais gosta.

– Segundo Papai, isso é porque eu tenho medo de emoções.

Sarayu riu alto.

– Achei aquela conversinha hilariante.

– Eu tenho medo de emoções – admitiu Mack, meio perturbado porque ela parecia não dar importância. – Não gosto da sensação que elas produzem. Magoei outros por causa das minhas emoções e não consigo confiar nelas. Vocês criaram todas, ou só as boas?

– Mackenzie. – Sarayu pareceu se erguer no ar. Ainda era difícil olhar diretamente para ela, mas com o sol do fim da tarde se refletindo na água ficava ainda pior. – As emoções são as cores da alma. São espetaculares e incríveis. Quando você não sente, o mundo fica opaco e sem cor. Pense em como a *Grande Tristeza* reduziu a gama de cores na sua vida para matizes monótonos, cinza e pretos.

– Então me ajude a entendê-las – implorou Mack.

– Na verdade, não há muito o que entender. As emoções simplesmente são. Nem boas nem ruins, apenas existem. Eis algo que vai ajudá-lo a entender melhor, Mackenzie. *Os paradigmas dão força às percepções e as percepções dão força às emoções.* Não se assuste, vou explicar. A maioria das emoções são reações àquilo que você percebe: o que acha verdadeiro numa determinada situação. Se sua percepção for falsa, sua reação emocional a ela também será falsa. Então verifique suas percepções e além disso verifique a verdade de seus paradigmas, dos seus padrões, daquilo em que você acredita. Só porque você acredita firmemente numa coisa não significa que ela seja verdadeira. Disponha-se a reexaminar aquilo em que acredita. Quanto mais você viver na verdade, mais suas emoções irão ajudá-lo a ver com clareza. Mas, mesmo então, não confie mais nelas do que em mim.

Mack deixou o remo girar nas mãos, permitindo que ele seguisse os movimentos da água.

— Tenho a impressão de que viver a partir do relacionamento com você, confiando e falando com você, é bem mais complicado do que simplesmente seguir as regras.

— Que regras são essas, Mackenzie?

— Você sabe, todas as coisas que as Escrituras dizem que devemos fazer.

— Certo... – disse ela com alguma hesitação. – E quais são elas?

— Você sabe – respondeu ele com um certo sarcasmo. – Fazer o bem e evitar o mal, ser caridoso com os pobres, ler a Bíblia, rezar e ir à igreja. Coisas assim.

— Sei. E como isso funciona para você?

Ele riu.

— Bom, nunca fiz nada disso muito bem. Tenho momentos melhores, mas sempre há algo com que estou lutando ou algo que me faz sentir culpado. Acabei de pensar que precisava me esforçar mais, porém acho difícil manter essa motivação.

— Mackenzie! – Seu tom era de censura, as palavras voando com afeto. – A Bíblia não lhe diz para seguir regras. Ela é uma imagem de Jesus. Ainda que as palavras possam lhe dizer como Deus é e o que Ele pode querer de você, é impossível fazer isso sozinho. A vida está *Nele* e em mais ninguém. Minha nossa, será possível que você se ache capaz de viver a retidão de Deus sozinho?

— Bom, acho que sim, mais ou menos... – disse ele sem graça. – Mas você tem de admitir que as regras e os princípios são mais simples do que os relacionamentos.

– É verdade que os relacionamentos são muito mais complicados do que as regras, mas as regras nunca vão lhe dar as respostas para as questões profundas do coração. E nunca irão amar você.

Mergulhando a mão na água, ele brincou, vendo a repercussão de seus movimentos.

– Estou percebendo como tenho poucas respostas... para qualquer coisa. Você me virou de cabeça para baixo e pelo avesso, ou sei lá o quê.

– Mackenzie, a religião tem a ver com respostas certas e algumas dessas respostas são de fato certas. Mas eu tenho a ver com o processo que leva você à *resposta viva*, e só ele é capaz de mudá-lo por dentro. Há muitas pessoas inteligentes que dizem um monte de coisas certas a partir do cérebro porque aprenderam com alguém quais são as respostas certas. Mas essas pessoas não me conhecem. Assim, na verdade, como as respostas delas podem ser certas, mesmo que estejam certas? – Ela sorriu. – Ficou confuso? Mas pode ter certeza: mesmo que possam estar certas, elas estão erradas.

– Entendo o que você está dizendo. Eu fiz isso durante anos, depois da escola dominical. Tinha as respostas certas algumas vezes, mas não conhecia vocês. Este fim de semana, compartilhando a vida com vocês, foi muito mais esclarecedor do que todas aquelas respostas.

Continuaram a se mover preguiçosamente na água.

– Então verei você de novo? – perguntou ele, hesitando.

– Claro. Você pode me ver numa obra de arte, na música, no silêncio, nas pessoas, na Criação, mesmo na sua alegria e na sua tristeza. Minha capacidade de me comunicar é ilimitada, vivendo e transformando, e tudo isso sempre estará sintonizado com a bondade e o amor de Papai. E você irá me ouvir e me ver na Bíblia de modos novos. Simplesmente não procure regras e princípios. Procure o relacionamento: um modo de estar conosco.

– Mesmo assim não será o mesmo do que ter você na proa do meu barco.

– Não, mas será muito melhor do que você pode imaginar, Mackenzie. E, quando você finalmente dormir neste mundo, teremos uma eternidade juntos, face a face.

E então ela sumiu. Apesar de ele saber que não havia sumido de verdade.

– Então, por favor, ajude-me a viver na verdade – disse Mack em voz alta. "Talvez isso seja uma oração", pensou.

ᘓᘔ

Quando entrou no chalé, Mack viu que Jesus e Sarayu já estavam lá, sentados em volta da mesa. Papai estava ocupada como sempre, trazendo pratos de comidas com cheiros maravilhosos. Era evidente a ausência de qualquer verdura. Mack foi para o banheiro se lavar e quando retornou os outros três já haviam começado a comer. Puxou a quarta cadeira e sentou-se.

– Vocês realmente não precisam comer, não é? – perguntou, enquanto começava a colocar em sua tigela algo que parecia uma fina sopa de frutos do mar, com lulas, peixes e outras iguarias indefinidas.

– Não precisamos fazer nada – declarou Papai com certa ênfase.

– Então por que comem?

– Para estar com você, querido. Você precisa comer. Então, que desculpa melhor para ficarmos juntos?

– De qualquer modo, todos nós gostamos de cozinhar – acrescentou Jesus. – E eu gosto um bocado de comida. Nada como uns deliciosos pratos salgados para deixar felizes as papilas gustativas. Acompanhe isso com um pudim de caramelo ou um tiramisu e chá quente. Humm! Nada pode ser melhor.

Todos riram, depois voltaram a passar os pratos e a se servir. Enquanto comia, Mack ouvia a conversa animada entre os três. Falavam e riam como velhos amigos que se gostavam e se conheciam mais intimamente do que qualquer outro ser humano. Mack sentia inveja da conversa despreocupada mas respeitosa e se perguntou o que seria necessário para compartilhar isso com Nan e talvez até com alguns amigos.

De novo ficou pasmo com a maravilha e o puro absurdo do momento. Voltavam-lhe à mente as conversas incríveis que o haviam envolvido nas 24 horas anteriores. Uau! Só estivera ali por um dia? E o que deveria fazer com isso quando voltasse para casa? Sabia que contaria tudo a Nan. Ela podia não acreditar e Mack não iria culpá-la, pois ele provavelmente também não acreditaria.

À medida que sua mente ia acelerando, ele sentiu que se afastava dos outros e fechou os olhos. Nada disso podia ser real. De repente houve um silêncio de morte. Abriu devagar um dos olhos, esperando acordar de novo em casa. Em vez disso, Papai, Jesus e Sarayu o estavam encarando com sorrisos no rosto. Ele nem tentou se explicar. Sabia que eles sabiam.

Em vez disso, apontou para um dos pratos e perguntou:

– Posso experimentar um pouco disso?

As interações foram retomadas e dessa vez ele escutou. Mas de novo sentiu que ia se afastando. Para reagir, decidiu fazer uma pergunta.

– Por que vocês nos amam, os humanos? Eu acho... – Percebeu que não havia formulado bem a pergunta. – Acho que o que eu quero perguntar é: por que vocês me amam, quando não tenho nada para lhes oferecer?

– Pense um pouco nisso, Mack – respondeu Jesus. – Você não experimenta uma forte sensação de liberdade ao saber que não pode nos oferecer nada, pelo menos nada capaz de acrescentar ou diminuir o que somos? Isso deve trazer um grande alívio, porque elimina qualquer exigência de comportamento.

– E você ama mais os seus filhos quando eles se comportam bem? – acrescentou Papai.

– Não. Estou entendendo. – Mack fez uma pausa. – Mas eu me sinto mais realizado porque eles estão na minha vida. E vocês?

– Não – respondeu Papai. – Já somos totalmente realizados em nós mesmos. Vocês estão destinados a viver em comunhão também, já que são feitos à nossa imagem. Assim, sentir isso por seus filhos ou por qualquer coisa que "acrescente" é perfeitamente natural e certo. Lembre-se, Mackenzie, que por natureza eu não sou um ser humano, apesar de termos escolhido estar com você neste fim de semana. Sou verdadeiramente humano em Jesus, mas sou algo totalmente separado em minha natureza.

– Você sabe, claro que sabe – disse Mack em tom de desculpa –, que eu só posso seguir essa linha de raciocínio até um determinado ponto e depois me perco e meu cérebro parece derreter.

– Entendo – admitiu Papai. – É impossível compreender com a mente algo que você não pode experimentar.

Mack pensou nisso por um momento.

– Acho que sim... Pois é... Está vendo? Está derretendo.

Quando os outros pararam de rir, Mack prosseguiu:

– Vocês sabem como me sinto grato por tudo, mas jogaram coisas demais no meu colo neste fim de semana. O que faço quando voltar? Qual é sua expectativa com relação a mim, agora?

Jesus e Papai se viraram para Sarayu, que estava com o garfo cheio de alguma coisa a caminho da boca. Ela pousou-o lentamente de volta no prato e depois respondeu à expressão confusa de Mack.

– Mack – começou ela –, você deve perdoar esses dois. Os humanos têm uma tendência a estruturar a linguagem de acordo com sua independência e com sua necessidade de comportamento. Assim, quando ouço a linguagem sofrer abusos em favor das regras e não ser usada para compartilhar a vida conosco, é difícil permanecer em silêncio.

– Como deve ser – acrescentou Papai.

– Então o que foi exatamente que eu disse? – perguntou Mack, agora bastante curioso.

– Mack, vá em frente e termine de mastigar. Nós podemos conversar enquanto você come.

Mack percebeu que também estava com o garfo a caminho da boca. Mastigou agradecido o bocado enquanto Sarayu começava a falar. À medida que fazia isso, ela pareceu se alçar da cadeira e tremeluzir com uma dança de tons e cores sutis, enchendo suavemente a sala com uma variedade de aromas.

– Deixe-me responder com uma pergunta. Por que você acha que nós criamos os Dez Mandamentos?

De novo Mack estava com o garfo a meio caminho da boca, mas mesmo assim mastigou o bocado enquanto pensava na resposta.

– Acho, pelo menos foi o que me ensinaram, que é um conjunto de regras que vocês esperavam que os humanos obedecessem para viver com retidão e em estado de graça perante vocês.

– Se isso fosse verdade, e não é – respondeu Sarayu –, quantos você acha que viveram com retidão suficiente para entrar em nossas boas graças?

— Não muitos, se as pessoas são como eu.

— Na verdade, só um conseguiu: Jesus. Ele obedeceu a letra da lei e realizou completamente o espírito dela. Mas entenda, Mackenzie: para fazer isso, ele teve de confiar totalmente em mim e depender totalmente de mim.

— Então por que vocês nos deram esses mandamentos?

— Na verdade, queríamos que vocês desistissem de tentar ser justos sozinhos. Era um espelho para revelar como o rosto fica imundo quando se vive com independência.

— Mas tenho certeza de que vocês sabem que há muitos que acham que se tornam justos seguindo as regras.

— Mas é possível limpar o rosto com o mesmo espelho que mostra como você está sujo? Não há misericórdia nem graça nas regras, nem mesmo para um erro. Por isso Jesus realizou todas elas por vocês, para que elas não tivessem mais poder sobre vocês.

Agora ela estava com força total, as feições crescendo e movendo-se.

— Mas tenha em mente que, se você viver sua vida sozinho e de forma independente, a promessa é vazia. Jesus afastou a exigência da lei. Ela não tem mais poder de acusar ou comandar. Jesus é a promessa e o cumprimento.

— Está dizendo que não preciso seguir as regras? — Agora Mack havia parado completamente de comer e estava concentrado na conversa.

— Sim. Em Jesus você não está sob nenhuma lei. Todas as coisas são legítimas.

— Não pode estar falando sério! — gemeu Mack.

— Criança — interrompeu Papai —, você ainda não ouviu nada.

— Mackenzie — continuou Sarayu —, só têm medo da liberdade os que não podem confiar que nós vivemos neles. Tentar manter a lei é na verdade uma declaração de independência, um modo de manter o controle.

— É por isso que gostamos tanto da lei? Para nos dar algum controle? — perguntou Mack.

— É muito pior do que isso — retomou Sarayu. — Ela dá o poder de julgar os outros e de se sentir superior a eles. Vocês acreditam que estão vivendo num padrão mais elevado do que aqueles a quem vocês julgam. Aplicar regras, sobretudo em suas expressões mais sutis, como responsabilidade e expectativa, é uma tentativa inútil de criar a certeza a partir da incerteza. E, ao contrário do que você possa pensar, eu gosto demais da incerteza. As regras não podem trazer a liberdade. Elas só têm o poder de acusar.

– Uau! – De repente Mack percebeu o que Sarayu havia dito. – Está dizendo que a responsabilidade e a expectativa são apenas outra forma de regras? Ouvi direito?

– É – exclamou Papai de novo. – Agora chegamos ao ponto: Sarayu, ele é todo seu!

Mack procurou concentrar-se em Sarayu, o que não era uma tarefa simples.

Sarayu sorriu para Papai e de novo para Mack. Começou a falar lenta e decididamente:

– Mackenzie, eu sempre prefiro um verbo a um substantivo.

Parou e esperou. Mack não tinha muita certeza de ter entendido.

– Hein?

– Eu – ela abriu as mãos para incluir Jesus e Papai – sou um verbo. Sou o que sou. Serei o que serei. Sou um verbo! Sou viva, dinâmica, sempre ativa e em movimento. Sou um ser-verbo.

Mack tinha uma expressão vazia no rosto. Entendia as palavras, mas ainda não achava o sentido.

– E, como minha essência é um verbo – continuou ela –, sou mais ligada a verbos do que a substantivos. Verbos como confessar, arrepender-se, viver, amar, responder, crescer, colher, mudar, semear, correr, dançar, cantar e assim por diante. Os humanos, por outro lado, gostam de pegar um verbo vivo e cheio de graça e transformá-lo num substantivo ou num princípio morto que fede a regras. Os substantivos existem porque existe um universo criado e uma realidade física, mas, se o universo for apenas uma massa de substantivos, ele está morto. A não ser "eu sou", não existem verbos e os verbos são o que torna o universo vivo.

– E... – Mack ainda estava lutando, mas pareceu que um brilho de luz começava a iluminar seu pensamento. – E isso significa exatamente o quê?

Sarayu pareceu não se perturbar com sua falta de entendimento.

– Para que alguma coisa se mova da morte para a vida, você precisa colocar algo vivo e móvel na mistura. Passar de uma coisa que é apenas um substantivo para algo dinâmico e imprevisível, para algo vivo e no tempo presente – um verbo –, é mover-se da lei para a graça. Posso dar alguns exemplos?

– Por favor. Sou todo ouvidos.

Jesus deu um risinho e Mack piscou para ele antes de se voltar para Sarayu. A sombra levíssima de um sorriso atravessou o rosto dela enquanto retomava:

– Então vamos usar suas duas palavras: responsabilidade e expectativa. Antes que suas palavras se tornassem substantivos, eram nomes que continham movimento e experiência: a capacidade de reagir e a prontidão. Minhas palavras são vivas e dinâmicas, cheias de vida e possibilidades. As suas são mortas, cheias de leis, medo e julgamento. Por isso você não encontrará a palavra responsabilidade nas Escrituras.

– Minha nossa! – Mack franziu a testa, começando a perceber aonde isso ia dar. – Por outro lado, nós a usamos um bocado.

Ela continuou:

– A religião usa a lei para ganhar força e controlar as pessoas de que precisa para sobreviver. Eu, ao contrário, dou a capacidade de reagir e sua reação é estar livre para amar e servir em todas as situações. Por isso, cada momento é diferente, único e maravilhoso. Como sou sua capacidade de reagir livremente, tenho de estar presente em vocês. Se eu simplesmente lhes desse uma *responsabilidade*, não teria de estar com vocês. A responsabilidade seria uma tarefa a realizar, uma obrigação a cumprir, algo para vencer ou fracassar.

– Minha nossa, minha nossa – disse Mack outra vez, sem muito entusiasmo.

– Usemos o exemplo da amizade e veremos que remover o elemento de vida de um substantivo pode alterar um relacionamento. Mack, se você e eu somos amigos, há uma prontidão dentro de nosso relacionamento. Quando nos vemos ou quando estamos separados, há a prontidão de estarmos juntos, de rirmos e falarmos. Essa prontidão não tem definição concreta: é viva, dinâmica, e tudo que emerge do fato de estarmos juntos é um dom único que não é compartilhado por mais ninguém. Mas o que acontece se eu mudar "prontidão" por "expectativa", verbalizada ou não? Subitamente a lei entra no nosso relacionamento. Agora você *espera* que eu aja de um modo que atenda às suas expectativas. Nossa amizade viva se deteriora rapidamente e se torna uma coisa morta, com regras e exigências. Não tem mais a ver com nós dois, mas com o que os amigos *devem* fazer ou com as responsabilidades de um bom amigo.

– Ou – observou Mack – com as responsabilidades de marido, de pai, empregado ou qualquer outra coisa. Entendi. Prefiro viver na prontidão.

– Eu também – disse Sarayu.

– Mas – argumentou Mack –, se não tivéssemos expectativas e responsabilidades, tudo não iria simplesmente desmoronar?

– Só se você fizer parte do mundo fora de mim, regido pela lei. As responsabilidades e as expectativas são a base para a culpa, a vergonha e o julgamento. Elas fornecem a estrutura que faz do comportamento a base para a identidade e o valor de alguém. Você sabe muito bem como é não atender às expectativas de alguém.

– Sei mesmo! – murmurou Mack. – É uma idéia que me traz tristes lembranças. – Parou brevemente, com um novo pensamento relampejando. – Você está dizendo que não tem expectativas com relação a mim?

Agora Papai falou:

– Querido, eu nunca tive expectativas com relação a você nem a ninguém. A idéia por trás disso exige que alguém não saiba o futuro ou o resultado e esteja tentando controlar o comportamento do outro para chegar ao resultado desejado. Os humanos tentam esse controle principalmente por meio das expectativas. Eu o conheço e sei tudo sobre você. Por que teria uma expectativa diferente daquilo que já sei? Seria idiotice. E, além disso, como não a tenho, vocês nunca me desapontam.

– O quê? Você nunca ficou desapontado comigo? – Mack estava se esforçando bastante para digerir isso.

– Nunca! – declarou Papai enfaticamente. – O que tenho é uma prontidão constante e viva no nosso relacionamento e lhe dou a capacidade de reagir a qualquer situação e circunstância em que você se encontrar. Se passar a contar com expectativas e responsabilidades, você não me conhece nem confia em mim.

– E pela mesma razão – exclamou Jesus – você vive no medo.

– Mas... – Mack não estava convencido. – Mas você não quer que a gente estabeleça prioridades? Você sabe: Deus primeiro, depois sei lá o quê, seguido por mais não sei o quê?

– O problema de viver segundo prioridades – disse Sarayu – é que se vê tudo como uma hierarquia, uma pirâmide, e você e eu já falamos sobre isso. Se você puser Deus no topo, o que isso realmente significa? Quanto tempo você me dá antes de poder cuidar do resto do seu dia, da parte que lhe interessa muitíssimo mais?

Papai interrompeu de novo.

– Veja bem, Mackenzie, eu não quero simplesmente um pedaço de você e da sua vida. Mesmo que você pudesse, e não pode, me dar o pedaço maior, não é isso que eu quero. Quero você inteiro e todas as partes de você e de seu dia.

Agora Jesus falou de novo.

– Mack, não quero ser o primeiro numa lista de valores. Quero estar no centro de tudo. Quando vivo em você, podemos viver juntos tudo que acontece com você. Em vez de uma pirâmide, quero ser como o centro de um móbile, onde tudo em sua vida – seus amigos, sua família, seu trabalho, os pensamentos, as atividades – esteja ligado a mim, mas se movimente ao vento, para dentro e para fora, para trás e para a frente, numa incrível dança do ser.

– E eu – concluiu Sarayu – sou o vento. – Ela deu um sorriso enorme e fez uma reverência.

Houve silêncio enquanto Mack procurava se controlar. Estivera segurando a borda da mesa com as duas mãos, como se quisesse agarrar algo tangível diante daquele tiroteio de idéias e imagens.

– Bom, chega disso – declarou Papai, levantando-se da cadeira. – É hora de diversão! Vocês vão em frente enquanto eu tiro as coisas que podem estragar. Cuido dos pratos mais tarde.

– E as orações? – perguntou Mack.

– Nada é um ritual, Mack – disse Papai, pegando alguns pratos de comida. – Portanto, esta noite vamos fazer uma coisa diferente. Você vai gostar!

Enquanto se levantava e se virava para acompanhar Jesus até a porta dos fundos, Mack sentiu uma mão no ombro e virou-se. Sarayu estava parada ali, olhando-o com intensidade.

– Mackenzie, se você me permitir, gostaria de lhe dar um presente para esta noite. Posso tocar seus olhos e curá-los só por esta noite?

Mack ficou surpreso.

– Eu enxergo bastante bem.

– Na verdade – disse Sarayu em tom de desculpa –, você vê muito pouco, embora para um ser humano enxergue bastante bem. Mas só por esta noite eu adoraria que você visse um pouco do que nós vemos.

– Então está bem – concordou Mack. – Por favor, toque meus olhos e até mais, se quiser.

Enquanto Sarayu estendia as mãos para ele, Mack fechou os olhos. O toque dela era como gelo, inesperado e empolgante. Um tremor delicioso o atravessou e Mack ergueu as mãos para segurar as dela junto ao rosto. Não havia nada ali e ele começou lentamente a abrir os olhos.

15

UM FESTIVAL DE AMIGOS

"Você pode dizer adeus a sua família e a seus amigos e afastar-se
milhas e milhas e, ao mesmo tempo, carregá-los em seu coração,
em sua mente, em seu estômago, pois você não apenas vive
no mundo, mas o mundo vive em você."

– Frederick Buechner, *Telling The Truth*

Quando abriu os olhos, Mack teve de protegê-los imediatamente de uma luz muito intensa que o ofuscou. Depois ouviu algo.

– Você vai achar muito difícil olhar diretamente para mim – disse a voz de Sarayu – ou para Papai. Mas, à medida que sua mente se acostumar às mudanças, será mais fácil.

Ele estava parado no mesmo lugar onde fechara os olhos, mas a cabana havia sumido, assim como o cais e a carpintaria. Estava ao ar livre, no topo de uma pequena colina, sob um céu noturno brilhante mas sem lua. Podia ver as estrelas em movimento, tranqüilamente e com precisão, como se houvesse grandes condutores celestiais coordenando seus movimentos.

Ocasionalmente, como se recebendo um comando, cometas e chuvas de meteoros rolavam por entre as estrelas, acrescentando variação à dança. Então Mack viu algumas estrelas crescerem e mudarem de cor. Era como se o tempo tivesse se tornado dinâmico e volátil, juntando-se à imagem celestial aparentemente caótica, mas administrada com precisão.

Ele se virou para Sarayu, que ainda estava ao seu lado. Apesar de ser difícil olhar diretamente para ela, agora podia vislumbrar simetria e cores engastadas em padrões, como se minúsculos diamantes, rubis e safiras tivessem sido costurados numa roupa de luz que se movia primeiro em ondas e depois se espalhava em partículas.

– É tudo incrivelmente lindo! – sussurrou ele.

– É verdade. – A voz de Sarayu vinha da luz. – Agora, Mackenzie, olhe ao redor.

Ele ficou boquiaberto. Mesmo na escuridão da noite, tudo tinha clareza e brilhava com halos de luz em vários tons e cores. Embora a floresta estivesse incendiada de luz e cor, cada árvore e cada folha eram distintamente visíveis. Pássaros criavam uma trilha de fogo colorido ao voarem se perseguindo. À distância, um exército da Criação parecia estar a postos: cervos, ursos, cabritos monteses e alces majestosos desfilavam perto das bordas da floresta, lontras e castores no lago, cada um luzindo com cores chamejantes. Miríades de pequenas criaturas saltavam e voavam por toda parte, cada uma em sua própria glória.

Num jorro de chamas, uma águia-pescadora mergulhou em direção à superfície do lago, mas mudou o curso no último instante e roçou a superfície, com fagulhas caindo como neve nas águas. Atrás dela, uma grande truta vestida de arco-íris rompeu a superfície e mergulhou de volta em meio a um borrifo de cores.

Mack sentiu-se maior do que a vida, como se pudesse estar presente em todas as partes. Dois filhotes de urso brincavam ao pé da mãe e, de onde estava, Mack, sem pensar, estendeu o braço para tocá-los. Recolheu-o de volta, espantado ao perceber que também chamejava. Olhou as mãos maravilhosamente esculpidas e claramente visíveis dentro da cascata de cores de luz que parecia cobri-las como luvas. Examinou o resto do corpo e descobriu que a luz e a cor o envolviam completamente. Uma veste de pureza que o revestia de liberdade e decência.

Também percebeu que não sentia dor, nem mesmo nas juntas geralmente doloridas. Na verdade, nunca havia se sentido tão bem, tão inteiro. Sua cabeça estava límpida e ele respirava profundamente os perfumes da noite e das flores.

Uma alegria delirante e deliciosa cresceu por dentro, e ele flutuou lentamente no ar, retornando suavemente ao chão. "É como se eu voasse em um sonho", pensou.

Então Mack viu as luzes. Pontos em movimento emergiam da floresta, convergindo para a campina abaixo onde ele estava com Sarayu. Agora podia vê-los no alto das montanhas ao redor, aparecendo e desaparecendo enquanto vinham em sua direção seguindo caminhos e trilhas invisíveis.

Chegou à campina um exército de crianças. Não havia velas – elas próprias eram luzes. E, dentro de sua própria luminosidade, cada uma vestia roupas diferentes que Mack imaginou que correspondiam a tribos diversas. Eram as crianças da Terra, os filhos de Papai. Acercaram-se com dignidade e graça silenciosa, rostos cheios de contentamento e paz, as maiores segurando as mãos das menores.

Por um momento Mack se perguntou se Missy estaria ali, mas logo desistiu. Achou que, se estivesse e quisesse ir ao seu encontro, correria para ele. Agora as crianças haviam formado um círculo enorme na campina, deixando um caminho aberto a partir das proximidades de onde Mack estava, bem no centro. Pequenos jorros de fogo e luz, como flashes fotográficos, espocavam lentamente, acendendo-se quando as crianças riam ou sussurravam. Embora Mack não fizesse idéia do que estava acontecendo, elas obviamente sabiam.

Emergindo na clareira atrás delas e formando outro círculo de luzes maiores, apareceram adultos cheios de cores brilhantes, mas discretas.

De repente a atenção de Mack foi atraída por um movimento incomum. Parecia que um dos seres de luz no círculo externo estava tendo alguma dificuldade. Clarões e lanças de cor violeta e marfim saltavam em forma de breves arcos na noite, sendo substituídos por tons de orquídea, ouro e vermelho flamejante, jorros ardentes e luminosos de luz que explodiam indo ao encontro da escuridão ao redor.

Sarayu deu um risinho.

– O que está acontecendo? – sussurrou Mack.

– Há um homem com dificuldade para conter o que está sentindo.

A pessoa que não conseguia se controlar agitava as que estavam próximas. O efeito de ondulação era claramente visível à medida que a luz flamejante se estendia até o círculo de crianças. As mais próximas do instigador pareciam reagir conforme as cores e luzes fluíam delas para ele. As combinações que emergiam eram únicas, diferentes da cor daquele que estava provocando a agitação.

– Ainda não entendo – sussurrou Mack de novo.

– Mackenzie, o padrão de cor e luz é único em cada pessoa; não há dois iguais, nenhum padrão se repete. Aqui podemos *ver* uns aos outros verdadeiramente porque cada personalidade e cada emoção são visíveis como cor e luz.

– Isso é incrível! – exclamou Mackenzie. – Então por que as cores das crianças são principalmente brancas?

– Se você se aproximar, verá que elas têm muitas cores individuais que se fundiram no branco. À medida que elas amadurecerem e crescerem, as cores irão se tornar mais distintas e emergirão tons e matizes únicos.

– Incrível! – foi tudo que Mack conseguiu dizer. Olhou com mais atenção e notou que por trás do círculo de adultos haviam surgido outros, igualmente espaçados, ao redor de todo o perímetro. Eram chamas mais altas, aparentemente soprando com as correntes de ar, e tinham cores semelhantes, de safira e azul-água, com pedacinhos únicos de outras cores engastados em cada um.

– Anjos – respondeu Sarayu antes que Mack pudesse perguntar. – Servidores e guardiões.

– Incrível! – exclamou Mack mais uma vez.

– Há mais, Mackenzie, e isso vai ajudá-lo a entender o problema que aquele indivíduo está tendo. – Ela apontou na direção da agitação que continuava, lançando luzes e cores súbitas e abruptas na direção deles.

– Não somente conseguimos ver a especificidade de cada pessoa em cor e luz como reagimos também usando cor e luz. Essa reação é muito difícil de controlar e geralmente não deve ser contida, como esse homem está tentando. É mais natural deixar que a reação simplesmente se expresse.

– Não entendo – hesitou Mack. – Está dizendo que podemos reagir uns aos outros em cores?

– Sim – Sarayu assentiu. – Cada relacionamento entre duas pessoas é absolutamente único. Por isso você não pode amar duas pessoas da mesma maneira. Simplesmente não é possível. Você ama cada pessoa de modo diferente por ela ser quem ela é e pela especificidade do que ela recebe de você. E quanto mais vocês se conhecem, mais ricas são as cores desse relacionamento.

Mack escutava ao mesmo tempo que olhava o que acontecia à volta. Sarayu continuou:

– Vou dar um exemplo para você entender melhor. Suponha, Mack, que você está com um amigo numa lanchonete. Você está concentrado no companheiro e, se tiver olhos para ver, perceberá que os dois estão envolvidos numa variedade de cores e luzes que marcam não apenas o que cada um é especificamente, mas também a especificidade do relacionamento entre vocês e das emoções que estão experimentando.

– Mas... – Mack começou a perguntar e foi interrompido.

– Mas suponha – continuou Sarayu – que outra pessoa que você ama entre na lanchonete e, embora esteja envolvido pela conversa com o primeiro amigo, você nota a entrada do outro. De novo, se você tivesse olhos para ver a realidade mais ampla, testemunharia que uma combinação única de cor e luz saltaria de você e se enrolaria no que acabou de chegar, representando você em outra forma de amá-lo e recebê-lo. Mais uma coisa, Mackenzie: a especificidade não é somente visual, mas também sensorial. Você pode sentir, cheirar e até mesmo sentir o gosto dela.

– Adoro isso! – exclamou Mack. – Mas, a não ser por aquele lá – apontou na direção das luzes agitadas ao redor do adulto –, por que todos estão calmos? Eu imaginaria que houvesse cor por todo lado. Eles não se conhecem?

– A maioria se conhece muito bem, mas estão aqui para uma comemoração que não tem nada a ver com eles nem com os relacionamentos de uns com os outros, pelo menos não diretamente – explicou Sarayu. – Eles estão esperando.

– O quê?

– Você verá logo – respondeu Sarayu e era óbvio que ela não diria mais nada sobre o assunto.

– Então por que aquele está tendo tanta dificuldade e por que ele parece concentrado em nós?

– Mackenzie – disse Sarayu com gentileza –, ele não está concentrado em nós, está concentrado em você.

– O quê? – Mack ficou pasmo.

– Aquele que tem tanta dificuldade para se conter é o seu pai.

Uma onda de emoções, uma mistura de raiva e anseio varreu Mack. Nesse momento as cores de seu pai explodiram da campina e o envolveram. Ele ficou perdido num jorro de rubi e vermelhão, magenta e violeta, à medida que a luz e a dor faziam um redemoinho ao seu redor e o cobriam. E de algum modo, no meio da tempestade que explodia, ele se viu correndo pela campina para encontrar o pai, correndo para a fonte de cores e emoções. Era um menininho querendo o pai e, pela primeira vez, não teve medo. Estava correndo, sem se importar com coisa alguma além do objeto do desejo de seu coração, e o encontrou. Seu pai estava de joelhos, coberto de luz, lágrimas brilhando como uma cachoeira de diamantes è jóias nas mãos que cobriam o rosto.

– Papai! – gritou Mack e jogou-se para o homem que nem podia olhar o filho.

No uivo de vento e chamas, Mack segurou o rosto do pai com as duas mãos, forçando-o a olhá-lo para que pudesse gaguejar as palavras que sempre quisera dizer: "Papai, desculpe! Papai, eu te amo!"

A luz de suas palavras pareceu explodir, afastando a escuridão das cores do pai, transformando-as em vermelho-sangue. Os dois trocaram palavras soluçantes de confissão e perdão. E um amor maior do que qualquer um dos dois os curou.

Finalmente se levantaram juntos, o pai abraçando o filho como nunca pudera fazer antes. Foi então que Mack notou a onda de uma canção passando sobre os dois, como se penetrasse no lugar sagrado onde ele estava com o pai. Abraçados, incapazes de falar em meio às lágrimas, eles ouviram a canção de reconciliação que iluminava o céu noturno. Uma fonte de cor brilhante começou a jorrar em arco entre as crianças, sobretudo entre as que haviam sofrido mais, e ondulou ao passar de cada uma para a próxima, levada pelo vento, até que todo o campo estivesse inundado de luz e música.

De algum modo Mack soube que não era um momento para conversar e que seu tempo com o pai estava passando rapidamente. Para ele, a nova leveza que sentia era eufórica. Beijando o pai nos lábios, virou-se e voltou para a pequena colina onde Sarayu o esperava. Enquanto passava pelas fileiras de crianças, pôde sentir o toque e as cores delas envolvendo-o rapidamente e ficando para trás. De algum modo ele já era conhecido e amado ali.

Quando chegou a Sarayu, ela o abraçou também e ele deixou que ela o segurasse enquanto continuava a chorar. Quando recuperou uma leve tranquilidade, virou-se para olhar de novo a campina, o lago e o céu noturno. Um silêncio baixou. A antecipação era palpável. De repente, à direita, saindo da escuridão, surgiu Jesus e o pandemônio irrompeu. Ele vestia uma roupa branca e usava na cabeça uma coroa simples de ouro, mas era, em cada centímetro do seu ser, o rei do universo.

Seguiu pelo caminho que se abriu à sua frente até chegar ao centro – o centro de toda a Criação, o homem que é Deus e o Deus que é homem. Luz e cor dançavam e teciam uma tapeçaria de amor para ele pisar. Alguns choravam, dizendo palavras de amor, enquanto outros simplesmente permaneciam de mãos levantadas. Muitos daqueles cujas cores eram as mais ricas e profundas estavam deitados com o rosto no chão. Tudo que respirava cantava uma canção de amor e agradecimento sem fim. Nessa noite o universo era como devia ser.

Quando chegou ao centro, Jesus parou para olhar em volta. Seus olhos pousaram em Mack, que, parado na pequena colina, ouviu Jesus sussurrar em seu ouvido:

– Mack, eu gosto especialmente de você. – Foi tudo que Mack conseguiu suportar enquanto caía no chão dissolvendo-se numa onda de lágrimas jubilosas. Não podia se mexer, preso no abraço de Jesus, feito de amor e ternura.

Então ouviu Jesus dizer alto e claro, mas de modo muito gentil e convidativo: "Venham!" E eles foram, as crianças primeiro, depois os adultos, cada um por sua vez, rindo, falando, abraçando-se e cantando com seu Jesus. O tempo pareceu parar enquanto a dança celestial prosseguia. E então cada um foi saindo até não restar ninguém, a não ser as ardentes sentinelas azuis e os animais. Jesus caminhou entre eles, chamando cada um pelo nome, e então os animais e seus fillhotes voltaram para as tocas, os ninhos e os leitos nas pastagens.

Por fim estavam novamente sozinhos. O grito selvagem e assombroso de um mergulhão ecoando sobre o lago pareceu sinalizar o fim da celebração, e as sentinelas desapareceram ao mesmo tempo. Os únicos sons que restavam eram os do coro de grilos e sapos retomando suas canções de culto na margem da água e nas campinas ao redor. Sem uma palavra, os três se viraram e retornaram para a cabana, que de novo se tornara visível para Mack. Como uma cortina sendo puxada sobre seus olhos, de repente a visão voltou ao normal. Ele teve uma sensação de perda e de ansiedade e chegou a ficar um pouco triste, até que Jesus se aproximou, pegou sua mão e apertou-a para assegurar que tudo era como devia ser.

16

MANHÃ DE TRISTEZAS

Um Deus infinito pode se dar inteiro a cada um de seus filhos.
Ele não se distribui de modo que cada um tenha uma parte,
mas a cada um ele se dá inteiro, tão integralmente
como se não houvesse outros.

– A. W. Tozer

Mack teve a sensação de que acabara de entrar num sono profundo, sem sonhos, quando sentiu uma mão sacudindo-o para acordar.

– Mack, acorde. É hora de irmos. – A voz era familiar, mas profunda, como de alguém que também tivesse acabado de acordar.

– Hein? – gemeu ele. – Que horas são? – murmurou enquanto tentava descobrir onde estava e o que estava fazendo.

– É hora de ir! – repetiu o sussurro.

Mack saiu da cama resmungando e procurou até encontrar o interruptor de luz. Depois da escuridão de breu, a claridade foi ofuscante e ele demorou até conseguir abrir os olhos e se esforçar para ver o visitante.

O homem parado junto dele se parecia um pouco com Papai: digno, mais velho, magro e mais alto do que Mack. O cabelo muito branco estava preso num rabo-de-cavalo, e o bigode e o cavanhaque eram grisalhos. Camisa xadrez com mangas enroladas, jeans e botas de caminhada completavam a vestimenta de alguém pronto para pôr o pé na trilha.

– Papai? – perguntou Mack.

– Sim, filho.

Mack balançou a cabeça.

– Ainda está brincando comigo, não é?

– Sempre – disse ele com um sorriso. E, respondendo à pergunta seguinte de Mack antes que ela fosse feita: – Nesta manhã você vai precisar de um pai. Vamos indo. Tem tudo de que você precisa na cadeira e na mesa ao pé da sua cama. Encontro-o na cozinha, onde você pode comer alguma coisa antes de sairmos.

Mack assentiu. Não se incomodou em perguntar aonde estaria indo. Se Papai desejasse que ele soubesse, teria dito. Vestiu rapidamente as roupas do tamanho exato, semelhantes às de Papai, e calçou um par de botas de caminhada. Parou rapidamente no banheiro para se lavar e entrou na cozinha.

Jesus e Papai estavam perto da bancada, parecendo muito mais descansados do que Mack. Ele já ia falar quando Sarayu entrou pela porta dos fundos com um grande embrulho. Parecia um longo saco de dormir, amarrado com uma tira presa em cada ponta para ser carregado facilmente. Entregou-o a Mack e ele sentiu imediatamente um perfume maravilhoso que vinha do embrulho. Era uma mistura de ervas e flores aromáticas que ele pensou reconhecer. Pôde sentir cheiro de canela e de hortelã junto com sais e frutas.

– Isso é um presente para mais tarde. Papai vai lhe mostrar como usá-lo. – Ela sorriu e ele sentiu uma espécie de abraço.

– Você pode carregar – acrescentou Papai. – Você colheu essas plantas com Sarayu ontem.

– Meu presente vai esperar aqui até sua volta – sorriu Jesus e também abraçou Mack.

Os dois saíram pelos fundos e Mack ficou sozinho com Papai, que estava fritando ovos com bacon.

– Papai – perguntou Mack, surpreso ao ver como havia ficado fácil chamá-lo assim. – Não vai comer?

– Nada é um ritual, Mackenzie. Você precisa disso, eu não. – Ele sorriu. – Mastigue devagar. Você tem bastante tempo e comer depressa demais não é bom para a digestão.

Mack comeu devagar e em silêncio, simplesmente desfrutando a presença de Papai.

Num determinado momento, Jesus apareceu para informar que havia posto as ferramentas de que precisariam do lado de fora da porta. Papai agradeceu, Jesus lhe deu um beijo nos lábios e saiu pela porta dos fundos.

Mack estava ajudando a limpar os poucos pratos quando perguntou:

– Você realmente o ama, não é? Quero dizer, Jesus.

– Sei de quem você está falando – respondeu Papai, rindo. Parou de lavar a frigideira. – De todo o coração! Imagino que haja algo muito especial num filho unigênito. – Papai piscou para Mack e continuou: – Isso faz parte do modo único pelo qual eu o conheço.

Quando acabaram, Mack acompanhou Papai para fora. O alvorecer se anunciava nos picos das montanhas, as cores do nascer do sol invadindo o cinza da noite. Mack pegou o presente de Sarayu e o pendurou no ombro. Papai lhe entregou uma pequena picareta e pôs uma mochila às costas. Em seguida pegou uma pá com uma das mãos, uma bengala com a outra e, sem dizer uma palavra, passou pelo jardim e pelo pomar indo na direção do lado direito do lago.

Quando chegaram ao início da trilha havia luz suficiente para andar com facilidade. Ali Papai parou e apontou a bengala para uma árvore fora do caminho. Mack pôde ver que alguém marcara a árvore com um pequeno arco vermelho quase imperceptível. Aquilo não significava nada para ele e Papai não deu explicação. Em vez disso, virou-se e seguiu pelo caminho, andando com facilidade.

O presente de Sarayu era relativamente leve e Mack usou o cabo da picareta como bengala. O caminho levou-os a atravessar um dos riachos e a entrar mais fundo na floresta. Mack podia ouvir Papai trauteando uma cantiga, mas não a reconheceu.

Enquanto andavam, Mack pensou na miríade de coisas que experimentara nos dias anteriores. As conversas com cada um dos três, juntos e separados, o tempo passado com Sophia, as orações de que havia participado, a contemplação do céu estrelado com Jesus, a caminhada pelo lago. A comemoração da noite anterior completara tudo, até mesmo a reconciliação com seu pai – tanta cura com tão poucas palavras. Era difícil absorver tal quantidade de experiências e informações.

Enquanto pensava e avaliava o que havia aprendido, Mack percebeu quantas perguntas ainda tinha para fazer. Mas sentia que ainda não era hora. Sabia apenas que nunca mais seria o mesmo e se perguntava o que significariam essas mudanças para Nan e seus filhos, especialmente Kate.

Mas havia uma coisa que o estava incomodando. Por fim rompeu o silêncio.

– Papai?

– Sim, filho.

– Sophia me ajudou a entender muita coisa sobre Missy ontem. E realmente foi útil conversar com Papai. Ah, quero dizer, com você. – Mack estava confuso, mas Papai parou e sorriu como se entendesse. Mack prosseguiu: – É estranho eu precisar falar sobre isso com você também. Quero dizer, você é muito mais do que um pai, se é que isso faz sentido.

– Entendo, Mackenzie. Estamos completando o círculo. Perdoar seu pai ontem foi extremamente importante para você poder me conhecer como pai hoje. Não precisa explicar mais.

De algum modo Mack sabia que estavam chegando ao fim de uma jornada e que Papai estava trabalhando para ajudá-lo a dar os últimos passos. Papai prosseguiu:

– Não havia possibilidade de criar a liberdade sem um custo, como você sabe. – Papai olhou para baixo, com as cicatrizes visíveis marcadas indelevelmente nos pulsos. – Eu sabia que minha Criação iria se rebelar, que escolheria a independência e a morte, e sabia o que me custaria abrir um caminho para a reconciliação. A independência do ser humano liberou o que parece a você um mundo de caos aleatório e apavorante. Eu poderia ter impedido o que aconteceu com Missy? A resposta é sim.

Mack olhou para Papai, os olhos fazendo a pergunta que não precisava ser verbalizada. Ele continuou:

– Primeiro, se não tivesse havido a Criação, não haveria essas questões. Em segundo lugar, eu poderia ter optado por interferir ativamente no que aconteceu com ela. Jamais considerei a possibilidade de deixar de criar, e interferir no caso de Missy não era uma opção, por causa de propósitos que você não pode entender agora. Nesse ponto tudo que tenho a lhe oferecer como resposta é o meu amor, minha bondade e meu relacionamento com você. Eu não tive a intenção de fazer Missy morrer, mas isso não significa que não possa usar a morte dela para o bem.

Mack balançou a cabeça, triste.

– Está certo. Não entendo direito. Por um segundo acho que vou compreender, mas depois toda a dor da perda parece crescer e me dizer que o que eu compreendi simplesmente não pode ser verdade. Mas confio em você... – De repente irrompeu esse novo pensamento, surpreendente e maravilhoso. – Papai, eu *confio* em você!

Papai sorriu de volta para ele.

– Eu sei, filho, eu sei.

Virou-se e voltou a caminhar pela trilha, seguido por Mack, agora com o coração mais leve e apaziguado. Logo começaram uma subida relativamente fácil e o ritmo diminuiu. Ocasionalmente Papai parava e batia numa pedra ou numa árvore grande do caminho, indicando em cada uma a presença do pequeno arco vermelho. Antes que Mack pudesse fazer a pergunta óbvia, Papai se virava e continuava pela trilha.

À medida que avançavam, as árvores iam rareando e Mack pôde vislumbrar campos rochosos onde deslizamentos de terra haviam tirado trechos da floresta algum tempo antes de a trilha ser aberta. Pararam uma vez para um rápido descanso e Mack aproveitou para beber um pouco da água fresca que Papai colocara nos cantis.

Pouco depois da parada, o caminho ficou bem íngreme e o ritmo da caminhada diminuiu ainda mais. Mack achou que deviam ter andado por quase duas horas quando saíram do meio das árvores. Para chegar à trilha delineada na encosta adiante teriam de passar por uma grande área de rochas e pedregulhos.

De novo papai parou, pousou sua mochila e enfiou a mão dentro.

– Estamos quase chegando, filho – falou, entregando um cantil a Mack.

– Estamos? – perguntou Mack, olhando para o solitário e desolado terreno rochoso à frente.

– Estamos! – foi só o que Papai respondeu.

Papai escolheu uma pequena pedra perto do caminho e, colocando a mochila e a pá ao lado, sentou-se. Parecia perturbado.

– Quero mostrar uma coisa que vai ser muito dolorosa para você.

– Está bem. – O estômago de Mack começou a se revirar enquanto ele se sentava e pousava a picareta e o presente de Sarayu sobre os joelhos. Os aromas, reforçados pelo sol da manhã, preencheram seus sentidos com beleza e trouxeram alguma paz. – O que é?

– Para ajudá-lo a ver, quero tirar mais uma coisa que obscurece seu coração.

Mack soube imediatamente o que era e olhou para o chão entre seus pés. Papai falou gentilmente, tranqüilizando-o.

– Filho, isso não é para envergonhar você. Não uso humilhação, nem culpa, nem condenação. Elas não produzem uma fagulha de plenitude ou de justiça e por isso foram pregadas em Jesus na cruz.

Esperou, deixando que esse pensamento penetrasse em Mack e lavasse parte do sentimento de vergonha que ele sentia. Depois continuou:

– Hoje estamos na trilha da cura para encerrar essa parte da sua jornada. Não só para você, mas para outras pessoas também. Hoje vamos jogar uma pedra grande no lago e as ondulações vão chegar a lugares que você não imagina. Você já sabe o que eu quero, não sabe?

– Acho que sim – murmurou Mack, sentindo emoções que subiam aceleradas, saindo de um cômodo trancado em seu coração.

– Filho, você precisa falar, precisa verbalizar isso.

Agora não havia como se conter e, enquanto lágrimas quentes jorravam de seus olhos, Mack, soluçando, começou a confessar.

– Papai – ele disse chorando –, como posso perdoar aquele filho da puta que matou minha Missy? Se ele estivesse aqui hoje, não sei o que eu faria. Sei que não é certo, mas quero feri-lo como ele me feriu... se eu não puder ter justiça, ainda quero vingança.

Papai simplesmente deixou a torrente sair de Mack, esperando que a onda passasse.

– Mack, perdoar esse homem é entregá-lo a mim e permitir que eu o redima.

– Redimi-lo? – De novo Mack sentiu o fogo da raiva e da dor. – Não quero que você o redima! Quero que o machuque, castigue, mande para o inferno... – Sua voz ficou no ar.

Papai esperou com paciência que as emoções passassem.

– Estou travado, Papai. Simplesmente não posso esquecer o que ele fez, posso? – implorou Mack.

– Perdoar não significa esquecer, Mack. Significa soltar a garganta da outra pessoa.

– Mas eu achava que você esquecia os nossos pecados.

– Mack, eu sou Deus. Não esqueço nada. Sei de tudo. Para mim, esquecer é optar por me limitar. Filho – a voz de Papai ficou baixa e Mack olhou-o diretamente nos olhos profundos e castanhos –, por causa de Jesus, não há agora nenhuma lei exigindo que eu traga seus pecados à mente. Eles se foram e não interferem no nosso relacionamento.

– Mas esse homem...

– Ele também é meu filho. Quero redimi-lo.

– E depois? Você quer que eu simplesmente o perdoe, que fique tudo bem e que nós nos tornemos amigos? – disse Mack baixinho, mas com sarcasmo.

– Você não tem relacionamento com esse homem, pelo menos ainda não tem. O perdão não estabelece um relacionamento. Em Jesus eu perdoei todos os humanos por seus pecados contra mim, mas só alguns escolheram relacionar-se comigo. Mackenzie, você não vê que o perdão é um poder incrível, um poder que você compartilha conosco, um poder que Jesus dá a todos em quem ele reside, para que a reconciliação possa crescer? Quando Jesus perdoou os que o pregaram à cruz, eles deixaram de dever qualquer coisa, tanto a ele quanto a Mim. No meu relacionamento com aqueles homens, jamais falarei do que eles fizeram nem irei envergonhá-los ou constrangê-los.

– Não creio que eu seja capaz de fazer isso – respondeu Mack baixinho.

– Quero que você faça. O perdão existe em primeiro lugar para aquele que perdoa, para liberá-lo de algo que vai destruí-lo, que vai acabar com sua alegria e capacidade de amar integral e abertamente. Você acha que esse homem se importa com a dor e o tormento que lhe causou? No mínimo ele se alimenta com seu sofrimento. Você não quer cortar isso? Ao fazê-lo, irá libertar o homem de um fardo que ele carrega, quer saiba ou não, quer reconheça ou não. Quando você opta por perdoar o outro, você o ama melhor.

– Eu não o amo.

– Hoje não, você não o ama. Mas eu amo, Mack, não pelo que ele se tornou, mas pela criança mutilada e deformada pela dor. Quero ajudá-lo a assumir a natureza que encontra mais poder no amor e no perdão do que no ódio.

– Então isso significa – de novo Mack sentia um pouco de raiva pela direção que a conversa havia tomado – que, se eu perdoar esse homem, estarei deixando que ele brinque com Kate ou com minha primeira neta?

– Mackenzie – Papai foi forte e firme. – Eu já lhe disse que o perdão não cria um relacionamento. A não ser que as pessoas falem a verdade sobre o que fizeram e mudem a mente e o comportamento, não é possível um relacionamento de confiança. Quando você perdoa alguém, certamente liberta essa pessoa do julgamento, mas, se não houver uma verdadeira mudança, não pode ser estabelecido nenhum relacionamento verdadeiro.

– Então o perdão não exige que eu finja que o que ele fez nunca aconteceu?

– Como seria possível? Você perdoou seu pai ontem à noite. Algum dia você vai esquecer o que ele lhe fez?

– Acho que não.

– Mas agora você pode amá-lo, apesar disso. A mudança dele permite. O perdão não exige de modo algum que você confie naquele a quem perdoou. Mas, caso essa pessoa finalmente confesse e se arrependa, você descobrirá em seu coração um milagre que irá lhe permitir estender a mão e começar a construir uma ponte de reconciliação entre os dois. Algumas vezes, e isso talvez pareça incompreensível para você agora, essa estrada pode até mesmo levar ao milagre da confiança totalmente restaurada.

Mack escorregou para o chão e se recostou na pedra onde estivera sentado. Examinou a terra sob seus pés.

– Papai, acho que entendo o que você está dizendo. Mas parece que, se eu perdoar esse sujeito, ele vai ficar livre. Como posso desculpá-lo pelo que fez? É justo para Missy deixar de ficar com raiva dele?

– Mackenzie, o perdão não desculpa nada. Acredite, esse homem pode ser qualquer coisa, menos livre. E você não tem o dever de fazer justiça nesse caso. Eu cuidarei disso. E, quanto a Missy, ela já o perdoou.

– Já? – Mack nem levantou os olhos. – Como pôde?

– Por causa de minha presença nela. É o único modo pelo qual o verdadeiro perdão é possível.

Mack sentiu Papai sentar-se ao seu lado, no chão, mas não olhou para cima. Enquanto os braços de Papai o envolviam, começou a chorar.

– Deixe isso tudo sair – ouviu o sussurro de Papai e finalmente se entregou. Fechou os olhos enquanto as lágrimas jorravam. As lembranças de Missy inundaram de novo sua mente: visões de livros de colorir, lápis de cor, vestido rasgado e ensangüentado. Chorou até ter derramado toda a escuridão, todo o anseio e a perda, até não restar nada.

Com os olhos fechados, balançando para trás e para a frente, implorou:

– Me ajude, Papai. Me ajude! O que eu faço? Como posso perdoá-lo?

– Diga a ele.

Mack levantou os olhos, como que esperando ver um homem que nunca havia encontrado. Mas não havia ninguém.

– Como, Papai?

– Só diga em voz alta. Há poder no que meus filhos declaram.

Mack começou a sussurrar, primeiro hesitante, depois com convicção crescente:

– Eu te perdôo. Eu te perdôo. Eu te perdôo.

Papai o abraçou com força.

– Mackenzie, você é uma alegria enorme.

Quando ele finalmente se controlou, Papai lhe entregou um lenço umedecido para limpar o rosto. Depois Mack se levantou, a princípio meio inseguro.

– Uau! – disse, rouco, tentando encontrar uma palavra capaz de descrever a jornada emocional por que havia passado. Sentia-se vivo. Entregou o lenço de volta a Papai e perguntou: – Então, tudo bem se eu ainda sentir raiva?

Papai foi rápido em responder:

– Sem dúvida! O que ele fez foi terrível. Ele causou uma dor tremenda a muitas pessoas. Isso é errado e a raiva é a resposta certa para algo tão errado. Mas não deixe que a raiva, a dor e a perda que você sente o impeçam de perdoar e de tirar as mãos do pescoço dele.

Papai pegou sua mochila e a colocou no ombro.

– Filho, talvez você tenha de declarar seu perdão uma centena de vezes no primeiro e no segundo dia, mas a cada dia serão menos vezes, até que um dia você perceberá que perdoou completamente. E vai chegar o momento em que rezará pela plenitude dele e o entregará a mim, para que meu amor queime na vida dele qualquer vestígio de corrupção. Por mais incompreensível que possa parecer no momento, talvez um dia você conheça esse homem num contexto diferente.

Mack gemeu. Por mais que tudo que escutava lhe revirasse o estômago, no coração ele sabia que era verdade. Os dois se levantaram e Mack se virou na trilha para voltar na direção de onde tinham vindo.

– Mack, nós não terminamos.

Mack parou.

– Verdade? Achei que era por isso que você me trouxe aqui.

– Era, mas eu lhe disse que tinha uma coisa para mostrar, uma coisa que você me pediu para fazer. Estamos aqui para levar Missy para casa.

De repente tudo fez sentido. Ele olhou o presente de Sarayu e percebeu para que servia. Em algum lugar naquela paisagem desolada o assassino havia escondido o corpo de Missy e eles tinham vindo recuperá-lo.

– Obrigado – foi tudo que pôde dizer enquanto de novo uma cascata de lágrimas rolava por seu rosto, como se viesse de um reservatório infinito. – Odeio todas essas lágrimas, esse negócio de ficar chorando como um idiota – ele gemeu.

– Ah, filho – disse Papai com ternura. – Jamais desconsidere a maravilha das suas lágrimas. Elas podem ser águas curativas e uma fonte de alegria. Algumas vezes são as melhores palavras que o coração pode falar.

Mack parou e encarou Papai. Jamais havia olhado para um amor, uma delicadeza, uma esperança e uma alegria tão puras.

– Mas você prometeu que um dia não haverá mais lágrimas. Estou ansioso por isso.

Papai sorriu, encostou os dedos no rosto de Mack e gentilmente enxugou as faces marcadas pelas lágrimas.

– Mackenzie, este mundo está cheio de lágrimas, mas, se você lembra, prometi que seria Eu quem iria enxugá-las de seus olhos.

Mack conseguiu sorrir enquanto sua alma continuava a se derreter e se curar no amor desse Pai.

– Aqui – disse Papai e lhe entregou um cantil. – Tome um bom gole. Não quero ver você se encolhendo como uma ameixa seca antes de tudo isso acabar.

Mack não conseguiu evitar uma gargalhada que a princípio pareceu deslocada, mas que depois, pensando bem, soube que era perfeita. Era um riso de esperança e de alegria restauradas... do processo de encerramento.

Papai foi à frente. Antes de deixar o caminho principal e seguir por uma trilha que penetrava na massa de pedras espalhadas, parou e com sua bengala bateu numa pedra grande. Indicou para Mack o mesmo arco vermelho. E Mack descobriu que o caminho que estavam seguindo fora marcado pelo homem que levara sua filha. Enquanto caminhavam, Papai explicou a Mack que nenhum corpo fora encontrado porque esse homem procurava lugares para escondê-los meses antes de seqüestrar as meninas.

No meio da área pedregosa, Papai saiu do caminho e entrou num labirinto de pedras e paredões da montanha, não sem antes apontar novamente para a marca, agora familiar, numa face de rocha próxima. Mack podia ver què, a não ser que a pessoa soubesse o que estava procurando, as marcas passariam facilmente despercebidas. Dez minutos depois Papai parou diante de uma fenda onde dois afloramentos de pedra se encontravam. Havia uma pequena pilha de pedregulhos na base, um deles com o símbolo do assassino.

– Pode me ajudar? – pediu a Mack e começou a retirar as pedras maiores. – Isso esconde a entrada de uma caverna.

Assim que a entrada ficou livre, eles tiraram com a picareta e a pá a terra endurecida e o cascalho que bloqueavam a passagem. De repente o resto de entulho cedeu e apareceu a entrada de uma pequena caverna que provavelmente já fora a toca de algum animal durante a hibernação. Um odor rançoso de podridão saiu, deixando Mack engasgado. Papai enfiou a mão na extremidade do rolo dado por Sarayu e tirou um pedaço de pano do tamanho de um lenço de cabeça. Amarrou-o em volta da boca e do nariz de Mack e imediatamente um cheiro doce cortou o fedor da caverna.

Só havia espaço suficiente para entrarem se arrastando. Tirando uma poderosa lanterna da mochila, Papai se enfiou primeiro no buraco, com Mack logo atrás, ainda levando o presente de Sarayu.

Só demoraram alguns minutos para encontrar o tesouro agridoce. Num pequeno afloramento de rocha, Mack viu o corpo que ele presumiu ser o de Missy, de rosto para cima, coberto por um pano sujo e apodrecido. No mesmo instante soube que a verdadeira Missy não estava ali.

Papai desembrulhou o que Sarayu lhes dera e no mesmo instante a toca se encheu de maravilhosos perfumes vivos. O pano por baixo do corpo de Missy era frágil, mas Mack conseguiu levantá-la e colocá-la no meio de todas as flores e especiarias. Então Papai a enrolou com ternura e levou-a até a entrada. Mack saiu primeiro e Papai lhe passou o tesouro. Nenhuma palavra fora dita, a não ser as de Mack, que murmurava baixinho:

– Eu te perdôo... eu te perdôo...

Antes de deixarem o local, Papai pegou a rocha com o arco vermelho e colocou-a sobre a entrada. Mack não prestou muita atenção, pois estava absorvido pelos próprios pensamentos, enquanto segurava com ternura o corpo da filha junto ao coração.

17

Escolhas do coração

Não há sofrimento na Terra que o Céu não possa curar.

– Autor desconhecido

Chegaram de volta ao chalé em pouco tempo. Jesus e Sarayu esperavam perto da porta dos fundos. Jesus aliviou Mack gentilmente do fardo e juntos foram à carpintaria onde ele estivera trabalhando. Mack não entrava ali desde que chegara e ficou surpreso com a simplicidade do lugar. A luz, atravessando grandes janelas, captava e refletia o pó de madeira que ainda pairava no ar. As paredes e as bancadas, cobertas com todo tipo de ferramentas, estavam dispostas para facilitar as atividades da carpintaria. Este era claramente o santuário de um mestre artesão.

À frente deles estava o trabalho que Jesus estivera fazendo, uma obra de arte para guardar os restos de Missy. Ao examinar a caixa, Mack reconheceu imediatamente os relevos na madeira. Detalhes da vida de Missy estavam nela esculpidos. Havia um relevo de Missy com seu gato, Judas, e outro com Mack sentado numa cadeira lendo uma história para ela. Toda a família aparecia em cenas trabalhadas na lateral e em cima: Nan e Missy fazendo bolinhos, a viagem ao lago Wallowa com o teleférico subindo a montanha e até Missy colorindo o livro na mesa do acampamento, com uma representação caprichada do broche de joaninha que o assassino deixara. Havia também um relevo exato de Missy de pé sorrindo e olhando para a cachoeira, ciente de que seu pai estava do outro lado. Entremeados com as cenas estavam as flores e animais prediletos de Missy.

Mack abraçou Jesus e este lhe sussurrou ao ouvido:

— Foi Missy quem ajudou a escolher as cenas.

O abraço de Mack ficou mais forte e demorado.

— Temos o lugar perfeito preparado para o corpo dela — disse Sarayu, que se aproximara. — Mackenzie, é no *nosso* jardim.

Com grande cuidado puseram os restos de Missy na caixa, colocando-a num leito de grama e musgo macios, e depois encheram com as flores e especiarias do embrulho de Sarayu. Fecharam a tampa, Jesus e Mack pegaram as extremidades e levaram o caixão para fora, seguindo Sarayu até o local do pomar que Mack ajudara a limpar. Ali, entre cerejeiras e pessegueiros, rodeado por orquídeas e lírios, fora aberto um buraco no lugar onde Mack havia desenraizado os arbustos floridos na véspera. Papai esperava-os. Assim que a caixa enfeitada foi posta gentilmente no chão, ele deu um grande abraço em Mack, que retribuiu com a mesma intensidade.

Sarayu se adiantou e disse com um floreio e uma reverência:

— Sinto-me honrada em cantar a canção que Missy compôs exatamente para esta ocasião.

E começou a cantar com uma voz que parecia vento de outono: um som de folhas balançando e florestas adormecendo lentamente, tons da noite chegando e uma promessa de novos dias. Era a cantiga insistente que ele ouvira Sarayu e Papai cantarolarem antes. Agora Mack escutava as palavras de sua filha:

Respire em mim... fundo,
Para que eu respire... e viva.
E me abrace apertado para eu dormir
Suavemente segura por tudo que você dá.

Venha me beijar, vento, e tire meu fôlego
Até que você e eu sejamos um só,
E dançaremos entre os túmulos
Até que toda a morte se vá.

E ninguém sabe que existimos
Nos braços um do outro,
A não ser Aquele que soprou o hálito
Que me esconde livre do mal.

Venha me beijar, vento, e tire meu fôlego
Até que você e eu sejamos um só,
E dançaremos entre os túmulos
Até que toda a morte se vá.

Quando ela terminou houve silêncio, e depois Deus, todos os três, disseram simultaneamente:

— Amém.

Mack ecoou o amém, pegou uma das pás e, com a ajuda de Jesus, começou a encher o buraco, cobrindo o caixão onde descansava o corpo de Missy.

Quando a tarefa terminou, Sarayu enfiou a mão dentro da roupa e pegou seu frasco pequeno e frágil. Derramou algumas gotas da preciosa coleção na mão e começou a espalhar as lágrimas de Mack no solo rico e preto sob o qual dormia o corpo de Missy. As gotas caíram como diamantes e rubis, e onde pousavam brotavam flores instantaneamente, abrindo-se ao sol luminoso. Então Sarayu parou um momento, olhando com intensidade uma pérola que repousava em sua mão, uma lágrima especial, e depois deixou-a cair no centro do terreno. Imediatamente uma pequena árvore rompeu a terra e começou a se desdobrar, jovem, luxuriante e espantosa, crescendo e amadurecendo até se abrir em brotos e flores. Então Sarayu, no seu modo de brisa sussurrante, virou-se e sorriu para Mack, que estivera olhando hipnotizado.

— É uma árvore da vida, Mack, crescendo no jardim do seu coração.

Papai chegou perto e pôs o braço em seu ombro.

— Missy é incrível, você sabe. Ela o ama muitíssimo.

— Sinto uma falta terrível dela... ainda dói demais.

— Eu sei, Mackenzie. Eu sei.

ᕤᕦ

Era pouco mais de meio-dia quando os quatro retornaram do jardim e entraram de novo no chalé. Não havia nada preparado na cozinha nem qualquer comida sobre a mesa de jantar. Papai levou-os para a sala de estar, onde sobre a mesinha de centro havia uma taça de vinho e um pão recém-assado. Sentaram-se todos, menos Papai, que permaneceu de pé. Ele dirigiu suas palavras a Mack.

– Mackenzie, temos uma coisa para você refletir. Enquanto esteve conosco, você foi curado e aprendeu muito.

– Acho que isso é um eufemismo – riu Mack.

Papai sorriu.

– Você sabe o quanto nós gostamos de você. Mas agora há uma escolha a ser feita. Você pode permanecer conosco e continuar a crescer e aprender ou pode retornar à sua outra casa, a Nan, seus filhos e amigos. De qualquer modo, prometo que sempre estarei com você.

Mack se recostou e pensou.

– E Missy? – perguntou.

– Bom, se você optar por ficar, irá vê-la esta tarde. Ela virá também. Mas, se escolher deixar este lugar, também estará escolhendo deixar Missy para trás.

– Essa não é uma escolha fácil – Mack suspirou.

A sala ficou em silêncio durante vários minutos enquanto Papai dava a Mack espaço para lutar com seus próprios pensamentos e desejos. Por fim, ele perguntou:

– O que Missy iria querer?

– Embora adorasse ficar com você hoje, ela vive onde não há impaciência. Ela não se incomoda em esperar.

– Eu adoraria ficar com ela. – Mack sorriu diante do pensamento. – Mas seria muito duro para Nan e meus outros filhos. Deixe-me perguntar uma coisa. O que eu faço lá em casa é importante? Eu apenas trabalho e cuido de minha família e dos amigos...

Sarayu o interrompeu:

– Mack, se alguma coisa importa, tudo importa. Como você é importante, tudo que faz é importante. Todas as vezes que você perdoa, o universo muda; cada vez que estende a mão e toca um coração ou uma vida, o mundo se transforma; a cada gentileza e serviço, visto ou não visto, meus propósitos são realizados e nada jamais será igual.

– Certo – disse Mack em tom decidido. – Então vou voltar. Não creio que ninguém vá acreditar na minha história, mas, se eu voltar, sei que posso fazer alguma diferença, mesmo que seja pequena. Há algumas coisas que eu preciso... é... que quero fazer de qualquer modo. – Ele parou e olhou para cada um. – Vocês sabem...

Todos riram.

– E realmente acredito que vocês nunca vão me deixar nem me abandonar, por isso não estou com medo de voltar. Bom, talvez um pouquinho.

– É uma escolha muito boa – disse Papai. Em seguida deu um sorriso luminoso e sentou-se ao lado dele.

Sarayu parou diante de Mack e falou:

– Mackenzie, agora que você vai voltar, tenho mais um presente para você levar.

– O que é? – perguntou Mack, curioso.

– É para Kate.

– Kate? – exclamou Mack, percebendo que ainda a levava como um fardo no coração. – Por favor, diga.

– Kate acredita que é culpada pela morte de Missy.

Mack ficou pasmo. O que Sarayu acabava de dizer era óbvio demais. Fazia sentido que Kate se culpasse. Ela havia erguido o remo que provocara a seqüência de acontecimentos, permitindo que Missy fosse seqüestrada. Ele não podia acreditar que esse pensamento nunca lhe tivesse passado pela cabeça. Num instante as palavras de Sarayu abriram uma nova perspectiva na luta de Kate.

– Muito obrigado! – disse, com o coração cheio de gratidão. Agora tinha certeza de que precisava voltar, nem que fosse somente por Kate. Sarayu concordou e sorriu. Por fim Jesus se levantou, foi até uma das prateleiras e apanhou a latinha de Mack.

– Mack, achei que você iria querer...

Mack a pegou e a manteve nas mãos por um momento.

– Na verdade, acho que não vou precisar mais disso. Pode guardar para mim? Todos os meus melhores tesouros estão escondidos em você, de qualquer modo. Quero que você seja a minha vida.

– Eu sou – disse a clara e verdadeira voz da confirmação.

∽↝

Sem qualquer ritual nem cerimônia, eles saborearam o pão quente, compartilharam o vinho e riram lembrando os momentos mais estranhos do fim de semana. Mack sabia que o tempo havia acabado, que era hora de voltar e pensar num modo de contar tudo a Nan.

Não tinha nada para guardar na bagagem. Seus poucos pertences presumivelmente estavam de volta no carro. Tirou a roupa de caminhada e vestiu aquelas com as quais tinha vindo, recém-lavadas e muito bem dobradas. Quando terminou de se vestir, pegou o casaco e deu uma última olhada em seu quarto antes de sair.

– Deus, o servidor – ele riu, mas depois sentiu algo crescendo por dentro de novo, enquanto o pensamento o fazia parar. – É mais verdadeiramente Deus, meu servidor.

Quando Mack retornou à sala, os três haviam sumido. Uma xícara de café fumegante o esperava perto da lareira. Ele não tivera chance de dizer adeus, mas, ao pensar nisso, achou que se despedir de Deus parecia meio idiota. Sentado no chão, de costas para a lareira e tomando um gole de café, sorriu. Era maravilhoso e ele pôde sentir o calor descendo pelo peito. De repente estava exausto com a infinidade de emoções. Como se tivessem vontade própria, seus olhos se fecharam e Mack escorregou suavemente para um sono reconfortante.

A sensação seguinte foi de frio, dedos endurecidos se enfiando pela roupa e gelando a pele. Acordou de um salto e levantou-se desajeitadamente, com os músculos doloridos e rígidos por ter ficado deitado no chão. Olhando ao redor, viu rapidamente que tudo estava igual ao que era dois dias antes, até a mancha de sangue perto da lareira onde estivera dormindo.

Pulou, correu pela porta quebrada e saiu para a varanda em ruínas. De novo a cabana era velha e feia, com portas e janelas enferrujadas e quebradas. O inverno cobria a floresta e a trilha que levava ao jipe de Willie. Mal se via o lago através da vegetação de urzes e espinheiros que o rodeavam. A maior parte do cais estava afundada e apenas algumas das pilastras maiores continuavam de pé. Estava de volta ao mundo real. Então sorriu. Era mais como se estivesse de volta ao mundo *irreal*.

Apertou o casaco contra o corpo e retornou ao carro, seguindo suas próprias pegadas ainda visíveis na neve. Foi tranqüila a volta até Joseph, onde chegou no escuro de um fim de tarde de inverno. Encheu o tanque, comeu comida de gosto normal e tentou ligar para Nan, sem sucesso. Ela provavelmente estava na estrada, disse a si mesmo, e a cobertura do celular podia ser precária. Resolveu passar pela delegacia para falar com Tommy, mas depois que um rápido exame não revelou qualquer atividade lá dentro decidiu não entrar.

No cruzamento seguinte o sinal ficou vermelho e ele parou. Estava cansado, mas em paz e estranhamente empolgado. Não achava que teria qualquer problema para ficar acordado na longa viagem para casa. Sentia-se ansioso para encontrar sua família, especialmente Kate.

Perdido em pensamentos, simplesmente passou pelo cruzamento quando o sinal ficou verde. Não viu o outro motorista avançando o sinal vermelho da transversal. Houve apenas um clarão luminoso e depois nada, a não ser silêncio e escuridão.

Numa fração de segundo o jipe vermelho de Willie foi destruído, em minutos chegaram o resgate dos bombeiros e a polícia e em horas o corpo ferido e inconsciente de Mack foi entregue pelo resgate aéreo no Hospital Emmanuel em Portland, Oregon.

18

ONDULAÇÕES SE ESPALHANDO

A fé nunca sabe aonde está sendo levada,
Mas conhece e ama Aquele que a está levando.

— Oswald Chambers

E finalmente, como se viesse de muito longe, ele escutou uma voz familiar gritando:

— Ele apertou meu dedo! Eu senti! Juro!

Mack não podia abrir os olhos para ver, mas sabia que Josh estava segurando sua mão. Tentou apertar de novo, mas a escuridão o dominou e ele apagou. Demorou um dia inteiro para recuperar a consciência outra vez. Mal podia mover outro músculo do corpo. Até mesmo o esforço para levantar uma única pálpebra parecia avassalador, mas o movimento foi recompensado por gritos e risos. Uma após outra, um desfile de pessoas veio até seu único olho entreaberto, como se estivessem olhando para dentro de um buraco fundo e escuro que continha algum tesouro incrível. Aquilo que viam parecia agradá-las tremendamente e elas foram espalhar a notícia.

Alguns rostos Mack reconhecia, e os que não reconhecia, ele logo ficou sabendo, eram os de seus médicos e das enfermeiras. Dormia com freqüência, mas parecia que cada vez que abria os olhos isso causava uma grande empolgação. "Esperem só até eu poder esticar a língua", pensava, "aí, sim, todo mundo vai ficar realmente impressionado."

Tudo parecia doer. Todo o corpo reclamava quando um enfermeiro o virava para a fisioterapia e para impedir as escaras. Aparentemente esse era um tratamento de rotina para pessoas que haviam ficado inconscientes por mais de um ou dois dias, mas saber disso não tornava a coisa mais suportável.

No princípio, Mack não fazia idéia de onde estava nem de como havia chegado àquela situação. Mal conseguia perceber *quem* era. Sentia-se grato pela morfina que tirava o excesso de dor. Nos dois dias seguintes sua mente foi clareando devagar e ele começou a recuperar a voz. Num entra-e-sai constante, familiares e amigos vieram desejar uma recuperação rápida ou conseguir alguma informação que ninguém sabia dar. Josh e Kate estavam sempre ali, ocupando-se com o dever de casa, enquanto Mack cochilava ou respondia às perguntas que nos primeiros dias ele se fazia repetidamente.

Num determinado ponto, Mack por fim entendeu que ficara inconsciente durante quase quatro dias depois do acidente terrível em Joseph. Nan deixou claro que ele tinha de dar muitas explicações, mas por enquanto estava mais concentrada em sua recuperação do que na necessidade de respostas. De qualquer forma, sua memória estava envolta numa névoa e, mesmo que ele pudesse recordar alguns pedaços, não conseguia juntá-los de modo a fazer sentido.

Lembrava-se vagamente de ter ido à cabana, mas depois disso as coisas ficavam turvas. Nos sonhos, as imagens de Papai, Jesus, Missy brincando junto ao lago, Sophia na caverna e a luz e as cores do festival na campina voltavam como cacos de um espelho quebrado. Cada uma era acompanhada por ondas de deleite e alegria, mas ele não sabia se eram reais ou uma alucinação provocada por colisões entre neurônios danificados e os remédios que percorriam suas veias.

Na terceira tarde depois de ter recuperado a consciência acordou e encontrou Willie encarando-o, parecendo meio sem jeito.

– Seu idiota! – resmungou Willie.

– É um prazer vê-lo também, Willie – bocejou Mack.

– Onde foi que você aprendeu a dirigir? – interpelou Willie. – Ah, já sei, é um garoto criado em fazenda que não se acostumou com cruzamentos. Mack, pelo que ouvi dizer, você deveria ter sentido o bafo do outro cara a um quilômetro de distância. – Mack ficou deitado, olhando o amigo falar

sem parar, tentando ouvir e compreender cada palavra, sem conseguir.
– E agora – continuou Willie – Nan está furiosa e não quer falar comigo.
Ela me culpa por ter emprestado o jipe e deixado você ir à cabana.

– Então por que eu fui à cabana? – perguntou Mack, lutando para juntar os pensamentos. – Tudo está confuso.

Willie gemeu suplicando.

– Você tem de contar a ela que eu tentei convencê-lo a não ir.

– Você tentou?

– Não faça isso comigo, Mack. Eu tentei convencer...

Mack sorria enquanto ouvia Willie reclamar. Se as outras lembranças eram confusas, recordava-se com nitidez de quanto esse sujeito gostava dele e apreciava tê-lo por perto. De repente Mack se espantou ao perceber que Willie havia se inclinado e sussurrava.

– Sério, *ele* estava lá? – Willie olhou rapidamente ao redor para se certificar de que não havia ninguém escutando.

– Quem? – sussurrou Mack. – E por que estamos falando baixo?

– Você sabe, Deus – insistiu Willie. – Ele estava na cabana?

Mack achou divertido.

– Willie – ele respondeu –, não é segredo. Deus está em toda parte. Então eu estive na cabana.

– Sei disso, gênio – reagiu Willie impetuosamente. – Não se lembra de nada? Quer dizer, nem se lembra do *bilhete?* Você sabe: o que recebeu do Papai e que estava na sua caixa de correio quando você escorregou no gelo e bateu com a cabeça.

Foi então que a história desconjuntada começou a se cristalizar na mente de Mack. Subitamente tudo fez sentido quando sua mente começou a ligar os pontos e preencher os detalhes: o bilhete, o jipe, a viagem à cabana e cada acontecimento daquele glorioso fim de semana. As imagens e as lembranças começaram a jorrar de volta tão poderosamente que ele sentiu que elas seriam capazes de arrancá-lo da cama e levá-lo para fora deste mundo. Enquanto se lembrava, começou a chorar.

– Mack, desculpe. – Agora Willie estava implorando. – O que foi que eu disse?

Mack estendeu a mão e tocou o rosto do amigo.

– Nada, Willie... agora me lembro de tudo. Do bilhete, da cabana, de Missy, de Papai. Eu me lembro de tudo.

Willie ficou imóvel, sem saber o que pensar ou dizer, com medo de ter forçado o amigo além do limite. Por fim, perguntou:

– Quer dizer que ele estava lá? Deus estava lá?

E agora Mack ria e chorava.

– Willie, ele estava lá! Ah, ele estava lá! Espere até que eu lhe conte. Você nunca vai acreditar. Cara, nem eu sei se acredito. – Mack parou, perdido nas lembranças por um momento. – Ah, é – falou finalmente. – Ele me mandou lhe dizer uma coisa.

– O quê? A mim? – Mack ficou olhando enquanto a preocupação e a dúvida se estampavam no rosto de Willie. – Então, o que ele disse?

Mack parou, procurando as palavras.

– Ele falou: diga ao Willie que gosto especialmente dele.

Mack viu o rosto e o maxilar do amigo ficarem tensos e poças de lágrimas encherem seus olhos. Os lábios e o queixo de Willie tremeram e Mack soube que o amigo estava se esforçando para manter o controle.

– Preciso ir – sussurrou Willie, rouco. – Você terá de me contar isso mais tarde. – Virou-se e saiu do quarto, deixando Mack às voltas com seus pensamentos e lembranças.

Quando Nan chegou, encontrou Mack sentado e rindo. Como ele não sabia por onde começar, deixou que a mulher falasse primeiro. Ela o colocou a par de alguns detalhes do acidente. Ele quase fora morto por um motorista bêbado e havia passado por cirurgias de emergência para reparar vários ossos quebrados e ferimentos internos. Seu estado era grave e, por isso, o seu despertar aliviara a preocupação.

Enquanto ela falava, Mack pensou que era realmente estranho sofrer um acidente logo depois de passar um fim de semana com Deus. O aparente caos aleatório da vida. Não era assim que Papai tinha dito?

Então ouviu Nan dizer que o acidente havia acontecido na noite de sexta-feira.

– Não foi no domingo? – perguntou.

– Claro que não! Foi na noite de sexta-feira que trouxeram você para cá de helicóptero.

As palavras dela o confundiram e por um momento ele se perguntou se os acontecimentos na cabana teriam sido apenas um sonho. "Talvez fosse um daqueles deslocamentos temporais de Sarayu", pensou.

Quando Nan terminou de narrar os acontecimentos, Mack começou a contar tudo o que lhe havia acontecido. Mas primeiro pediu perdão, confessando como e por que mentira. Perplexa, Nan pensou que se tratava dos efeitos do trauma e da morfina.

Toda a história de seu fim de semana – ou do dia, como Nan repetia – se desdobrou lentamente em várias narrativas. Algumas vezes os remédios o dominavam e ele caía num sono sem sonhos, no meio de uma frase. Inicialmente Nan ouviu com paciência e atenção, tentando suspender ao máximo o julgamento, pensando que a narrativa dele pudesse ser conseqüência de algum dano neurológico. Mas a nitidez e a profundidade das lembranças a tocaram e lentamente foram solapando sua dúvida. Era intensamente vivo o que Mack estava contando e ela entendeu rapidamente que o que quer que tivesse acontecido causara um enorme impacto e transformara seu marido.

O ceticismo de Nan foi cedendo e finalmente ela concordou em terem uma conversa com Kate. Mack não quis dizer o motivo, o que a deixou nervosa, mas decidiu confiar nele. Chamaram a filha e mandaram Josh se ocupar com alguma coisa, deixando os três sozinhos.

Mack estendeu a mão e Kate segurou-a.

– Kate – ele começou, com a voz ainda um pouco fraca e áspera. – Quero que você saiba que eu a amo de todo o coração.

– Eu amo você também, papai. – Vê-lo naquele estado a havia suavizado um pouco.

Ele sorriu, depois ficou sério de novo, ainda segurando a mão da filha.

– Quero falar com você sobre Missy.

Kate deu um repelão para trás, como se tivesse sido picada por uma abelha, e seu rosto ficou sombrio. Instintivamente tentou puxar a mão, mas Mack a segurou, o que exigiu um esforço considerável. Ela olhou ao redor. Nan se aproximou e a envolveu com o braço. Kate tremia.

– Por quê? – perguntou num sussurro.

– Katie, não foi sua culpa.

Agora ela hesitou, quase como se tivesse sido apanhada num segredo.

– O que não foi minha culpa?

De novo ele precisou esforçar-se para falar, mas ela ouviu com clareza.

– Termos perdido Missy.

Lágrimas rolaram pelo rosto de Mack enquanto ele lutava com essas palavras simples. De novo Kate se encolheu, dando-lhe as costas.

– Querida, ninguém culpa você pelo que aconteceu.

O silêncio dela durou apenas alguns segundos mais, antes que a represa transbordasse.

– Mas se eu não fosse descuidada na canoa você não teria que... – sua voz saiu pesada de acusações.

Mack a interrompeu, pondo a mão em seu braço.

– É isso que estou tentando dizer, querida. Não foi sua culpa.

Kate soluçou enquanto as palavras do pai penetravam em seu coração devastado.

– Mas eu sempre achei que fosse minha culpa. E achava que você e mamãe me culpavam, e eu não queria...

– Nenhum de nós queria que isso acontecesse, Kate. Simplesmente aconteceu, e vamos aprender a conviver com isso. Mas vamos fazer isso juntos. Está bem?

Kate não tinha idéia de como reagir. Dominada pela emoção e soluçando, soltou-se da mão do pai e saiu correndo do quarto. Nan, com lágrimas descendo pelo rosto, deu um olhar desamparado mas encorajador para Mack e saiu rapidamente atrás da filha.

Na vez seguinte em que Mack despertou, Kate estava dormindo ao seu lado na cama, aninhada e segura. Era evidente que Nan pudera ajudá-la a superar parte da dor. Quando Nan percebeu que Mack abrira os olhos, aproximou-se em silêncio para não acordar a filha e beijou-o.

– Acredito em você – sussurrou e ele sorriu, surpreso ao se dar conta de como era importante ouvir isso. "Provavelmente eram os remédios que o estavam deixando assim tão emotivo", ele pensou.

☙❧

Mack melhorou rapidamente nas semanas seguintes. Menos de um mês depois de receber alta do hospital, ele e Nan ligaram para o recém-nomeado subxerife de Joseph, Tommy Dalton, para falar sobre a possibilidade de fazerem uma caminhada outra vez na área atrás da cabana. Como tudo havia revertido à desolação original, Mack começara a se perguntar se o corpo de Missy ainda estaria na caverna. Seria difícil explicar à polícia como sabia onde o corpo da filha estava escondido, mas Mack achava que o amigo lhe daria o benefício da dúvida e o ajudaria.

Tommy foi realmente solícito. Mesmo depois de ouvir a história do fim de semana de Mack, que ele interpretou como sendo os sonhos e pesadelos de um pai sofredor, concordou em voltar à cabana. Queria ver Mack, de qualquer modo. Itens pessoais haviam sido salvos dos destroços do jipe de Willie e devolvê-los era uma boa desculpa para passarem algum tempo juntos. Assim, numa manhã límpida de sábado, no início de novembro, Willie acompanhou Mack e Nan até Joseph. Lá encontraram Tommy e os quatro se dirigiram para a Reserva.

Tommy ficou surpreso ao ver Mack passar direto pela cabana e ir até uma árvore perto do início de uma trilha. Tal como explicara aos outros na vinda, Mack encontrou um arco vermelho na base da árvore. Ainda mancando ligeiramente, guiou-os numa caminhada de duas horas pelo terreno ermo. Nan ficou em absoluto silêncio, mas seu rosto revelava claramente a intensidade das emoções com as quais batalhava. No caminho continuaram encontrando o mesmo arco vermelho marcado em árvores e pedras. Quando chegaram a uma vasta área de pedregulhos, sem hesitar Mack entrou diretamente no labirinto de paredes rochosas.

Provavelmente nunca teriam encontrado o lugar exato se não fosse por Papai. No topo de uma pilha de rochas diante da caverna estava a pedra com a marca vermelha voltada para fora. A percepção de que aquilo era obra de Papai levou Mack a quase rir alto.

Mas encontraram e, quando ficou convencido do que estavam abrindo, Tommy fez com que parassem. Mack entendeu a importância do procedimento e, embora um tanto de má vontade, concordou que deveriam lacrar de novo a caverna para protegê-la. Retornariam a Joseph, onde Tommy poderia notificar os peritos legistas e as agências policiais adequadas. Durante a descida, Tommy ouviu novamente a história de Mack, dessa vez com uma nova percepção. Também aproveitou para orientar o amigo sobre o melhor modo de enfrentar os interrogatórios que logo viriam.

No dia seguinte os peritos recuperaram os restos de Missy e guardaram o pano junto com tudo o que puderam encontrar. Depois disso foram necessárias apenas algumas semanas até obterem provas para rastrear e prender o Matador de Meninas. A partir das pistas que o homem deixara para poder encontrar a caverna de Missy, as autoridades localizaram e recuperaram os corpos das outras meninas assassinadas.

POSFÁCIO

Bom, aí está. Pelo menos como me foi contado. Tenho certeza de que algumas pessoas se perguntarão se a história de Mack aconteceu de verdade ou se o acidente e a morfina simplesmente o deixaram meio confuso. Mack continua levando sua vida normal e produtiva e teima em garantir que cada palavra da história é verdadeira. Todas as mudanças em sua vida, segundo ele, são provas suficientes. A *Grande Tristeza* se foi e ele passa a maior parte dos dias com um profundo sentimento de alegria.

Assim, a questão que eu me coloco enquanto redijo este texto é: como terminar uma história destas? Talvez eu possa fazer isso falando um pouco das transformações que ela causou em mim. Como declarei no prefácio, a história de Mack me mudou. Não creio que haja um aspecto da minha vida, sobretudo de meus relacionamentos, que não tenha sido profundamente tocado e alterado de modo importante. Se eu acho que é verdade? Quero que tudo seja verdade. Talvez alguma parte não seja verdadeira num determinado sentido, mas ainda assim é verdade. Você sabe o que quero dizer. Acho que Sarayu vai ajudá-lo a entender.

E Mack? Bom, ele é um ser humano que continua passando por um processo de mudança, como todos nós. Só que ele aceita bem as mudanças, enquanto que eu muitas vezes resisto a elas. Noto que ele ama mais e melhor do que a maioria das pessoas, é rápido em perdoar e ainda mais rápido em pedir perdão. As transformações que ele sofreu provocaram na família e nos amigos efeitos que nem sempre foram fáceis de entender. Mas devo lhe dizer que nunca conheci outro adulto que leve a vida com tanta simplicidade e alegria. De algum modo, ele virou criança de novo. Ou, para explicar melhor, ele virou a criança que nunca teve permissão de ser. Uma pessoa confiante e cheia de entusiasmo. Ele consegue acolher até mesmo os tons mais escuros da vida, vendo-os como parte de uma tapeçaria incrivelmente rica e profunda, tecida magistralmente por invisíveis mãos de amor.

Enquanto escrevo isto, Mack está sendo testemunha no julgamento do Matador de Meninas. Ele quer fazer uma visita ao acusado, mas ainda não teve permissão. Porém está determinado a vê-lo, mesmo que isso só aconteça depois do veredicto.

Se você tiver chance de passar um tempo com Mack, logo vai perceber que ele está esperando uma nova revolução, uma revolução de amor e gentileza – uma revolução provocada por Jesus, pelo que ele fez por nós e continua a fazer em um mundo que tem fome de reconciliação e de um local que possa chamar de *lar*. Não é uma revolução que pretenda derrubar nada, ou, se derrubar, fará isso de um modo que jamais poderemos imaginar antecipadamente. Serão os poderes silenciosos e cotidianos de morrer, servir, amar e rir, de ternura simples e gentileza gratuita, porque, *se alguma coisa importa, todas as coisas importam*. E um dia, quando tudo for revelado, cada um de nós ficará de joelhos e confessará, por obra e graça de Sarayu, que Jesus é o Senhor de toda a Criação, para a glória de Papai.

Ah, uma última coisa. Estou convencido de que Mack e Nan ainda vão lá algumas vezes, à cabana, só para ficarem a sós. Não me surpreenderia se soubesse que ele anda até o velho cais, tira os sapatos e as meias e, você sabe, põe os pés na água só para ver se... bem, você sabe...

WILLIE

A Terra repleta de céu,
E cada arbusto comum incendiado com Deus,
Mas só aquele que vê tira os sapatos;
Os outros se sentam ao redor e colhem amoras.

– Elizabeth Barrett Browning

Continue sua experiência com
A CABANA em nosso site em inglês.

theshackbook.com

- Conte como você se sente com relação ao livro *A cabana* e leia o que os outros estão dizendo
- Conte suas idéias e discuta o livro com outros leitores no Fórum *A cabana*
- Comunique-se com o autor
- Leia o Blog do Willie
- Descubra as últimas novidades do *Projeto Missy*

Para informações sobre como o autor pode falar com sua organização ou seu grupo, por favor entre em contato com:
Wes Yoder
(615) 370-4700 x230.
Wes@AmbassadorSpeakers.com

AGRADECIMENTOS

Levei uma pedra para três amigos. Era um pedaço de pedregulho que eu havia escavado nas cavernas da minha experiência. Esses três, Wayne Jacobsen, Brad Cummings e Bobby Downes, com gentileza enorme e cuidadosa, me ajudaram a lascar essa pedra até que pudéssemos ver uma maravilha por baixo da superfície.

Wayne foi o primeiro a ler esta história e se esforçou ao máximo para que eu a publicasse. Seu entusiasmo levou os outros a refinar a narrativa e prepará-la para ser compartilhada com uma platéia mais ampla, tanto em livro quanto, esperamos, em filme. Ele e Brad me ajudaram na edição, acrescentando suas idéias sobre os modos pelos quais Deus atua. A qualidade do trabalho que você tem nas mãos deve-se, em grande parte, aos talentos deles. Bobby trouxe sua contribuição única em cinema para ajustar o fluxo e reforçar o drama.

Muitos se ligaram a este projeto, deixando um pedaço de sua vida dentro da história e de como ela se desdobrou. Dentre esses estão Marisa Ghiglieri, Dave Aldrich, Kate Lapin e Julie Williams. Vários amigos me ajudaram a mexer no texto, especialmente nas primeiras revisões. Dentre esses estão Australia Sue, Jim Hawley e Dale Bruneski.

Há uma quantidade de gente cujas idéias, perspectivas, companheirismo e encorajamento foram importantes. Obrigado a Larry Gillis, Dan Polk, MaryKay e Rick Larson, Micheal e Renee Harris, Julie e Tom Rushton e à família Gunderson, além do pessoal da DCS, meu grande amigo Dave Sargent, às pessoas e famílias da comunidade NE Portland, e aos Closner/Foster/Weston/Dunbar em Estacada.

O estímulo criativo inclui uma quantidade de velhos amigos falecidos, como Jacques Ellul, George McDonald, Tozer, Lewis, Gibran, os Inklings e Soren Kierkegaard. Mas também agradeço a escritores e oradores como Ravi Zacherias, Anne Lamott, Wayne Jacobsen, Marilynne Robinson, Donald Miller e Maya Angelou, para citar apenas alguns.

Obrigado, Anna Rice, por amar esta história e penetrar nela com seu dom musical. Você (me) nos deu um presente incrível.

A maioria de nós tem suas próprias tristezas, sonhos partidos e corações feridos, cada um viveu perdas únicas, nossa própria "cabana". Rezo para que você encontre a mesma graça que eu recebi lá e que a presença constante de Papai, Jesus e Sarayu preencha seu vazio interior com alegria indizível.

Se você se sentiu tocado pelo assombro deste livro e quer ajudar a torná-lo disponível a outros num nível mais amplo, nós o convidamos a participar do...

Projeto Missy

Nós, um grupo de leitores que se sentiu tocado por *A cabana*, estamos convencidos de que este livro merece ser lido pelo maior número de pessoas possível. Não é somente uma história envolvente e inspiradora, mas tem uma qualidade literária que faz dela um presente especial. Oferece uma das visões mais pungentes de Deus e de como ele se relaciona com a humanidade. Não somente irá encorajar os que já o conhecem, mas também atrairá quem ainda não reconheceu a presença do Criador em sua vida.

Produtores de cinema já expressaram interesse em transformar esta história em filme e farão isso depois que um número considerável de livros estiver em circulação. A divulgação boca a boca ainda é a ferramenta mais eficaz para que um livro como este possa causar transformações.

Se você, como nós, foi tocado pela mensagem deste livro, talvez já tenha algumas idéias de como fazer que outros o conheçam. Oferecemos algumas sugestões para ajudá-lo a compartilhar *A cabana* com outras pessoas.

Dê o livro de presente a amigos e até mesmo a estranhos. Eles estarão recebendo não apenas uma história empolgante, mas também um vislumbre magnífico sobre a natureza de Deus de uma forma raramente apresentada em nossa cultura.

Se você tem um site ou um blog na internet, fale um pouco sobre o livro e como ele tocou sua vida. Não revele o enredo, mas recomende entusiasticamente que as pessoas o leiam.

Escreva uma resenha para um jornal de sua cidade, uma revista de sua predileção ou um site que você freqüente. Se você tem uma loja, exponha o livro com a maior visibilidade possível. Se for dono de uma empresa, considere a possibilidade de presentear com o livro seus clientes preferenciais.

Doe o livro para abrigos femininos, prisões, lares de reabilitação, casas de repouso e outros lugares onde as pessoas possam ser encorajadas pela história e pela mensagem.

Em reuniões e encontros, fale do livro e conte do impacto que ele causou em sua vida. Você estará prestando um grande favor aos que o escutarem.

Para mais informações e idéias de como você pode ajudar, conheça o Projeto Missy (The Missy Project) em nosso site em inglês:

www.theshackbook.com

CONHEÇA OS 30 CLÁSSICOS DA EDITORA SEXTANTE

O monge e o executivo, de James C. Hunter

Você é insubstituível, Dez leis para ser feliz, Pais brilhantes, professores fascinantes e *Nunca desista de seus sonhos*, de Augusto Cury

O Código Da Vinci e *Anjos e Demônios*, de Dan Brown

Jesus, o maior psicólogo que já existiu, de Mark W. Baker

Por que os homens fazem sexo e as mulheres fazem amor?, de Allan e Barbara Pease

O que toda mulher inteligente deve saber, de Steven Carter e Julia Sokol

Muitas vidas, muitos mestres, de Brian Weiss

Enquanto o amor não vem, de Iyanla Vanzant

Não leve a vida tão a sério, de Hugh Prather

A última grande lição e *As cinco pessoas que você encontra no céu*, de Mitch Albom

Um dia "daqueles" e *Querida mamãe, obrigado por tudo*, de Bradley Trevor Greive

Palavras de sabedoria, de Sua Santidade, o Dalai-Lama

A vida é bela, de Dominique Glocheux

1.000 lugares para conhecer antes de morrer, de Patricia Schultz

Transformando suor em ouro, de Bernardinho

Os segredos da mente milionária, de T. Harv Eker

Mantenha o seu cérebro vivo, de Lawrence Katz e Manning Rubin

O Poder do Agora, de Eckhart Tolle

O poder da paciência, de M. J. Ryan

Aprendendo a gostar de si mesmo, de Louise Hay

A arte da meditação, de Daniel Goleman

A Boa Sorte, de Álex Rovira Celma e Fernando Trías de Bes

O ócio criativo, de Domenico De Masi

A Dieta do Abdômen, de David Zinczencko e Ted Spiker

INFORMAÇÕES SOBRE OS
PRÓXIMOS LANÇAMENTOS

Para receber informações sobre os lançamentos da
EDITORA SEXTANTE, basta cadastrar-se diretamente no site
www.sextante.com.br

Para saber mais sobre nossos títulos e autores, e enviar
seus comentários sobre este livro, visite o nosso site
www.sextante.com.br ou mande um e-mail para
atendimento@esextante.com.br

EDITORA SEXTANTE
Rua Voluntários da Pátria, 45 / 1.407 – Botafogo
Rio de Janeiro – RJ – 22270-000 – Brasil
Telefone (21) 2286-9944 – Fax (21) 2286-9244
E-mail: atendimento@esextante.com.br